Christo van der Merwe
Die onbekende faktor

J.P. van der Walt
Pretoria

© Kopiereg 1998
J.P. van der Walt en Seun (Edms.) Bpk.
Posbus 123, Pretoria
Geset in 11 op 12.5 pt Palatino
Geset en tipografies versorg deur Mandi-Drukkers Bk, Murrayfield, Pretoria
Gedruk en gebind deur Nasionale Boekdrukkery, Drukkerystraat, Goodwood, Wes-Kaap
Omslagontwerp: Douw van Heerden
Eerste druk: 1998

ISBN 0 7993 2488 4

© Alle regte voorbehou. Geen gedeelte van hierdie boek mag gereproduseer word op enige manier, meganies of elektronies, insluitende plaat- en bandopnames, fotokopiëring, mikroverfilming of enige ander stelsel vir inligtingsbewaring, sonder die skriftelike toestemming van die uitgewer nie.

Hy roer op die motor se stuurwiel en stoot sy liggaam verward orent. Die nag is stikdonker en dis verlate om hom. Dan is daar die verblindende flits van 'n weerligstraal gevolg deur die sweepslag van donderweer. Die omgewing is vir 'n paar sekondes helder verlig. Hy kan sien die motor staan langs 'n teerpad wat deur 'n dig beboste omgewing kronkel. Asof 'n sluis in die hemelruim oopgetrek word, stort die water sommer net eensklaps en aanhoudend neer.

Hy kry koud. 'n Siddering trek deur sy lyf en maak hom bewus van die pyn wat oral aan hom kleef. Dan besef hy: daar is nie 'n draad klere aan sy liggaam nie.

"Waar op aarde is ek? Wat maak ek só hier?" vra hy kreunend aan homself. Hy weet nie. Daar is 'n leegte in sy brein waardeur sy gedagtes nie kan dring nie.

Hy trek sy gesig op 'n plooi en staar stip deur die nagdonkerte wat deur flitsende weerligstrale verlig word. Dit vererger die pyn wat in sy kop pols en laag in sy nek gaan lê. Sy een hand skiet op na sy gesig toe. Sy vingers tas oor die pynpunte: sy neus, sy wange, sy voorkop. Dis oral opgehewe met 'n taai smerigheid wat aan sy vingers bly kleef. Hy beweeg sy liggaam om gemakliker te kan sit. Die pyn laag in sy nek versprei deur sy hele liggaam.

Hy probeer logies dink. *Ek is in 'n motor langs 'n verlate pad. Was ek in 'n ongeluk gewees?* Hy kan niks daarvan onthou nie. *Waarheen was ek op pad? Waarvandaan?* Hy weet nie.

Wie is ek? Hy raak nog meer verward. Sy asem begin jaag. Paniek pak hom beet. Sy hande tas koorsagtig in die donkerte voor hom. Sy regterhand vat die motor se sleutels in die aansitterslot raak.

Hy draai die sleutel en die enjin vat dadelik. Sy opvolgende handelinge is werktuiglik. Die ligte. Die ruitveërs. Die ratte. Koppelaar. Petrolpedaal. Die motor beweeg met 'n rukbeweging vorentoe tot in die teerpad.

Dan trek dit met 'n swaaiende beweging weg totdat dit koersvas 'n gemiddelde togsnelheid bereik en handhaaf. Die kilometers flits verby. Vyf. Tien. Twintig. Dertig. Die pad is eindeloos. Nes die donkerte van die nag wat net deur die motor se ligbaan gebreek word.

Die stortreën dun uit. Hou plek-plek op. Net om 'n ent verder weer los te bars. Die weerligstrale het na die horison verskuif waar dit nou 'n sidderende spel teen die hemelruim speel.

Hy sien 'n pakkie sigarette en 'n aansteker op die paneelbord voor hom lê. Hy vat dit lomp raak, skud 'n sigaret uit en steek dit aan. Dan trek hy die rook stadig diep in sy longe in. Hy hoes net effe. Dit laat hom nie stik nie.

Sy gedagtes soek weer antwoorde op talle vrae in die lugleegte van sy brein. Dis mos onmoontlik dat 'n mens sommer net langs 'n verlate pad kan wakker word en nie 'n benul het hoekom jy daar is, waar jy vandaan kom of waarheen jy op pad is nie. Hy span sy gedagtes in om in die verlede te delf. Daar is niks. Sy gedagtes is dolleeg. Daar is nie 'n verlede nie. Geen name nie. Hy het nie 'n benul wie hy is nie. Weer dring dit tot hom deur dat hy nie 'n draad klere aanhet nie.

Hy trek die motor van die pad af en hou stil. Sonder om die motor se hoofligte af te skakel, soek hy in die skemerte om hom. Hy soek die motor deur.

Voor op die sitplek langs hom en op die vloer is daar niks nie. In die paneelkissie vind hy 'n ou handleiding vir die motor. 'n Klomp rommel ook. En 'n flitslig. Niks met 'n naam op wat kan verklaar wie hy is nie. Op die agterste sitplek lê klere wat onverskillig saamgebondel is. Verder niks. Hy vat die bondel klere en sorteer dit uit: 'n denimlangbroek, T-hemp, onderbroek, tekkies. Hy sukkel die klere so sittend in die motor aan sy lyf. Dit pas hom, maar sit nie gemaklik nie. Dit raak oral irriterend aan beserings wat hy iewers opgedoen het. In die denimbroek se sakke is daar 'n verfrommelde sakdoek en 'n paar twintigrandnote.

Hy klim met die flitslig en motorsleutels uit die motor. Dit het weer begin reën. Die druppels val soos ysige speldeprikke op hom. Hy wil kyk of die kattebak nie iets bevat wat sy vreemde omstandighede sal verklaar nie. Hy sukkel om die regte sleutel vir die kattebak te vind. Ongeduld laat hom kragtig swets. Dan spring die kattebak oop. Hy skakel die flits aan en laat die lig oor die inhoud speel.

Skok ruk deur hom. Voor hom lê die liggaam van 'n man, naak soos wat hý was. Die gesig bloedloos, met oë wat leweloos na hom staar. Die keel is van oor tot oor net 'n gapende wond. Hy struikel eenkant toe en word naar. Toe die spasmodiese geruk van sy liggaam ophou, gaan hy terug na die motor toe en druk die kattebak hard toe sonder om weer na die liggaam te kyk.

'n Motor kom teen 'n lae snelheid van agter af by hom verby. Hy vrees dat die motor gaan stilhou. Hy wil nie nou met mense praat nie, want hy is so paniekerig dat hy homself maklik sal kan verraai. Die motor beweeg egter voort. Hy hou dit dop totdat die agterligte verdwyn. Dan gaan klim hy terug in die motor.

Hy haal 'n slag diep asem en wag vir die skok om te bedaar. Nuwe vrae skiet nou soos weerligflitse deur sy gedagtes. *Wie is die man? Hoe kom hy in die kattebak? Hoekom is hy daar? Waarheen was ek met hom op pad? Het ek hom doodgemaak, en hoekom? Wat maak ek nou? Wat maak ek met die lyk? Vat ek dit saam of laai ek dit hier langs die pad tussen die bome af?* Daar is geen antwoorde nie. Net 'n gevoel binne-in hom wat 'n weersin het in die gedagte om 'n lyk hier in die veld af te laai.

Hy sluit die enjin aan en ry verder. Hy ry stadiger as vroeër. Dié keer asof hy bang is dat die reis tot 'n einde sal kom omdat daar voor iewers dalk 'n konfrontasie met die polisie op hom wag.

Hy probeer om nie aan die grusame vrag in die kattebak te

dink nie, maar hy slaag nie daarin nie. Dit oorheers sy geheuelose brein. Dit vul hom met 'n vrees vir die situasie waarin hy hom bevind. Die onbekendheid daarvan. Die onsekerheid. Die onvermoë om planmatig op te tree.

In die verte sien hy die ligskynsel van 'n stad of dorp se ligte. Hy besef ineens hoe moeg hy is en hoe sy pynlike liggaam na versorging en rus smag. As hy net vir 'n paar uur kan slaap. Maar hy sal nie kan nie. Hy sal die hele tyd te bewus wees van die lyk in die motor se kattebak. Op die een of ander manier sal hy op 'n beskaafde wyse daarvan ontslae moet raak.

Die enigste uitweg waaraan hy kan dink, is om dit by die polisie te gaan aanmeld. Die vraag is net of dit vir hom 'n gesonde oplossing sal wees. Totdat hy weet wat aan die gang is, sal dit seker eerder tot sy voordeel strek as hy so ver as moontlik van die polisie af wegbly.

Daar is 'n bord langs die pad wat aandui dat hy Middelburg se munisipale gebied binnegaan.

Kort daarna sien hy die verwelkomende ligte van 'n motel. *RONDOMTALIE* flikker die uithangbord. Hy loer na die motor se horlosie op die paneelbord. Halftwaalf. Miskien moet hy maar hier oornag. Dit help nie om verder te ry as hy nie eers weet wat sy bestemming is nie. Met dié gedagte draai hy langs die flikkerende bord van die pad af en gaan parkeer op 'n afgesonderde plek op die parkeerterrein onder 'n boom.

Hy klim stram uit die motor en stap na ontvangs toe. Dit is duidelik dat dit vroeër hier ook gereën het. Reënwater drup nog van die blare af.

Die portaal waarin die ontvangstoonbank is, is dof verlig. Daar is 'n middeljarige vrou en 'n aantreklike swartkopmeisie agter die toonbank. Hulle het 'n lewendige gesprek aan die gang. Hy staan selfbewus nader om die ouer vrou se aandag te trek. Sy kyk verveeld op. Dan verskerp haar blik en sy beskou hom nuuskierig op en af.

"Wat het jou oorgekom?" vra sy reguit nuuskierig terwyl sy nader skuifel.

Vir die eerste keer dink hy aan sy voorkoms. Hy het homself

nog nie in 'n spieël gesien nie en aanvaar dat sy voorkoms verraai dat iets skort. Die meisie beskou hom nou ook nuuskierig. Sy praat egter nie.

"Ek het 'n ongeluk gehad," antwoord hy bot.

"Arme mens!" simpatiseer die middeljarige vrou. "Behoort jy nie 'n dokter te sien nie?"

Hy skud sy kop. "Dis nie nodig nie. Ek lyk seker erger as wat ek voel. Ek sal net graag 'n kamer wil hê waar ek kan stort en 'n goeie nagrus kan kry."

"Vyftigrand vooruit," sê sy terwyl sy ondersoekend na hom kyk en stoot die register voor hom in.

Hy haal die opgefrommelde geldnote uit sy denimbroek se sak. Daar is omtrent net genoeg. Hy stoot dit oor die toonbank na haar toe en trek die register tot reg voor hom. Skielik tref dit hom. Hy moet 'n naam in die register skryf. Watse naam? Wie is hy? Enige naam, hamer dit deur sy gedagtes.

Die vrou vertolk sy huiwering anders. "Net jou naam, adres en waarheen jy op pad is."

Sy oog vang 'n inskrywing boaan die bladsy. *J.J. Beukes*, skryf hy. En daarna: *Langestraat, Witrivier. Holiday Inn, Pretoria.* Hy skuif die register terug oor die toonbank en hoop die vrou kom nie maklik agter dat hy 'n vorige inskrywing herhaal het nie.

Die vrou oorhandig 'n sleutel aan hom. "Nommer vier. Jy sal alles daar kry."

"Dankie," sê hy en draai om om uit te stap.

"Meneer Beukes!" roep sy na hom. Hy draai behoedsaam terug. "Dis al 'n bietjie laat, maar ek kan vir jou 'n paar toebroodjies en koffie stuur?"

"Ek sal dit waardeer," antwoord hy en besef hoe honger hy inderdaad is. 'n Ander gedagte tref hom. "U het nie dalk 'n koerant wat ek kan lees nie?"

"Vanoggend s'n, ja," antwoord die vrou, buk onder die toonbank in en haal 'n koerant uit wat duidelik al gelees is. "Jy kan dit maar weggooi wanneer jy daarmee klaar is."

Hy knik net sy kop en stap dan uit. Buite staan hy die

11

wêreld vir 'n oomblik onseker en beskou. Dan sien hy die langwerpige gebou met die ry deure op 'n stoep waar 'n paar ligte brand. Hy stap daarheen en kry nommer 4 maklik. Dis nie ver van waar hy die motor geparkeer het nie.

Sy oë bly vir 'n ruk vasgenael op die motor. Die wete dat daar 'n lyk in die kattebak is, stuur 'n nuwe vlaag afgryse en angs deur hom.

Sê nou iemand breek vannag by die motor in en kom op die lyk af? Sê nou die polisie raak nuuskierig oor die vreemde motor en kom snuffel?

Hy ril, sluit die kamer se deur oop en stap na binne. Dan druk hy die deur vinnig agter hom toe en skakel die lig aan. Miskien moet hy vroeg padgee en die motor net daar los. Niemand weet wie hy werklik is nie. In die motel se register is hy as J.J. Beukes ingeskryf. Hy sug. Dis 'n hopelose gedagte wat hom nie ver gaan bring nie. Die vrou en die swartkopmeisie sal 'n goeie beskrywing van hom kan gee. Hy gee moed op met die redenasies en begin sy klere van sy lyf stroop. Hy kan later weer aan die probleem dink. Wat hy nou nodig het, is 'n warm stort wat hom beter sal laat voel.

Op pad badkamer toe steek hy voor 'n spieël vas. Hy skrik vir sy naakte liggaam. Sy gesig is besmeer met bloed wat droog geword het. Spore daarvan lê oor sy nek en skouers. Daar is skaafmerke en blou kolle aan sy bolyf. Hy vat aan die merke aan sy ribbes en voel hoe die pyn soos 'n messteek deur sy binneste skiet. Weerskante van die tepels op sy borskas lyk dit asof iemand hom 'n paar hale met 'n mes gekerf het.

Van die kerfmerke loop tot amper in die kuiltjie onderkant sy keel. Sy oë sak na sy onderlyf. Oral is skaafmerke: aan sy bobene, sy knieë. Hy kyk weer na sy gesig. Sy lippe is gebars. Sy neus is opgehewe. Sy wang is oopgekloof. Sy blou oë is bloedbelope. Sy bruin krulhare is gekoek deur die droë bloed.

Dan draai hy om en kyk oor sy skouer na sy rug. Dieselfde marteltekens is ook daar aanwesig. Hy skud sy kop asof dit wat hy sien 'n aaklige droom is waaruit hy probeer wakker word. Die spieëlbeeld van sy verrinneweerde liggaam maak hom weer bewus van die pyn wat 'n greep op sy hele liggaam het. Sonder dat hy beheer daaroor het, dam die trane in sy oë op en glip oor sy wange. 'n Droë snik glip saam met 'n sug uit sy binneste. Dan strompel hy badkamer toe en draai die stortkrane met 'n moedelose woede in hom oop. Hy stap onder die stromende water in en voel hoe dit die wonde aan sy liggaam brand.

'n Gevoel van eensaamheid en verlatenheid neem oor en hy huil soos 'n kind wat verlore in 'n groot, vreemde wêreld is. Dit oorweldig hom só dat hy in die hoekie van die stort op sy hurke afsak en hom in 'n bondel optrek. Hy weet niks. Hy verstaan niks. Hy weet nie wie hy is, waar hy vandaan kom en hoekom hy lyk soos hy lyk nie. Al wat hy verstaan, is dat hy 'n tog deur die hel moes gehad het.

'n Hele ruk later stap hy kalm en meer gelate onder die stort uit. Behalwe die prikkeling van sy wonde voel hy heelwat beter noudat sy liggaam skoon gewas is. Dis asof hy iets van die onbekende gister van hom afgewas het en helderder kan begin dink oor die môre wat moet kom.

Hy het hom skaars versigtig afgedroog en die handdoek om sy lyf gedraai toe daar 'n klop aan sy deur is. Hy huiwer eers onseker voor hy gaan oopmaak.

Dis die swartkopmeisie wat saam met die middeljarige vrou by ontvangs was.

Met die een hand druk sy die skinkbord met toebroodjies en koffie teen haar lyf vas. In die ander hand het sy 'n noodhulpkissie. Hy kyk onseker vraend na haar.

"Jou eetgoed," sê sy. "En iets om die wonde mee te behandel. Kan ek inkom?" Hy vat die skinkbord by haar en staan opsy. Sy kom in en druk die deur agter haar toe. "Ek het vir ant Lilly gesê ek sal dit vir jou bring. Ek slaap tog in nommer drie langsaan. Toe, moenie so verdwaas daar staan nie. Sit die skinkbord iewers neer. Ek wil eers na daardie wonde van jou kyk."

Hy sit die skinkbord op 'n muurtafeltjie neer en hou haar dop terwyl sy met die noodhulpkissie begin werskaf. Sy lyk na 'n meisie wat nie beskeie of skaam is nie. 'n Meisie met genoeg selfvertroue. Sy het 'n mooi en vriendelike gesig wat vertel dat sy nie 'n groentjie in die lewe is nie; dat sy op haar jeugdige ouderdom al genoeg van die lewe gesien en ervaar het wat haar innerlik jare ouer maak as wat sy is. Daar is niks meer van die onskuld van 'n kind in haar nie. Haar liggaam is vol en ryp met genoeg molligheid op die regte plekke om haar aantreklikheid opvallender te maak.

"Kom nader. Ek kan niks vir jou doen terwyl jy daar staan nie. En hou op om my te bekyk asof jy my wil bed toe sleep," sê sy met 'n winkbeweging van haar kop.

Hy skrik ligweg omdat sy praat asof sy weet wat in sy gedagtes aangaan. Hy gee die paar treë tot by haar. Daar is 'n geur aan haar liggaam waarvan hy hou.

"Wat is jou naam?" vra hy.

Sy kyk skuinsweg op na hom toe. "Ems. Ems van Niekerk. En joune?"

Hy sluk en dink aan die naam wat hy in die register geskryf het. Hy besluit vinnig.

"Jay-Jay," sê hy die Engels vir J.J. "Jay-Jay Beukes."

Sy glimlag vir hom. Haar oë kyk stip in syne. Sy weet dat hy lieg. "Dan is dit die tweede keer dat jy hier is. Nie lank gelede nie het jy ook hier ingeteken. Met 'n ander handskrif."

Hy kyk weg. Wat kan hy daarop sê? Dis te hopeloos om te probeer verduidelik. Die volgende oomblik voel hy hoe sy die handdoek om sy lyf losmaak. Hy probeer keer, maar dis te laat. Die handdoek val eenkant op die bed. Hy voel skaam omdat hy naak voor haar staan en hy vervies hom vir haar.

"Wat probeer jy doen?" vra hy kortaf.

"Toe nou! Jy's nie meer 'n klein seuntjie nie! En jy't niks wat ek nog nie gesien het nie. Magtie! In watse soort ongeluk was jy?" vra sy ietwat verbyster. Sy is 'n verpleegster en hanteer dikwels ongevalle, maar wat sy nou sien, ruk haar. Hy antwoord nie. "Toe. Kom lê op die bed dat ek kan kyk wat ek aan jou ellende kan doen."

Hy maak soos sy sê, maar trek tog die handdoek weer nader

om homself te bedek. Sy laat hom begaan en gee aandag aan elke wond aan sy liggaam. Die hele tyd praat hulle nie met mekaar nie.

"Draai om!" sê sy na 'n ruk. Hy draai hom op sy maag. "Magtie! Jy't g'n ongeluk gehad nie. Iemand het jou deur 'n hamermeul gegooi." Sy vat aan sy agterkop. Hy kreun en krimp inmekaar.

"Tamaai hou wat jy hier gehad het. Die plek behoort steke te kry."

"Vergeet die steke en doen wat jy kan!" brom hy gesmoord teen die kussing onder hom.

"Wel, dis die beste wat ek kan doen," sê sy uiteindelik toe sy opstaan en badkamer toe gaan om haar hande te gaan was. "Jy kan nou maar die toebroodjies eet," praat sy uit die badkamer.

Hy vou weer die handdoek om sy lyf, gaan haal die skinkbord en kom sit op die kant van die bed. Hy begin die toebroodjies haastig en soos 'n verhongerde eet. Hy sluk die koffie bietjie vir bietjie saam met die brood af.

Ems kom weer uit die badkamer en kom sit op die ander kant van die bed met die een been onder die ander ingetrek. Sy kyk aandagtig na hom. Hy voel die intensiteit in haar oë aan en kyk na haar. Hy kou stadiger.

"Wat?" vra hy.

"Dit was nie 'n ongeluk nie," praat sy reguit. "Iemand het jou lelik bygekom. Wat is die waarheid? Wie is jy werklik?"

Hy haal sy skouers op. "Soek jy inligting om vir die polisie te gee?"

"Is jy bang vir die polisie?"

Hy dink aan die lyk agter in sy motor. Hy kan hom voorstel wat die polisie se reaksie sal wees as hulle daarop moet afkom, én wat haar reaksie sal wees as hy haar eerlik daarvan vertel. Sy sal nie glo dat hy niks kan onthou nie.

"Miskien," sê hy net.

"Vlug jy vir die polisie?"

"Nee," antwoord hy vinnig. "Ek weet ook nie."

"Jy weet nie?" Haar oë vernou.

Hy vat nog 'n toebroodjie en sit dit dan dadelik weer neer. Hy gaan dit nie inkry nie. Dit voel of alles in sy slukderm vassteek. Dis 'n lang ruk stil tussen hulle. Sy praat nie, maak nie 'n beweging nie. Hy weet sy wag vir 'n verduideliking. Sy omstandighede is te ongewoon sonder dat daar 'n verduideliking kan wees.

Uiteindelik praat hy. "Die waarheid . . . die waarheid is dat ek niks kan onthou nie. Ek weet nie wie ek is, waar ek vandaan kom, of waarheen ek op pad is nie. Ek het langs die pad in die motor bygekom en nie 'n benul gehad wat aan die gang is nie. Toe het ek begin ry totdat ek die motel gesien het. Ek weet nie eers hoekom ek lyk soos ek lyk nie." Sy lewer geen komentaar nie. "Jy glo my nie, nè?"

"Dalk praat jy die waarheid. Dalk nie. Jy lyk in elk geval of jy alles wat met jou gebeur het, sal wil vergeet."

"Jy kan my glo," verseker hy haar.

"Goed. Ek sal jou glo. Wat gaan jy volgende doen?" vra sy.

"Slaap. Ek voel of ek kan slaap sonder om weer wakker te word. Behalwe as dit sal beteken dat hierdie nagmerrie verby is."

"Agge nee, toe! Hoe praat jy dan nou? Wie dink jy gaan jou geheimsinnige agtergrond ontrafel terwyl jy vir ewig lê en slaap? Jy kan dit nie aan my met my nuuskierige geaardheid doen nie."

Hy lag vir die manier waarop sy dit sê. Sy is 'n eienaardige mens, besluit hy. Hy hou van haar. Daar is iets in haar wat hom vertroue gee. Een mens in sy onbekende lewe met wie hy kontak het en op wie se hulp hy dalk sal kan staatmaak.

"Dankie," sê hy. "Sommer vir alles."

Sy glimlag. "Ek sal sê wat my ma se huishulp altyd sê: 'Ek is maar 'n sucker vir mense wat suffer.' "

Hy lag en onthou dan van die koerant wat hy by Lilly gekry het. Hy staan met moeite op en gaan haal dit waar dit op 'n stoel lê.

"Wat nou?" vra Ems toe hy weer op die bed kom sit.

"Ek wil net kyk of daar nie iets in die koerant oor my is nie. As daar is, vind ek dalk uit wie ek is."

Hulle blaai die koerant van voor tot agter deur. Bekyk elke berig noukeurig om te sien of dit enigiets bevat van iemand wat vermis word of deur die polisie gesoek word. Niks.

Hy sug. "Lyk my nie iemand dink ek het weggeraak nie."

Sy tik hom liggies op die knie. "Toe nou, Jay-Jay. Moenie moed opgee nie. Die een of ander tyd sal iets gebeur wat jou sal laat koers kry. Wat jy nou nodig het, is rus. Toe. Ek gaan nou loop en jy gaan slaap."

"Gaan jy die polisie bel?" vra hy onseker.

"Nee," antwoord sy en lyk geamuseer. "Jy gedra jou nog."

"En Lilly? Sal sy?"

"As sy dink jy's gevaarlik. Maar ek sal haar gerusstel. Sy sal my glo."

"Is julle familie?" vra hy.

"Soort van. Verlangs. Ons het een keer op 'n begrafnis ontmoet en vriende geword. Nou kom kuier ek gereeld vir haar."

Hy ril. Dis omdat sy van die begrafnis gepraat het. Hy onthou van die lyk in die motor. Sy maag trek op 'n knop.

"Nag," sê sy, staan op en stap met die noodhulpkissie na die deur toe. "Moenie vannag verdwyn en my met die marteling oor die geheimsinnigheid van alles hier los nie. Ek's nou wel mal oor geheimsinnigheid, maar dan wil ek darem op die ou end weet van die hoe en die wat van alles."

Hy lag onderlangs. Sy laat hom maklik lag. Dit moet in haar geaardheid wees. 'n Sterk soort vrou wat haar nie maklik deur enigiets sal laat onderkry nie. Hy wonder wat haar reaksie sal wees as hulle uiteindelik uitvind hoe alles in sy lewe inmekaarsteek. Sal sy hom nog goedgesind wees en hom help?

Hy kyk hoe die deur agter haar toe gaan en hy voel hoe daar 'n groot alleenheid op hom toesak. Hy wens sy kon hier by hom bly sodat daar nie so 'n vreesaanjaende stilte om hom is nie.

Buite het dit weer begin reën. Hy skakel die lig af en gaan sit op 'n stoel voor die venster by die deur. Dan trek hy die gordyn eenkant toe en kyk na buite.

Deur die reënslierte kan hy die motor sien waar dit staan. Vir 'n hele ruk staar hy daarna asof hy verwag dat die kattebak enige oomblik sal oopspring en die dooie man te voorskyn gaan kom, om oomblikke later in die neergietende reën te verdwyn.

Hy staan op en drentel na die bed toe. Dalk as hy geslaap het, dalk wanneer hy weer wakker word, sal hy alles onthou wat daar is om te onthou.

Net toe hy op die bed wil gaan lê, huiwer hy. Sê nou hy moet skielik padgee? Hy het nie 'n draad klere aan nie. Hy trek die klere aan wat hy aangehad het. Dit laat hom vies voel. Hy sou verkies het om nie weer die klere aan te trek nie. Maar watter keuse het 'n man in sy posisie? Dan gaan lê hy op die bed. Hy is liggaamlik en geestelik afgetakel. *Ontspan,* sê hy vir homself. *In liggaam en gedagtes.* Hy fokus daarop. Dit moet werk.

Hy raak uiteindelik aan die slaap — nie vir lank nie. Dis kwalik 'n uur later toe hy met 'n waansinnige vrees in hom wakker skrik. Hy is sopnat gesweet. Hy is verward. Hy weet nie waar hy is nie. Hy wil roep. Na iemand. Dan onthou hy — Ems. As sy net daar was sodat hy met sy kop teen haar bors kon lê totdat dit weer kalm in hom is. Hy vee met die agterkant van die een hand oor sy oë. Die sweet loop in 'n straal teen sy voorarm af. Sy hele liggaam pyn. Hy beweeg om gemakliker te kan lê.

Hy het 'n nagmerrie gehad, maar hy kan nie veel daarvan onthou nie. Behalwe dat hy skreeuend soos 'n mal mens deur 'n dig begroeide woud gestorm het en plek-plek in modder vasgeval het. Hy het vir iets gevlug. Vir wie of wat weet hy nie.

Hy lê na die reën buite en luister en probeer weer slaap, maar hy kan nie. Sy keel voel droog. Dan staan hy op en gaan drink water. Daarna gaan loer hy weer deur die voorste venster. Die motor staan nog op dieselfde plek.

Dit lyk soos enige ander motor. Niks ongewoon nie. Hy gaan terug na die bed toe en steek 'n sigaret aan. Hy dink aan môre. Waarnatoe dán?

2

Vroegoggend dring 'n aanhoudende geklop deur Jay-Jay se slaapbenewelde brein. Dit laat hom vinnig regop sit terwyl hy verward die betekenis van die geklop probeer ontrafel. Dis nie by die deur nie, maar by die agterste venster van sy kamer.

Hy staan op en sluip behoedsaam soontoe. Sy regterhand druk die gordyn net effe eenkant toe. Die venster het nie tralies voor nie. Ems staan in haar nagklere buite in die reën en beduie koorsagtig vir hom om oop te maak. Hy frons en maak die venster oop.

"Is jy gek, meisiekind? Wat maak jy?" vra hy.

Haar gesig kom nader aan syne sodat sy net hoorbaar kan praat. "Die polisie is hier. Hulle soek jou motor deur."

Die skok slaan hom op die krop van sy maag. Die kattebak. Hulle gaan die lyk in die kattebak kry. En dan kom hulle hom haal. Hoe gaan hy dit verduidelik? Hoe gaan hy hulle oorreed om hom te glo?

"Ek moet wegkom!" sê hy paniekerig.

"Kom dan!" sê sy ongeduldig.

Hy gryp sy tekkies en sigarette, klouter dan haastig deur die venster na buite. Ems druk hom opsy en draai die venster se knip dwars. Dan stamp sy die venster liggies toe en die knip val terug op sy plek in die raam. Sy beduie vir hom om in die afvoersloot wat die geute se water weglei, te loop en haar te volg. By haar kamer se venster klouter hulle na binne en sy maak weer die venster toe.

"Hulle weet van jou," sê sy fluisterend.

"Lilly?" vra hy.

Sy skud haar kop. "Ek weet nie, maar ek glo nie sy sou gepraat het nie. Dalk is die motor soek en het hulle dit herken."

Hulle loop na die voorste venster toe en loer saam deur 'n skreef in die gordyn. Daar is vier polisiemanne in en om die motor. Lilly staan in haar kamerjapon met 'n sambreel by om hulle doenigheid dop te hou. Een van die polisiemanne sukkel om die kattebak oop te kry. 'n Ander een kom hom help.

Ems hoor net hoe die man by haar 'n sug gee. Sy kyk na hom. Sy oë is toegeknyp. Sy gesig is wasbleek. Daar is 'n sigbare spanning in sy hele lyf. "Wat's dit, Jay-Jay? Wat's in die kattebak?"

Hy kan nie praat nie, beduie net afwerend met die hand. Hulle hou die polisiemanne dop en wag. Dan glip die kattebak oop. Die reaksie daarna bevestig wat die vonds is. Lilly staan nader om ook te kyk. Dan deins sy terug met haar een hand voor haar mond.

Ems kyk weer na hom. Hy kyk af in haar oë. Die uitdrukking daarin is onleesbaar, maar hy weet sy wil weet wat dit is wat sy nie hiervandaan kan sien nie. Hy sluk swaar. "Dis 'n man," sê hy skor. "Hy's dood."

Sy draai weg van hom af en gaan sit verslae op die bed. Vir 'n ruk is daar geen woorde tussen hulle nie. Ems staar net voor haar uit. Hy weet sy worstel met haarself oor wat die korrekte ding is om te doen. Hy hoop sy sal hom 'n kans gee. Hy moet 'n kans kry. Hy moet self probeer uitvind wat aan die gang is

"Ems —" begin hy praat, maar sy val hom in die rede sonder om na hom te kyk.

"Het jy hom doodgemaak?" vra sy.

"Miskien. Ek weet nie. Ek het gisteraand vir jou die waarheid vertel. Ek kan niks onthou nie."

Sy raak weer stil en kyk lank en stip na hom. Dan is daar 'n gestamp aan die deur van die kamer waarin hy geslaap het.

Een van die polisiemanne dring aan om binnegelaat te word. Ems kom orent en handel vinnig. Sy pluk haar nat nagrok oor haar kop en skop dit onder die bed in.

Dan trek sy die klere wat sy gisteraand aangehad het, aan, vat 'n handdoek waarmee sy haar hare begin droogvryf en stap na die deur.

"Ems . . . " praat hy agterna. Sy kyk terug. Sy oë pleit. Hy wil 'n kans hê. Hy het hulp nodig.

"Moenie daar staan nie!" sê sy stroef. "Klim in die kas en hoop en bid hulle kom soek nie hier deur nie."

Hy beweeg vinnig na die muurkas. Dis klein en vol met skaars plek vir 'n muis. Toe hy die deur versigtig agter hom toetrek, voel hy hoe 'n angstigheid op hom toesak. 'n Bekende angstigheid wat hy al voorheen moes ervaar het. Hy hoop nie hy word gedwing om te lank hier vasgekeer te sit nie. Deur die hortjies van die kasdeur sien hy hoe Ems die deur oopmaak en dit wyd ooplos. Is sy van haar kop af? wonder hy. Dis so goed asof sy hulle binnenooi. Hy hoor haar met Lilly en met die polisiemanne praat.

Dit word 'n ewigheid wat hy in die kas sit — al is dit net 'n paar sekondes. Die sweet begin hom aftap. Sy hele liggaam begin ruk. Sy asem stoot hortend deur sy neus. Dit word onhoudbaar. Dan sak sy mond oop.

Daar is onderdrukte gille binne-in hom wat wil uit. Om dit te keer, druk hy sy vuis in sy mond en byt die kneukels van sy vingers totdat hy die soutsmaak van bloed op sy tong proe. Hy begin soos 'n kind snik. Die trane loop spore oor sy wange en vorm druppels onder sy ken. Hierdie kan nie die werklikheid wees nie, redeneer die bietjie helderheid in sy brein. Dis net nog 'n nagmerrie soos die een wat hy verlede nag gehad het. Die werklikheid kan nooit so ontsettend wees nie. Hy wag en skree geluidloos in die benoudheid van die kas.

Die geroesemoes van opgewonde stemme buite Ems se deur iewers word 'n hol tonnel van weerklanke waarvan hy niks verstaan nie. Hy probeer ook nie. Hy konsentreer te hard om sy sinne bymekaar te hou sodat hy nie totaal ineenstort nie. Uiteindelik is daar 'n geluid by die deur wat deur sy halwe beneweling dring. Dis Ems. Sy kom in, druk die deur toe en sluit dit.

"Jy kan nou maar uitkom," hoor hy haar praat en haar stem klink verwronge in sy ore. Hy kan nie reageer nie. Dis asof elke spier in sy liggaam gevries het. Sy kom maak die kas se deur self oop. "Jay-Jay? Ek sê . . ." Dan sien sy die toestand waarin hy is. "Shit!" sê sy verskrik. "Wat makeer jou?"

Haar hande gee ondersteuning en hy strompelval uit die kas. Die beëindiging van die marteling in die kas tref hom met 'n skok sodat hy haar met albei sy arms vasgryp. Die momentum daarvan gooi hulle albei op die vloer neer. Sy sukkel orent totdat sy half sitlê teen die bed, maar hy bly aan haar vasklou soos 'n verlore kind. Hy baklei nie teen die skor huilklanke wat uit sy keel kom nie. Ems sit net verdwaas met die gebroke man teen haar en streel met haar hand oor sy bruin krulkop totdat daar bedaring in hom kom.

Na 'n ruk sit hy regop. Die werklikheid het tot hom deurgedring. Hy glimlag half verleë soos 'n skoolseun. "Ek's jammer," maak hy verskoning vir sy gedrag.

"Hoekom was jy so?" vra sy. "Oor die polisie? Is jy so bang dat hulle jou sal kry?"

Hy skud sy kop ontkennend. "Dit was die kas. Dit was hel om daar binne vasgekeer te sit."

"Engtevrees," is haar afleiding. "En deksels erg ook. Het jy dit al voorheen ondervind?"

"Ek weet nie. Laas nag het ek 'n nagmerrie gehad wat amper so erg was." Hy vertel haar van die nagmerrie.

"Het dit jou nie iets laat onthou nie?"

"Nee. Behalwe dat die kas my laat voel het asof ek lewendig begrawe is."

"Aaklige gedagte! Maat, ek dink jy was iewers waar hulle die lewe vir jou hel gemaak het. G'n wonder jy ly aan geheueverlies nie. Die ou wat hulle daar buite in jou kar gekry het, het net so sleg gelyk soos jy. Behalwe . . . sy keel. Hy moes saam met jou hel deurgemaak het. Ek dink ons kan aanvaar dat jy hom nie doodgemaak het nie. Al glo die polisie anders."

"Wat sê hulle?" vra hy. "Hoekom was hulle so vroeg by die kar gewees?"

Ems haal haar skouers op. "Nie veel nie. Jy weet hoe's die polisie. Hulle vra die vrae. En jy gee die antwoorde. Hulle 'h'm' en 'a' net as jy nuuskierig is."

Daar is 'n oomblik stilte voor hy vra: "Hoekom doen jy dit?"

"Wat?"

"Jy weet niks van my af nie maar jy help my. Dit maak jou medepligtig. Besef jy wat die gevolge vir jou kan wees?"

"Lelik," antwoord sy met 'n besef van erns. "Maar ek bekommer my nooit oor iets voor dit my tref nie. Soos nou met ant Lilly."

"Sy het die polisie van my vertel, nè?"

Ems knik haar kop. "Sy kon eintlik nie anders nie, Jay-Jay. Maar dit was eers toe hulle op daai ou se lyk afgekom het. Sy moes vir hulle jou kamer se deur ook gaan oopsluit. Ek het vir die polisie gejok en sy weet dit. Sy gaan 'n verduideliking van my verwag."

"Wat het jy gesê?"

"Dat ek jou, nadat ek jou gisteraand gehelp het, gehoor uitgaan het. Ek het deur die venster geloer en gesien dat jy wegstap. En ek het jou nie weer hoor terugkom nie."

"En hulle het jou geglo?"

"Ek hoop so. Anders gaan hulle terugkom. En voor dit gebeur, moet ons weg wees," sê sy heel ernstig.

"Wag nou, meisiekind. Nou wil jy heeltemal te betrokke raak by iets wat vir ons albei onbekend is. Dit kan nie," protesteer hy.

"Hoe anders dink jy gaan jy wegkom?" vra sy ietwat uitdagend. En sonder om vir sy antwoord te wag gaan sy voort: "Ek het my eie motor hier. En ek moet buitendien teruggaan Pretoria toe. Daarom kan jy netsowel saam met my ry."

"Jy het klaar aan alles gedink, nè?"

"Ek hoop so."

Hy dink skielik aan iets en frons.

"Wat?" vra sy.

"Jy het vir die polisie gesê ek is gisteraand uit en het nie weer teruggekom nie?"

"Ja."

"Hulle moes agtergekom het jy vertel 'n leuen. Anders is hulle baie dom," sê hy.

"Hoekom?"

"Eenvoudig," redeneer hy. "As hulle die plek behoorlik deurgesoek het, sou hulle agtergekom het dat al die vensters van binne af toe is. En die deur was van binne gesluit. Dit is mos nie logies nie."

Sy lag. "Logieser as wat jy dink. Dis een van daardie deure wat self agter jou sluit wanneer jy dit toetrek. Baie mense het hulleself al hier uitgesluit. Dis een van die lastighede vir ant Lilly. Sy moet alewig met die duplikate kom oopsluit. Buitendien — die polisie het dit wel agtergekom."

"Dit help darem om jou leuen vir hulle aanvaarbaar te maak. Nou moet ons net hoop hulle glo dat ek 'n nag se voorsprong het en nie meer in die omgewing is nie."

Hy praat nog toe daar 'n dringende klop aan die deur is. Hulle sit albei doodstil totdat daar weer geklop word.

Hy sluk swaar "Ek gaan nie weer in die kas wegkruip nie," fluister hy vroegtydig.

"Wie's dit?" vra sy benoud.

"Dis ek. Lilly. Laat my inkom. Ems."

"Badkamer. In die stort," fluister sy en beduie dringend vir hom.

Hy glip by die badkamer in en hoor hoe die deur oopgesluit word.

Ems bly in die oop deur staan en beskou die ouer vrou ondersoekend.

Lilly kyk beterweterig terug en druk haar opsy om by haar verby te kom. Sy druk self die deur agter haar toe.

"Hulle het die lyk weggevat," sê sy en stuur dan vir Ems aan die skouers na die bed toe en maak haar sit. "Uit daarmee! Waar is hy?" vra sy streng.

"Nou weet ek nie waarvan ant Lilly praat nie," skram Ems met kinderlik onskuldige oë weg.

"Ek ken jou, Ems. En ek het 'n kop wat nog helder is. Die waarheid!" eis sy weer.

Toe Ems nie dadelik antwoord nie, stap Lilly reguit na die badkamer toe. Sy trek die stortgordyn oop en staar na die man wat op sy hurke sit met sy arms voor sy bors gevou. Daar is iets in sy oë wat sy nie kan begryp nie, maar wat 'n roering binne-in haar veroorsaak. Sy knyp haar oë 'n oomblik toe, sug dan en gaan terug na die kamer toe. Hy staan op en volg haar.

"Wat op dees aarde maak ek met jou, Ems?" vra Lilly en gooi haar hande in die lug. "Jy vang altyd die een of ander wilde ding aan, maar hierdie keer het jy dit oordoen. Besef jy wat die polisie met jou kan aanvang? Ek wil nie eers dink hoe dit my kan raak nie."

"Kan ek verduidelik, ant Lilly?" vra die meisie hoopvol.

"Ek sou so dink! Ek wil darem weet wat jou besiel het om 'n voortvlugtige te help. Kragtie! Die man is 'n moordenaar!"

"Ons weet nie wat die waarheid is nie. Ons moet hom die voordeel van die twyfel gee," betoog Ems en voel nie so seker dat Lilly die amper ongelooflike storie gaan sluk nie.

"Gmf. G'n gewone mense ry met lyke in hulle karre rond nie," maak Lilly dit ook sommer duidelik dat sy nie 'n liggelowige mens is nie. "Nou toe. Ek wil baie graag die storie hoor. Dis nie aldag dat 'n verrinniweerde en bebloede man in die nag in 'n donderstorm hier opdaag nie. Boonop met grusame bagasie in sy kar."

"Ant Lilly!" protesteer Ems. "Laat ek nou klaar praat!"

"Vir wat kan hy nie praat nie?"

"Praat tog, Jay-Jay! Anders kom ons nêrens," sê Ems met 'n moedelose beweging van haar hand na hom.

Hy gaan sit op 'n stoel en vertel dan vir Lilly alles van die bietjie wat hy self weet. Sy praat nie tussenin nie, maar hy wonder of sy hoegenaamd gaan glo dat hy aan geheueverlies ly. Sy kyk hom juis aan met oë wat half agterdogtig op skrefies getrek is.

"Van so iets het ek in my lewe nog nie gehoor nie," sê sy toe hy na 'n ruk stilbly. Dan kyk sy stip berekenend na hom sonder om dadelik nog iets te sê.

"Die voordeel van die twyfel, ant Lilly," spoor Ems die ouer vrou aan.

"Hoekom? Omdat hy aantreklik is? Met merke aan sy gesig en al?" vra sy.

"Sy hele liggaam lyk so," voeg Ems nog 'n stukkie inligting by.

"En jy't alles gesien? Van kop tot tone?" vra Lilly betekenisvol.

Ems skud haar kop bevestigend. "Ek moes sy wonde behandel."

"Skaamtelose meisiekind! So . . . ons moet aanvaar jy't iewers aan die kortste end getrek? Soos Ems gesê het: die voordeel van die twyfel."

"Totdat ek self kan uitvind presies wat aan die gang is. As die polisie my in die hande kry, het ek nie hoop nie. Hulle gaan nie maklik glo dat ek aan geheueverlies ly nie."

Lilly stem met 'n gesteun saam. "Sal my ook nie verbaas as hulle weer kom karring nie. Hoe nou hiervandaan? Jy kan nie onbepaald hier bly nie."

"Net vir vandag tot dit vanaand donker is, ant Lilly," pleit Ems byna. "Dan ry ek terug Pretoria toe. Dis al hoop wat ons het dat hy ongesiens hier kan wegkom."

"Maak dan maar so. Ek sal van niks weet nie. En jy gaan staan en raak nie dieper by die ding betrokke nie." Aan Jay-Jay sê sy: "Jy gebruik nie die meisiekind verder nie, jongman. En jy sorg dat sy niks oorkom nie."

"Ek sal," beloof hy.

Lilly frons. "Pretoria toe? Wat wil jy in Pretoria loop maak as jy niks kan onthou nie?"

Hy haal sy skouers op. "Ek weet nie. Iewers moet daar 'n begin wees."

"Seker maar," gee Lilly toe.

Die res van die dag bly hy in Ems se kamer waar sy vir hom iets te ete bring en weer sy wonde versorg. Dit hou nie op reën nie en later laat die polisie die motor wegsleep om vingerafdrukke en forensiese toetse te laat doen.

Laatoggend daag 'n verslaggewer van *Suiderland Nuus* by die motel op. Hy stel homself as Antoni Willers bekend en wil meer besonderhede hê van wat by die motel gebeur het. Hy vra ongemaklike vrae wat Lilly laat besef dat hy reeds die polisie se beperkte weergawe van gebeure gehoor het, maar dat dit nie sy nuuskierigheid bevredig het nie. Sy gee kortaf, niksseggende antwoorde in 'n poging om van hom ontslae te raak.

Dis op dié tydstip dat Ems met die noodhulpkissie ingestap kom. Sy was pas by Jay-Jay om sy wonde weer te versorg. Sy sit die kissie op sy plek en praat sonder dat sy weet wie die besoeker is. "Daardie wonde van Jay-Jay lyk nie goed nie."

Lilly praat haar vinnig dood voor sy iets meer kan sê en stel die verslaggewer aan haar bekend met vermelding van sy navraag oor verlede nag se gebeure. Hy rig sy vrae tot Ems wat dit reguit en sonder 'n knipoog beantwoord — nes sy dit met die polisie gedoen het, sonder om haar vas te praat.

Toe Willers 'n saamgestelde foto van Jay-Jay en nog 'n man aan hulle toon, staar albei stip daarna.

"Mooi seuns," sê Lilly naderhand en bepaal haar aandag by iets anders.

Ems haal haar skouers op. "Kon hy gewees het, maar ek sal nie my kop op 'n blok sit nie. Wie's hy?"

"Wouter Hanekom," antwoord Willers en bêre weer die foto.

Toe hy hierna uitstap, is Ems bewus van die skeptiese uitdrukking op die verslaggewer se gesig. Omdat sy nie heeltemal op haar gemak is oor die verslaggewer se nuuskierigheid nie, en sy 'n gevoel het dat hulle weer met hom te doen kan kry, ry sy in 'n stadium dorp toe net om die indruk te skep dat alles by die motel die normale gang gaan.

Intussen hoop Lilly dat sy nie die grootste fout van haar lewe maak nie met die bystand aan Jay-Jay, wat nou as Wouter Hanekom geïdentifiseer is. As die saak nog ernstiger is as wat dit reeds lyk, kan dit haar rustige lewe in 'n totaal verkeerde rigting stuur. En daarsonder kan sy op haar ouderdom klaarkom. Haar ander groot kommer is Ems. Om vir haar te sê om nie by Jay-Jay se sake betrokke te raak nie, is tevergeefs. Sy's klaar betrokke. Die res gaan vanself volg.

Na agt daardie aand besluit Ems dis veilig genoeg om te vertrek. Sy trek haar motor só voor haar kamer om haar bagasie te laai, dat Jay-Jay die geleentheid kan kry om by die agterste sitplek op die vloer in te kruip.

Lilly sien hulle met kommer af toe hulle in 'n nuwe vlaag stortreën van die motel af wegry. Sy vertoef buite totdat sy die motor se agterligte sien verdwyn. Dis met die omdraaislag dat sy iets sien wat die beklemming in haar erger maak.

'n Entjie met die pad terug word 'n motor se ligte aangeskakel, hy draai in die pad in en ry stadig by die motel verby sonder dat Lilly kan sien hoeveel mense in die motor is. Al wat sy wel kan sien, is dat dit nie 'n polisiemotor is nie. Sy vou haar hande voor haar saam en sug. Haar gevoel sê vir haar dat dit die verslaggewer van *Suiderland Nuus* is wat nie tevrede was met die onderhoud van vanoggend nie.

Ems volg die kortste roete van die motel af na die snelweg tussen Nelspruit en Pretoria.

Net nadat sy op die Pretoria-oprit afgedraai het, sê sy: "Jy kan nou maar voor kom sit, Jay-Jay."

Hy kom dadelik orent en klouter oor die voorste sitplek se leuning. Toe hy sy sit gekry het, draai hy die venster by hom oop en lê toe oë met sy kop agteroor teen die leuning sodat hy die nagwind op sy natgeswete gesig kan voel.

Hy haal 'n paar keer diep asem voor hy sê: "Dankie tog! Dit voel beter."

"Weer daardie engtevrees?" vra Ems en kyk skuinsweg na hom.

"Jy kan jou nie voorstel hoe dit voel om in so 'n klein spasie vasgekeer te voel nie. Jy wil alles om jou oopbreek. En dan is daar die hallusinasies."

"Watse hallusinasies?" vra sy en kyk vir die soveelste keer met 'n ongemaklike gevoel in die truspieëltjie.

Daar is een motor se ligte agter hulle op die pad. Dit het 'n rukkie na hulle ook van Middelburg se kant af op die Pretoria-oprit afgedraai. Volgens haar skatting handhaaf hy ongeveer dieselfde spoed as sy. Sy wil nie dadelik vir Jay-Jay daarvan sê nie. Sy moet eers seker wees dat dit 'n agtervolging is.

"Verwronge figure ... gesigte ... 'n waansinnige gelag, en die verskriklike gevoel dat ek in 'n persmasjien in 'n klein blokkie saamgepers word," verduidelik hy stadig en temerig asof sy gedagtes iewers in die atmosfeer rondsweef.

Ems sien hoe 'n rilling deur sy liggaam trek. Daar is skielik 'n koudheid op haar vel wat haar ook laat sidder. "Dis aaklig!" lewer sy kommentaar. "Dink jy dit het iets te doen met wat jy beleef het voor jy jou geheue verloor het?"

"Ek weet nie. Dit voel nie vir my of daar enige verbintenis is nie," antwoord hy. Hy haal 'n sigaret uit en steek dit op.

"Ek hou nie daarvan dat daar in my motor gerook word nie," sê sy reguit en beduie na die nie-rookplakker teen die paneelkissie.

"O! Ek is jammer," maak hy verskoning en mik om die sigaret by die venster uit te skiet.

"Toemaar wat!" keer sy. "Rook tog maar. Ek veronderstel jy het dit nodig. Ek sal later 'n plan maak om van die reuk ontslae te raak."

"Is jy seker?"

"Toe nou! Ek sal nie elke dag so 'n toegewing maak nie."

Haar oë soek die volgmotor in die truspieëltjie. Die bestuurder behou sy afstand. Sy verminder geleidelik spoed. Hy behoort nou te wys of haar vermoede reg is.

"Presies waarheen in Pretoria gaan ons?" vra Jay-Jay. "Ek onthou die plek nie. Ek weet nie eers of ek daarvandaan kom nie."

"Ek het 'n meenthuis daar. Jy kan voorlopig by my bly."

"Nee!" keer hy. "Ná alles kan ek dit nie ook nog aanvaar nie. Jy het reeds meer gedoen as wat ek kan verwag. Jy kan nie betrokke raak by iets waarvan ons die aard en omvang nie ken nie."

Sy lag onderlangs. "Waarheen sal jy anders gaan? En ek is klaar betrokke. Dis nie meer 'n geheim nie."

"Wat bedoel jy?" vra hy

"Iemand volg ons nog die hele tyd." Sy beduie na die truspieëltjie. "Vandat ons uit Middelburg weg is. Hy ry dieselfde spoed as ek. Hou dieselfde afstand. Kom nie nader as ek spoed verminder nie. Die ou wil uitvind waarheen ons op pad is."

Jay-Jay kyk oor sy skouer na agter en hy sien die ligte 'n hele ent agter hulle. Ander motors kom nader en steek hulle verby, maar die volgmotor bly waar hy is.

"Dink jy dis die polisie?" vra Jay-Jay.

"Moontlik, maar ek glo nie. Ek het 'n vermoede dis daardie nuusjagter. Die een wat by die motel was en gesê het jy's Wouter Hanekom."

"Dit lyk nie of hy van plan is om verby te kom nie."

"Behalwe as ons hom dwing," sê Ems. 'n Wilde moontlikheid skiet deur haar gedagtes toe sy 'n groot vragmotor 'n ent voor hulle sien. Sy trap die versneller en die motor skiet vorentoe.

"Dit gaan nie werk nie. Hy gaan nie toelaat dat jy onder hom uitry nie."

"Gee kans," sê sy. "Hou jy hom dop. Ek gaan daardie groot vragmotor verbysteek. As jy ons stertjie se ligte sien inswaai om die vragmotor ook verby te steek, dan sê jy my. O ja, en hou jou maar gereed vir 'n snelstop. Ek wil nie hê jy moet deur die voorruit vlieg nie."

Jay-Jay weet nie wat Ems in gedagte het nie, maar hy raai dat sy iets roekeloos gaan waag. Hy bly egter stil, hou die motor agter hulle dop en bly voorbereid op die onverwagte. Hy sien dat die volgmotor ook spoed vermeerder. Dan is hy bewus daarvan dat hulle die vragmotor verbysteek. Net toe hulle verby is, swaai Ems voor die vragmotor in. Nog 'n ent. Hy kan die ander motor se ligskynsel nog in lyn met die vragmotor sien. Daar kom afstand tussen hulle en die vragmotor.

"Sê wanneer! Sê wanneer!" gil Ems vir hom.

Dan sien Jay-Jay die volgmotor se ligte binnebaan toe beweeg. "Nou! Hy is in 'n blinde hoek!"

"Hou vas!" skreeu Ems weer.

Ems skakel haar motor se ligte onmiddellik af. Sy gebruik die vragmotor se ligbaan en swaai uit op die skouer van die pad. Dan rem sy hard. Die motor skuif 'n ent met skreeuende bande voor dit tot stilstand kom. Die vragmotor skuur rakelings by hulle verby met 'n ergerlike getoeter. Kort daarna sien hulle hoe die volgmotor in die vragmotor se ligbaan verskyn en versnel.

"Dis nie 'n polisiemotor nie," sê Ems en voel hoe die spanning met 'n naarheid in haar breek.

Sy maak haar deur vinnig oop en klim uit om 'n rukkie buite te gaan staan voor hulle verder ry. Jay-Jay klim ook uit. Daar is skielik 'n woede in hom.

Ems staan langs die motor en lê met haar kop op haar arms op die motor se dak. Dan tel sy haar kop op en stoot haar een hand deur haar hare.

Jay-Jay kry haar aan die skouers beet en skud haar. "Wat de hel makeer jou, man? Ek wil nie verongeluk voor ek weet of ek wel Wouter Hanekom is en wat in my lewe aangaan nie!"

Dan begin Ems lag. "Ek weet nie," sê sy deur die lagbui. "Miskien is dit omdat ek eenvoudig stapelgek is."

Dis 'n skokbreker. Jay-Jay begin ook lag. Hulle staan daar langs die pad in die donker met 'n lagbui wat 'n rukkie neem om te bedaar.

Uiteindelik sê Ems: "Dis tyd dat ons weer ry."

"Ja," stem hy saam en gaan klim terug in die motor.

Antoni Willers trap sy motor se petrolpedaal dieper weg. Dit maak nie juis 'n verskil aan die spoed waarteen hy reeds ry nie. Voor hom lê die pad oop. Daar is niks voor hom nie. Hy frons. Nou wat sou van die meisiekind geword het? Sou sy agtergekom het hy volg haar en toe haar motor se ligte afgeskakel het? So dwaas kan sy nie wees nie. Hoe ver dink sy sal sy in die donker kan ry sonder om haar ligte te gebruik? Dan moes sy iewers van die pad afgery het, maar waar? Hulle het nog geen afritte na Witbank gekry nie.

Hy kyk in die truspieëltjie. Dis nog net die vragmotor se ligte 'n ent agter hom. Dan onthou hy dat hy die vragmotor se ongeduldige getoeter gehoor het net toe hy besig was om hom in te haal en verby te steek. Daar gaan vir hom lig op. Dit moes tóé gewees het dat sy van die pad af is. Hy glimlag en skud sy kop ongelowig. Hy voel soos 'n swaap. Sy het hom sowaar uitoorlê. Uitgeslape meisiekind!

Sy was dus die hele tyd daarvan bewus dat sy gevolg word. En as sy sulke streke uithaal, beteken dit sy het 'n rede daarvoor. Wat net beteken sy vermoede was tog reg. Die afleidings wat hy gemaak het terwyl hy die aktiwiteite by die motel deur sy verkyker bespied het, was dus nie mistastings nie. Die man wat hy soek was die hele tyd by haar in haar kamer en is nou by haar in die motor.

Hy besluit dat dit niks sal help om nou stil te hou en hulle in te wag nie. Sy kan maklik 'n afrit vat en met 'n omweg Pretoria toe ry as sy werklik wil seker maak dat hy haar nie kan agtervolg nie. Gelukkig is alles darem nog nie verlore nie.

Hy vroetel op die sitplek langs hom en vat sy selfoon raak. Dan skakel hy die kantoor se nommer. Die telefoon lui 'n rukkie aan die ander kant voor dit beantwoord word.

"Suiderland!" hoor hy Julia Gouws se gejaagde stem in sy oor.

"Haai, Julia, my skat!" groet hy.

"Antoni Willers, waar flenter jy rond? Ons sak al vir die vroeë uitgawe. Ou Wollies wil die horries kry omdat jy nog nie weer van jou laat hoor het nie."

"Sorry, meisiekind. Kon nie eerder weer bel nie."

"Ja, toe praat. Ek's reg om te tik."

"Sorry," sê hy weer. "Daar is niks meer as vanmiddag nie. Julle moet dit maar net so gebruik."

"Kon jy darem bevestiging kry wie die dooie ou is?"

"Jaco Ebersohn. Dis al wat hulle bereid was om te sê."

"Niks meer nie?"

"Nie veel nie. Net dat hy in sy eie motor gekry is."

"Ou Wollies kry die piep. Hy't gedag ons het iets beet vir die voorblad."

"Sê vir die baas hy moenie 'n koronêr skiet nie. As die pote nie wil praat nie, wil hulle nie praat nie. Hy sal in elk geval die volle storie kry wanneer ek alles bymekaar het. Anyhow, het jy vir my daai registrasienommer laat nagaan?"

"Ja. Jy skuld my 'n ete."

"Bonusmaand."

"Suinige skepsel!"

"Toe nou, Julia, ou dier, man!"

"Okay! Okay! Eienaar: Mej. E. J. van Niekerk. Adres: Florana nommer sewe, Blesbokstraat, Garsfontein."

"Dit help my nie veel dié tyd van die aand nie. Garsfontein is groot as jy die omgewing nie ken nie."

"Hou jou in, man! Ek het klaar vir jou 'n roete uitgewerk."

"Ek vreet jou op wanneer ek jou weer sien."

"Beloftes. In elk geval, Florana is 'n blok meenthuise," sê sy kollega vir hom en verduidelik vir hom die roete wat hy kan volg om by Ems se meenthuis uit te kom.

Dis met 'n tevrede sug dat Antoni na 'n ruk die selfoon afskakel en gemaklik terugsit. Nou moet hy net sorg dat hy voor juffrou Van Niekerk by haar huis is. Hy voel tevrede soos altyd wanneer hy die spoor van 'n goeie storie opgetel het. Hy skuld ou Japie, *Suiderland Nuus* se korrespondent op Middelburg, 'n bottel goeie whiskey omdat hy die wenk van vanoggend dadelik gegee het.

Sy gedagtes begin 'n draai loop met die storie van die twee ouens wat tien dae gelede skielik met 'n klomp geld van die Belmont-sokkerklub in Pretoria verdwyn het. Hy dink weer aan al die spore wat doodgeloop het, en die raai, bespiegel en vals berigte daarna. Nou lê een van hulle op Middelburg in 'n lykshuis. En die ander een is saam met 'n oulike meisie op pad terug Pretoria toe. Dat sy iewers inpas, betwyfel hy nie eers nie. Sy en die ou tannie by die motel was te ontwykend tydens sy onderhoud met hulle. Dan is daar die noodhulptas waarmee die juffroutjie ingekom het en die verwysing na ene Jay-Jay se wonde. Daarna hulle reaksie op die foto wat hy vir hulle gewys het. En vroeër vanaand, voor sy vertrek het, toe sy haar motor gepak het, was hy seker dat hy deur sy verkyker 'n sluipende skaduwee aan die anderkant van die motor gesien het.

Presies hoe en waar pas die meisiekind in? Is sy van die begin af betrokke? Of is sy maar net die weekhartige soort wat blindelings in 'n ding in loop? Of is sy 'n gyselaar? Dis nie onmoontlik teen die agtergrond van die polisie se ontdekking by die motel nie.

Wat die rede ook al is, Wouter Hanekom is nog vry en hy het 'n kans om met die ou te praat voor die polisie hom in die hande kry.

Dis kort na tien toe Ems in die straat aan die agterkant van die Florana-meenthuiskompleks indraai.

By 'n paar bome waar dit swak verlig is, hou sy stil en skakel die motor se ligte af.

"Is ons hier?" vra Jay-Jay en bekyk die omgewing nuuskierig.

"Ja en nee," antwoord Ems, en sy lyk vir Jay-Jay skielik weer op haar hoede.

"Wat bedoel jy?" vra hy.

"Ek is nog nie heeltemal gerus oor daardie motor wat ons gevolg het nie," verduidelik sy. "Ons het hom beslis nie weer ingehaal nie. Dit beteken hy het óf opgegee toe hy besef het hy's uitoorlê, óf hy't vermoed waarheen ons op pad is. En as hy glo dat jy by my is, het hy ongetwyfeld uitgevind wat my adres is. En as hy dit kon uitvind, kan ons aanvaar dat die polisie nie minder intelligent is nie."

"Met ander woorde, jy verwag dat die polisie of die agtervolger ons inwag?"

"Miskien is ek paranoïes, maar ek verkies om versigtig te wees. Feit is: iets is nie lekker met jou nie. Daarom is dit beter dat niemand jou saam met my sien arriveer nie."

"Jou voorstel?" vra hy.

"Dat jy hier afklim. Tussen daai twee huise is 'n voetgangersteeg. Gaan daar in en hou reguit daarmee aan tot jy by die kruising van twee inritte kom. Wag daar tot ek vir jou 'n teken gee dat dit veilig is. En bly in die skadu's. Moenie ongeduldig raak nie. As my vermoede reg is, mag dit 'n rukkie duur. O ja! Jy hoef jou nie oor sekuriteit te kwel nie. Die kompleks het nog nie 'n stelsel nie. Later miskien. Ons baklei nog daarvoor."

"Jy's 'n meisie met 'n skerp verstand wat ook aan alles dink," komplimenteer hy haar. "Mens sou sweer jy maak 'n stokperdjie van dié soort ding."

Sy lewer nie kommentaar daarop nie. "Toe, uit is jy! Voor ons aandag trek."

Jay-Jay maak soos sy sê, en toe sy die motor sonder om die ligte aan te skakel, omdraai en stadig terugry in die rigting waarvandaan hulle agter die meenthuise ingery het, glip hy by die voetgangersteeg in wat sy uitgewys het. Die stegie is baie swak verlig omdat dit net die vae skemerte van die binneterrein se beligting het. Hy kan nietemin onderskei dat elke huis 'n eie tuintjie met 'n lae heininkie voor het en 'n motorafdak langsaan.

Hier en daar laat sy beweging 'n klein keffertjie 'n bohaai opskop. Dit jaag hom nie op hol nie, maar tog is hy bekommerd

35

dat dit onnodig aandag sal trek. Hy bereik die kruising van die twee inritte net toe Ems se motor verbyry. Dan gaan hy in die skadu van 'n struik sit om te wag tot Ems haar teken gee.

'n Hele ent van hom af in die volgende deel van die inrit sien hy 'n motor staan. Die motor lyk nie vir hom verdag nie en hy ontspan. Hy het lus om 'n sigaret aan te steek, maar hy besef hoe fataal dit kan wees.

Daarom vergeet hy van sy rooklus en dink aan wat gebeur het sedert hy iewers langs 'n verlate pad sy bewussyn herwin het. Sy grootste magteloosheid is dat hy niks kan onthou van wat voor daardie oomblik gebeur het nie.

Toe Ems by die inrit indraai wat by haar meenthuis verbyloop, is sy verlig om nie 'n polisiemotor te sien nie. Dit laat haar egter nie haar waaksaamheid verslap nie, want sy is nog nie gerus oor die volgmotor nie.

Sy kan net nie die gevoel afskud dat die man iewers op die uitkyk is vir haar nie. Dis toe sy die kruising by die steeg oorsteek dat sy ook die motor sien wat Jay-Jay opgemerk het. Ontoelaatbare parkering waarvan almal hier bewus is, redeneer haar gedagtes. Sy voel tevrede dat sy nie 'n valse voorgevoel gehad het nie.

Sy voel nogtans nie op haar gemak nie, want sy weet nie wat om verder te verwag nie. Die beste is om so normaal as moontlik op te tree. Nadat sy haar motor geparkeer het, gaan sluit sy eers die huis se voordeur oop en skakel die binne- en buiteligte aan.

Dan kom sy terug na die motor toe en laai haar bagasie tydsaam af, asook die noodhulpkissie wat Lilly vir haar saamgegee het om Jay-Jay se wonde weer te behandel. Deurentyd hou sy die kruising onderlangs dop. Sy word nie teleurgestel nie, want sy merk later tog 'n beweging op. Sy is seker die man hou haar nou van agter die hoekhuis se motorafdak dop. Asof sy onbewus van hom is, pak sy klaar af, sluit die motor en gaan die huis dan binne sonder om die voordeur toe te maak.

Onbewus daarvan dat Ems van hom bewus is, staan Antoni Willers rustig en wag om te kyk wat volgende gaan gebeur. Toe

Ems se voordeur na 'n ruk toegaan en die buitelig afgeskakel word, is daar 'n groot stuk teleurstelling in hom.

Hy moet toegee dat hy 'n dwarrelwind se stofstreep gejaag het. Of het hy? Is hy nie dalk weer deur juffrou Van Niekerk uitoorlê nie? Dalk het sy haar passasier by 'n ander bestemming afgelaai. Waarskynlik, want hy is steeds oortuig daarvan dat sy 'n passasier gehad het. Dis wat sy intuïsie vir hom sê en sy intuïsie was nog nooit verkeerd nie. Daarom is hy van plan om haar bewegings die volgende paar dae goed dop te hou. Hy kan dus netsowel nou huis toe gaan, want hy is seker vannag gaan niks verder oplewer nie. Met die besluit geneem, stap hy terug na sy motor toe om maar weer te ry.

Kort hierna sien Ems deur haar donker kamer se venster hoe Antoni se motor amper geruisloos aankom na die kruising toe, regs draai en met die inrit uitry na die straat toe. Sy staan hom en dophou totdat hy onder in die straat indraai. Dan wag sy nog 'n rukkie voor sy uitgaan om vir Jay-Jay te gaan beduie dat dit veilig is om in te kom.

Terug in die huis staan hulle teenoor mekaar en sug albei van verligting dat die spanning vir hulle verby is.

"Jy was toe weer reg," sê hy met 'n effense grinnik. "Hoe jy dit regkry, weet ek nie, maar jy handel elke keer asof jy 'n siener is. Ek begin jou vertrou."

"Verskoon my!" reageer sy kamtig onthuts. "Ek het nie juis rede om jóú te vertrou nie."

"Ek weet," sê hy met 'n afwerende gebaar. "Ek kan netsowel vir jou lieg oor my geheueverlies. Vir al wat jy weet, is ek 'n groot misdadiger en moordenaar wat oral gesoek word."

"Moet my nie tempteer nie," waarsku sy ligweg. "Die polisie betaal groot belonings in sulke gevalle."

"Hoekom waag jy dit? Om my te help?" vra hy nou ernstiger.

Sy skud haar skouers. "Dalk hou ek van jou bakkies. Vandat ek 'n kind was, het ek altyd van die lelikste diere gehou. Seker omdat hulle die maklikste verstoot word. Kom. Ek gaan wys jou waar jy kan slaap. Hier is twee slaapkamers. Een vir my.

Een vir jou." Sy beduie waar die onderskeie kamers is en skakel die lig aan van die een wat hy gaan gebruik. "Jy slaap in my huismaat se kamer, so pas dit op."

Hy loer na binne en sien dat die vertrek baie vroulik en puntenerig ingerig is. "En as jou huismaat terugkom? Wat dan?"

"Sy sal eers oor vyf weke terug wees. Op die oomblik toer sy in die buiteland. Ek hoop in elk geval jy gaan nie so lank op my nek lê nie. Wat van koffie en iets om te eet?"

Hulle stap terug na die oopplankombuis toe. "Ek is nie honger nie, maar koffie sal lekker wees," antwoord hy.

Sy beduie vir hom om langs die kombuistoonbank op 'n hoë stoeltjie te gaan sit terwyl sy doenig raak. Sy skakel die ketel aan en sit die koppies reg. Dan haal sy 'n koekblik uit een van die kaste, maak dit oop en plak dit voor hom neer. "As ek nie iets te ete gaan maak nie, kan ons netsowel aan die koekies knaag. Help jouself."

Hy is nie eintlik lus daarvoor nie, maar hy vat tog een om aan te peusel. Sy kom hand in die sy oorkant hom staan en beskou hom met 'n frons.

"Wat?" vra hy.

"Hoeveel geld het jy by jou?"

"Niks!" antwoord hy. "Alles wat ek gehad het, het ek vir die motelkamer betaal. Hoekom vra jy?"

"Jy het 'n skeermes, tandeborsel en klere nodig. Jy kan nie in daai klere bly loop nie. Dit lyk of dit in 'n asblik hoort. Ek sal maar geldskieter speel. Jy sorg net dat ek dit terugkry."

Hy wil beswaar maak, maar daar is 'n waarskuwing in haar oë dat sy 'n wil van haar eie het. Hy sal maar voorlopig moet toegee. Dit is so dat hy 'n beter voorkoms nodig het.

"As jy so sê," gee hy dan gelate toe.

Die ketel kook en sy maak die koffie. Hulle praat nie. Jay-Jay raak weg in sy gedagtes. Hy wonder waar hy sal kan begin om sy lewe te ontrafel. Hy is skaars daarvan bewus dat Ems die beker koffie voor hom neersit. Hy word eers weer van haar bewus toe haar hand sag oor sy bebaarde gesig vryf.

"Haai, ou! Kom by!" sê sy met 'n simpatieke warmte in haar stem asof sy begryp waarom sy gedagtes weggedwaal het. "Dit sal regkom. Jou geheue sal weer terugkom."

"Dalk sal dit," gee hy met 'n moedelose gebaar toe. "Die vraag is net: gaan ek gelukkig en tevrede wees met wat ek onthou? Veronderstel daar is dinge wat ek liewer nie sal wil onthou nie?"

"Ons almal het seker dinge in ons verlede waarvan ons liewer sou wou vergeet. Mens leer om dit tog iewers in jou geheue weg te bêre. Soms, net soms kom treiter dit jou moedswillig, maar dit word hanteerbaar."

"Mag so wees. Tog veroorsaak die onbekende 'n angs in my. Ek kan dit nie beter aan jou verduidelik nie."

Sy sit haar een hand oor syne. "Drink jou koffie klaar en gaan stort sodat jy kan gaan slaap. Môre is 'n nuwe dag. Ons pak dit soos dit kom." Sy kom uit die kombuis uit en gaan by hom verby kamer toe. Na 'n rukkie keer sy terug met 'n voetbalbroekie en 'n japon en sit dit langs hom neer.

Hy kyk vinnig, ietwat verras na haar en besef dat hy eintlik bitter min van haar af weet. Sy snap die onuitgesproke vraag in sy oë.

"Luister, ek het nie gesê ek's 'n engeltjie nie. Dit het aan 'n gewese vriend van my behoort," verduidelik sy. "Ons sou trou, maar ons was albei nie gereed vir so 'n belangrike stap nie. Ons is soos goeie vriende uitmekaar sodat ons albei eers kan uitvind presies wat ons van die lewe wil hê. So het dit geëindig. Ons het mekaar net nie weer gesien nie."

"Mis jy hom?" vra Jay-Jay.

"In 'n ernstige verhouding? Nee. Soms wel wanneer ek 'n goeie vriend se geselskap nodig het." Sy stoot met haar een hand aan hom. "Gaan stort nou. Ek wil ook nog daardie wonde van jou versorg voor jy gaan slaap."

Die nag word Jay-Jay weer deur 'n nagmerrie geteister. Nes verlede nag se nagmerrie vlug hy angsbevange en skreeuend deur 'n digte woud. Hy is heeltemal naak. Oral aan sy ligaam kleef iets soos bloedsuiers vas wat oneindige pyn veroorsaak. Dan is dit skielik donker om hom. Stikdonker en skrikwekkend stil. Daar is 'n bedompigheid. Hy is benoud. Hy snak na lug. Sy hand gryp om hom in die donker, maar hy kan kwalik beweeg. Hy is in 'n knellende nou spasie vasgevang asof hy in 'n ondeurdringbare kokon toegepleister is. Hy gil half waansinnig, maar sy stem slaan iewers voor sy gesig vas en rol hol terug in sy ore.

Ems word wakker van Jay-Jay se angsgille. Vir eers is sy verdwaas en deur die slaap en sukkel sy om te registreer presies wat aan die gang is. Toe die werklikheid haar tref, tuimel sy halsoorkop uit die bed en storm na Jay-Jay se kamer toe.

Sy skakel die lig aan. Jay-Jay beur half orent in die bed. Sy oë is starend asof 'n waansin hom beetgepak het. Sy natgeswete gesig is vertrek soos die van iemand wat onsettend gefolter word. Ems sak op haar knieë op die bed neer en gryp hom in albei haar arms vas. Dan druk sy sy kop teen haar bors vas en wieg hom soos 'n kind heen en weer.

Tussendeur roep sy na hom. "Jay-Jay! . . . Jay-Jay, word wakker! Word wakker! Toe nou! Dis net 'n droom! Net 'n droom! Jay-Jay!"

Dan is Jay-Jay helder wakker. Sy oë kyk verwonderd na haar. "Dit was iets aaklig!" sê hy en voel skaam soos 'n kind.

Sy skud haar kop. "Dit was net 'n droom." Sy skuif in 'n lêposisie en trek sy kop op haar bors neer. "Toe. Kom lê so teen my. Dan sal dit weer rustig word in jou."

Hy stribbel nie teë nie. Hy sê niks. Hy praat nie oor die droom nie, lê net soos 'n kind wat troos soek, teen die sagte ronding van haar deinende bors.

Ems hou hom vas en kam met haar een hand deur sy hare. Sy oë is toe, maar sy kan die spanning in hom voel. Kort-kort trek 'n rilling deur sy lyf asof hy koud kry. So lê hulle totdat hulle albei weer aan die slaap raak.

Vroegoggend word Jay-Jay wakker. Hy is dadelik bewus van die vroulike warmte teen sy liggaam. Hy lig sy kop en kyk na Ems se slapende gesig. So ontspanne. So rustig. Nes 'n klein dogtertjie wat nog nie met die sorge van die wêreld te doen gekry het nie. Daar roer 'n teerheid in hom wat na liefde soek. Hy wens hy kon dit waag om haar stywer teen hom vas te trek, haar in sy arms te neem en haar met die warmte van sy eie liggaam te liefkoos; om so ontspanning te vind vir die stramheid wat daar nog in hom is.

Die hopeloosheid van sy gedagtes en begeertes tref hom. Hy skuif versigtig weg van haar af en klim uit die bed sonder om haar wakker te maak. Dan trek hy die kamerjapon aan en stap met 'n laaste kyk na die slapende vrou se gesig uit die kamer na die kombuis toe.

Hy tap die ketel vol water en skakel dit aan om koffie te maak. Hy onthou waar sy gisteraand alles uitgehaal het. Dan sit hy die bekers reg, gooi koffie en suiker in. Terwyl hy wag vir die ketel om te kook, leun hy met sy hande kop onderstebo teen die kombuistoonbank. Hy probeer die deurmekaar gedagtes in sy kop in orde kry.

Ems is die enigste mens met wie hy kontak het, van wie hy iets weet. Hy durf nie toelaat dat haar barmhartigheid haar te na aan hom laat kom nie.

Dis nie billik teenoor haar nie omdat hy nie weet waarvandaan hy kom en waarheen hy op pad is met sy lewe nie. Hy kan nie toelaat dat sy aan iets blootgestel word waarvan nie een van hulle die omvang ken nie. Sy het 'n eie lewe waarmee sy moet voortgaan. Tog kan hy ook nie sonder haar 'n tree in die buitewêreld versit nie. Hy het haar nodig.

Die ketel kook. Hy skakel dit af. Dan maak hy die koffie. Terwyl hy daarmee besig is, kom sy ingestap. Sy leun met haar bolyf vooroor op die toonbank en stut haar kop met die een hand terwyl sy sy bewegings dophou. Eers toe hy die beker koffie voor haar neersit, vra sy: "Hoe voel jy vanoggend?"

"Soos 'n stuk dryfhout in 'n maalstroom," antwoord hy en neem 'n sluk van sy koffie. "Jammer oor verlede nag," voeg hy by.

Sy wuif dit met die een hand weg. "Dis sommer niks. Maar jy moenie dink ek gaan elke nag by jou slaap omdat jy bang is vir die donker nie," skerts sy.

"En ek dag ek het die maklike en vinnige manier ontdek," skerts hy saam.

Sy beduie waarskuwend vir hom met die vinger. "Ek kyk

jou uit. 'n Vrou moet ligloop vir jou. Maar alle grappies op 'n stokkie. Vertel my van die nagmerrie."

Hy vertel haar daarvan. Ook dat hy dit die vorige nag in die motel gehad het.

"Soos daai engtevrees wat jy kry?" vra sy toe hy klaar gepraat het.

"Nog erger. Ek kan nie daardie algehele doodsangs beskryf nie."

"Dink jy dit hou verband met wat jy ervaar het voor jy jou geheue verloor het?" vra sy. "Gee dit jou daardie gevoel?"

"Miskien. Ek weet nie. Waarom anders sal ek die nagmerries kry?"

"Hulle sê 'n mens se onderbewussyn kan lelike streke met jou uithaal. Veral as daar gebeure is wat jy nie wîl onthou nie," probeer sy dit verklaar.

"Dalk ís ek en daai arme ou in die motor deur dieselfde hel. Ongelukkig het hy dit nie oorleef nie."

"Van hom gepraat; ek gaan gou vanoggend se koerante koop. Dalk is daar iets oor hom in," sê sy en drink haar koffie vinnig klaar.

"Moet jy nie gaan werk nie?" vra hy.

"Vanaand eers. Ek verpleeg en doen nagskof. Eintlik sou ek eers vandag teruggekom het van ant Lilly af."

"Maar toe kom jy vroeër terug om my daar weg te kry?"

"Moet tog net nie 'n skuldgevoel daaroor kry nie. Verskoon my. Ek gaan aantrek." Met dié woorde staan sy op en stap kamer toe.

Jay-Jay drink sy koffie klaar en 'n rukkie nadat haar kamerdeur toegegaan het, gaan hy ook kamer toe. Hy druk die deur toe. Dan gaan sit hy op die bed en staar deur die venster na buite. Nie dat daar veel van 'n uitsig is nie. Daar is nog 'n stukkie tuin agter; dan die volgende inrit en ry huise. *Ek sal nie so wil leef nie,* dink hy. *Die huise is te opmekaar en skep die indruk van ingehoktheid. Ek sal wil bly waar daar ruimte is.*

Hy hoor haar na 'n rukkie vaagweg "bye!" roep toe sy op pad uit is. "Moet vir niemand oopmaak nie!"

Hy kan nie so bly sit nie. Hy moet iets doen. Hy staan op van die bed af en trek weer die verwaarloosde klere aan. Hy voel vies daarvoor. Hy kan nou verstaan waarom Ems gesê het dit hoort in 'n vullisdrom. As hy so op straat moet verskyn, sal al wat mens is agterdogtig na hom kyk.

Toe hy klaar aangetrek het en die bed opgemaak het, gaan hy terug na die sitkamer toe. Hy skakel die TV aan en gaan sit weer op een van die toonbankstoeltjies. Die nuusprogram is aan die gang en handel oor allerhande gebeure waarin hy geen belangstelling het nie.

Dan is daar 'n berig wat hom laat regop sit. Dit wil voorkom of daar 'n nuwe wending is in die saak van twee mans wat tien dae gelede geheimsinnig verdwyn het met tweehonderd en vyftigduisend rand van die Belmont-sokkerklub. Na verskeie onbevestigde berigte dat hulle in Swaziland en Mosambiek opgemerk is, wil dit nou voorkom of hulle al die tyd iewers in die Laeveld was. Die liggaam van een van die mans, wat as Jaco Ebersohn geïdentifiseer is, is buite Middelburg by 'n motel in die kattebak van sy motor gevind. Die ander man, Wouter Hanekom, het weer spoorloos verdwyn. Die vermoede bestaan dat die man hulp gehad het om Johannesburg of Pretoria te bereik. Die publiek se hulp word gevra met die opsporing van die man. Die beloning en 'n nommer wat geskakel kan word as mense inligting het, word saam met 'n foto van Jay-Jay vertoon.

Nadat die nuusflits verby is, staar Jay-Jay nog verslae na die TV-skerm. Hy weet nou wie hy en sy dooie passasier was. Hy weet dat hulle met 'n klomp geld verdwyn het, maar alles is vir hom vreemd en onwerklik. Daar is ineens 'n magdom nuwe vrae wat soos 'n storm in sy gedagtes woed, en hy is totaal magteloos om deur die aanslag daarvan logies te dink.

Antoni Willers stap vroeër as gewoonlik by *Suiderland Nuus* se nuuskantoor in. Die aanmerkings van sy kollegas daaroor wys hy met allerhande handgebare af. Hy gaan maak vir hom 'n beker sterk swart koffie met drie lepels suiker en gaan sit dan agter sy lessenaar. Hy sit skaars of Echardt Wolhuter, die nuusredakteur, wil hom in sy kantoor sien. Antoni loop met sy beker koffie na die baas se kantoor toe.

Toe hy instap, beduie Wolhuter dat hy die deur moet toemaak.

Wolhuter kyk vir 'n oomblik krities na hom en skud dan sy kop moedeloos. Antoni weet wat gaan volg. Dis al amper soos 'n ritueel.

"Jy lyk ook altyd asof jy van 'n slagveld af kom, Willers. Kan jy my nie een oggend verras en soos die res van die span skaflik lyk nie?"

"Jy ken my," antwoord Antoni. "As ek 'n storie jaag, dan is daar nie tyd vir spit en polish nie."

"Ons voorblad vertel niks besonders van jou jagtery nie. Die ander koerante dra meer van die Hanekom-saak as ons."

"Hulle het net spasie gemors met ou nuus," antwoord Antoni, ongeërg oor sy baas se opmerking. "Wanneer ek spasie vat, móét daar en gáán daar opskudding wees."

"Weet jy van iets waarvan ek nog nie weet nie?"

Antoni skud sy kop. "Niks meer as 'n vermoede nie, maar dis 'n sterk een."

"Ek wil hoor."

"Ek vermoed dat Wouter Hanekom terug is in Pretoria en dat hy deur 'n meisiekind gehelp word. Ek weet waar sy bly. En ek het 'n spesmaas dat hy by haar is."

"Het jy hom by haar gesien?"

"Nee. Ek sê mos dis net 'n vermoede."

"Vermoede! Dit beteken niks, man! Watter rede is daar vir die vermoede van jou?" wil Wolhuter ongeduldig weet.

Antoni lig Wolhuter in oor die agtervolging van Middelburg af; hoe hy onderweg uitoorlê is; dat hy na Ems se woonstel toe is om haar daar in te wag.

"Maar Hanekom was toe nie in haar motor soos jy verwag het nie?" onderbreek Wolhuter hom.

"Nee. Hy was nie. In elk geval nie toe sy by die huis gekom het nie. Maar ek sal my kop op 'n blok sit dat hy wel saam met haar in Pretoria opgedaag het."

"Wat maak jou so seker?"

Antoni bly 'n oomblik stil. Hy sif sy gedagtes — hoeveel hy wil sê en hoeveel hy wil verswyg.

Wolhuter leun agteroor. Hy jaag die jonger man nie aan nie.

Dan verduidelik Antoni kortliks hoe hy die situasie op Middelburg gevind het en sy opvolgende vermoede dat alles by die motel nie pluis was nie.

"Ja, maar hoekom het die polisie hom dan nie daar gekry nie?" vra Wolhuter toe Antoni stilbly.

"Omdat onse juffroutjie hom weggesteek het. Hoekom sy dit gedoen het en hoe sy in die prentjie pas, sal ek nog uitvind."

Wolhuter knik begrypend. "Dan moet jy sorg dat jy haar te sien kry."

"Dit was my plan."

"Ek verwag 'n beter berig as vanoggend s'n voor saktyd vanaand," waarsku Wolhuter.

Antoni hou sy een hand omhoog. "Ek wil voorstel dat ons niks plaas nie."

"Om weer deur die ander koerante voorgespring te word? Onsin!"

"Wag nou, baas!" keer Antoni vinnig. "Ons het op die oomblik 'n voorsprong omdat ons weet wat hulle nog nie weet nie. Ek wil 'n onderhoud met Wouter Hanekom hê, want ek het 'n gevoel dat hier baie meer as net 'n gewone storie is. Iets pas net nie lekker nie."

Wolhuter knik goedkeurend. "Nou maak dat jy wegkom. Jy maak my moeg met jou voorgevoelens. Sorg net dat ons 'n scoop het."

"Jy's op die voorblad!" sê Ems toe sy soos 'n windverwaaide mens by die voordeur instorm en 'n pak koerante op die kombuis se toonbank kom neerplak.

"Op die TV ook," voeg Jay-Jay sinies by. "Daar ís toe 'n aantreklike beloning wat jy kan opeis."

Ems klik ongeduldig met haar tong. "Man, vat daai koerant en lees wat hulle oor jou skryf. Dit mag dalk die moeite werd wees."

Hulle raak stil. Dis net die geritsel van koerantpapier wat af en toe hoorbaar is. Jay-Jay lees die berig, wat nie veel meer sê as wat in die TV-bulletin was nie. Op dié foto lyk hy nie so goed en netjies geklee as in die een wat op TV vertoon is nie. Hy lyk eerder verwaarloos, soos 'n nikswerd.

Daar is ook 'n foto van hom saam met die bestuurder van die Belmont-sokkerklub. Jay-Jay lees die berig weer. Daar is niks in wat die gordyn voor sy toegeslane geheue op 'n skrefie ooptrek nie. Hy kyk na die Engelse koerant waarmee Ems besig is. Van hier af lyk die berig meer omvattend as die een wat hy gelees het.

"Wat skryf hulle?" vra hy met 'n mate van ongeduld.

Ems skuif die koerant effe vorentoe. Dan kyk sy reguit op na hom sonder om sy nuuskierige oë te ontwyk. "Die ou wat hierdie berig geskryf het, het geen liefde vir jou nie. Dit sleep jou deur al die gemors wat hy bymekaar kon kry."

"Vertel my," dring hy aan.

Sy haal 'n slag diep asem. "Blykbaar was jy eers 'n uitstekende prokureur met 'n baie belowende toekoms. Jy kom uit 'n vooraanstaande familie in die farmaseutiese bedryf. Dis eintlik al wat positief geskryf is oor jou agtergrond."

"Gaan voort."

"Na die een of ander terugslag, wat nie beskryf word nie, het jy in die uiterste ellende verval. Jou loopbaan was op die ashoop. Nou en dan het jy 'n minderwaardige saak hanteer waarin jy 'n krater van jouself gemaak het. Die prokureursorde het jou onder hande geneem en vir 'n tyd geskors sodat jy jou kon regruk. Dit het geen uitwerking gehad nie. Toe raak jy deurmekaar met 'n twyfelagtige karakter van wie niemand juis iets weet nie."

"Ebersohn?" onderbreek hy haar.

Sy knik instemmend. "Die einste. Saam met hom het jy by sokkerwedstryde begin betrokke raak. Aan die weddenskapkant daarvan. Julle het by elke wedstryd opgedaag en so onder die sokkerspelers bekend geword. Met party selfs vriende gemaak. Toe kom daar 'n drastiese wending." Sy huiwer.

"Wel? . . . Wat?"

Ems kyk voor haar teen die koerant vas, waar sy haar hande saamgevou het. Sy moet hom die res ook vertel, maar sy voel nie gerus oor die uitwerking wat dit op hom kan hê nie.

"Kom nou! Ek moet alles weet," jaag hy haar aan.

Sy sug diep. "Jou broer Rudolf wat in jou pa se besigheid gewerk het, is een aand vermoor. Een van die gewildste sokkerspelers, Oscar Dlamini, met wie jy goed bevriend was, is vir die moord aangekeer. Alles het daarop gedui dat hy die moord gepleeg het. Jy het as sy prokureur na vore getree."

"Ek sou my broer se moordenaar verdedig het? Dit maak mos nie sin nie."

"Dis die geskiedenis, Jay-Jay."

"Ek kan my voorstel watter uitwerking dit op my familie moes gehad het."

"Daaroor word daar niks geskryf nie, maar . . ." Sy bly vir 'n oomblik stil. "Jy sou Oscar se borgtog gereël het. Jy het nie, want die nag voor die borgaansoek aangehoor sou word, het jy en Ebersohn met tweehonderd en vyftigduisend rand van die sokkerklub verdwyn. Sedertdien, ten spyte van verskeie gerugte, kon julle nie opgespoor word nie. Tot nou."

"En Oscar Dlamini? Wat het van sy saak geword?"

Ems haal haar skouers op. "Hy's uit op borg. Voorwaardelik. Blykbaar het iemand anders dit gereël."

"Sjoe! Wat 'n gemors!" sê hy toe sy klaar gepraat het.

"Dis meer as net 'n gemors, Jay-Jay. Daar is nou 'n tweede moord ook. En jy kan dit nie verduidelik nie."

"Wat dink jy?" vra hy na 'n rukkie.

"Jy het nie 'n baie goeie reputasie nie. Jy word deur die polisie gesoek, en die sokkerklub. En moenie vergeet van Oscar se bewonderaars nie. Soos dit is, was hy 'n gunsteling om vir die Bafana Bafana gekies te word."

"Lyk nie goed nie, nè?" sê hy bedruk. "Ons weet nou minstens wie en wat ek is. En jy weet met wie jy te doen het." Hy beduie na die koerante. "Met dié agtergrond sal jy jouself 'n groot guns doen as jy my aan die polisie uitlewer."

"Ek sal seker. As ek nie 'n medepligtige wil wees nie, maar ek gaan dit tog waag om jou te help."

"Ek dink nie so nie. Jy het reeds meer betrokke geraak as wat vir jou goed is. Wat ek behoort te doen, is om uit te gaan en op my eie te probeer om die gemors op te klaar."

"Waarheen sal jy gaan? Waar sal jy begin?" vra Ems skepties.

"Noudat ek weet wie ek is, en met die inligting tot my beskikking, kan ek tog seker iewers begin," probeer hy hard om positief te wees.

Ems se waagmoed laat haar nie kopgee nie. "Dis waarom ek nog meer nuuskierig oor jou is. Ek wil help waar ek kan. Al is dit net om my nuuskierigheid te bevredig."

"Ek is 'n misdadiger. Verstaan jy dit dan nie?"

"Ja, volgens die koerante. Maar ek wil ook uitvind wat die ander kant van die storie is."

Jay-Jay skud sy kop moedeloos. Hy gaan die geesdriftige meisiekind nie van plan laat verander nie. Sy is duidelik baie vasbeslote. "Jy doen dit op eie risiko," gee hy dan toe. "Ek aanvaar geen verantwoordelikheid nie."

"Ek hoor jou. Vat die inligting wat jy het en probeer jou suf brein aan die gang kry. Ek gaan vir jou klere soek. Ek kan nie meer na jou kyk in daardie klere nie."

Hy redekawel nie verder nie. "Het jy vir my skryfpapier en 'n pen?"

"In die eerste laai in die kombuiskas. Help jouself. Sien jou later!" rammel sy die woorde af en verdwyn dan weer soos 'n warrelwind by die voordeur uit.

Lank nadat sy weg is, sit Jay-Jay nog met die pak koerante en die skryfblok voor hom. Hy probeer die feite in die verskillende berigte sif sodat hy 'n logiese patroon in sy gedagtes kan kry. Dis nie heeltemal so eenvoudig as wat hy gedink het nie, want daar is soms teenstrydighede in die berigte.

Hy kry dit nogtans reg om stelselmatig 'n klompie gedagtes neer te skryf:

Prokureur met swak rekord — hoekom? Hoe lank geskors?
Vriendskap met Jaco Ebersohn. Waar pas hy in?
Kontak met sokkerspanne — net ter wille van weddenskappe?
Vriendskap met Oscar Dlamini — hoe goed?
Oscar beste doelskieter — baie gewild — word oorweeg vir Bafana Bafana.
Oscar vermoor my broer Rudolf — agtergrond? Skuldig?
Ek word as prokureur aangestel — hoekom ek met my swak reputasie? Hoekom willig ek in om sy prokureur te wees?
Sokkerklub se R250 000 — aan my betaal, of gesteel — hoekom?
Ek en Jaco Ebersohn verdwyn met geld — hoekom? Waarheen? Selfsugtige redes?
Sokkerbestuur en -ondersteuners woedend.
Het hulle ons opgespoor en gestraf?
Hoekom weier my ouers om kommentaar te lewer op gebeure?

Voorlopig tevrede met die lys, skryf Jay-Jay die volgende:
WAT OM TE DOEN:
Vind my kantoor indien ek een gehad het.
Vind my woonplek.
Maak kontak met ouers.
Maak kontak met Belmont-sokkerklub.
Besoek Oscar Dlamini.

Hoe hy by Oscar gaan uitkom terwyl die polisie op die uitkyk is vir hom, is 'n probleem wat hy nog sal moet oplos. Jay-Jay bestudeer die lys om seker te maak dat dit alles is waaraan hy kan dink. Dan bestudeer hy weer die koerante. Iets pla hom, maar hy kan nie sy vinger daarop lê nie.

Dis terwyl hy hiermee besig is dat hy 'n motor in die inrit hoor. Hy kyk op sy horlosie. Miskien is dit Ems wat al op pad terug is. Dan het sy gouer gemaak as wat hy verwag het. Hy huiwer egter om sommer te aanvaar dat sy so gou terug sal wees. Dis dalk een van haar bure. Hy bly op sy hoede vir die onverwagte. Dit klink of die motor reg voor Ems se huis stilhou. Dan gaan 'n motordeur oop en toe. Jay-Jay kan hoor hoe voetstappe nader kom.

Hy glip vinnig in die gang in sodat hy nie dalk van buite af deur die kantgordyn sigbaar sal wees nie. Met die verbyglip sien hy die motor wat voor die deur staan. Dit lyk vir hom bekend. Nes die een wat verlede nag hier was. Hy wag vir die klop aan die voordeur.

Dit gebeur nie. Dis doodstil. Geen voetgeskuifel nie. Jay-Jay waag dit om om die gang se hoek te loer. Dan verstyf hy. Voor die deur staan 'n man: hande weerskante van sy gesig in 'n poging om na binne te loer.

Nou twyfel Jay-Jay nie meer nie. Dit is dieselfde man wat verlede nag hier was. Hy wag dat die man moet weggaan. Na wat soos 'n ewigheid voel, hoor hy die man se voetstappe wegbeweeg. Dan weer die motordeur wat oop- en toegaan, maar die motor word nie aangeskakel nie. Jay-Jay loer weer om die hoek. Hy kan die man in die motor sien sit. Dis duidelik dat hy hom gereed maak om te sit en wag totdat Ems terugkeer.

Ongeveer 'n halfuur later daag Ems op. Met die indraai bo by die inrit sien sy reeds die motor voor haar meenthuis staan. Sy kan sien dat iemand in die motor sit en wag. Sy weet sy hoef nie te wonder wie die besoeker is nie. Dalk het hy agtergekom dat Jay-Jay in die huis is en nou wag hy vir haar. Haar vermoede was dus nie verkeerd nie. Daardie verslaggewer gaan haar nie maklik met rus laat nie. Sy haal 'n paar keer diep en vinnig asem om die opbouende spanning in haar onder beheer te kry. Sy kan nie bekostig om haarself te verraai nie.

Sekondes later draai sy agter die vreemde motor verby

onder die afdak in. Dan klim sy tydsaam uit en begin haar pakkies aflaai, terwyl sy die ander motor onderlangs dophou. Soos sy verwag het, klim Willers uit en kom doelgerig aangestap na haar toe. Hy groet vriendelik en bied sy hulp aan om haar pakkies te dra, maar sy maak of sy nie van die aanbod kennis geneem het nie.

"Wat wil jy dié keer hê?" vra sy kortaf en sonder om te onvriendelik te klink.

" 'n Paar reguit en eerlike antwoorde," sê hy reguit.

Ems kyk die man uitdagend op en af. Hy lyk vir haar ru aantreklik. Die glimlaggende uitdrukking op sy ongeskeerde gesig verklap dat hy baie selfvertroue het en selfs verwaand kan wees. Onder beter omstandighede mag sy dalk selfs van hom hou. Bygesê, as hy nie so slordig lyk nie. Dit moet 'n nuwe kruis wees, dink sy, om deesdae met verwaarloosde mans te doen te kry.

"Luister, wat bedoel jy nou eintlik met so 'n opmerking?" vra sy onthuts.

"Ek is 'n verslaggewer en doen maar net my werk."

"My lewe is sonder opwinding, meneer Willers, want ek is maar net 'n gewone verpleegster. Daarom weet ek nie waarom jy in my doen en late belangstel nie," sê Ems, draai met haar pakkies in haar arms om en stap voordeur toe.

Hy volg haar en help haar om die voordeur oop te sluit.

Ems hoop en bid dat Jay-Jay uit die pad is en nie sy teenwoordigheid sal verraai nie. Sy probeer Antoni bluf deur hom te laat inkom asof sy niks het om weg te steek nie. Dalk werk dit en laat hy haar gou met rus.

Toe hulle binne is, gooi sy haar pakkies op 'n stoel neer, draai weer na Antoni toe en vra: "Wat is daar in my beskeie lewe waarin jy belangstel?"

"Vertel my waar Wouter Hanekom is," sê Antoni en hou die meisie se reaksie stip dop. Hy is teleurgestel, want dit lyk nie of sy onkant betrap is nie.

"Wie?" vra Ems en kry dit reg om taamlik onkundig te lyk, maar Antoni sluk dit nie. Sy skerp oë het klaar iets anders raakgesien waarby sy nie sal kan verby praat nie. Die keer, dink hy, het hy haar in 'n hoek.

"Wouter Hanekom. Jy weet tog seker al dat die hele wêreld na hom soek?"

Sy skud haar kop ontkennend. "Jammer. Ek's een van die wat nie na hom soek nie."

"Kom nou, juffrou Van Niekerk. Moenie so hard probeer om die skone onskuld te wees nie. Hy't gisteraand saam met jou van Middelburg af gekom. Jy weet waar hy is. Dalk hier?"

Ems lag en waag nog 'n kans. Sy wuif met die een hand oor alles om haar. "As jy dink die man is hier, soek hom en verras my."

Antoni kyk onseker en wantrouig na haar. Bluf die meisiekind, of nie? Wat sal sy maak as hy haar huis deursoek? Iets in haar houding waarsku hom egter dat hy moeilikheid kan verwag. Sy kan hom baie maklik by die polisie of by Wolhuter gaan verkla. Die gevolge daarvan laat hom besluit om voorlopig te aanvaar dat Wouter Hanekom nie hier is nie. Hy laat egter nie die gedagte vaar dat sy weet waar die man is nie.

"Jy volstaan daarby dat jy nie weet waar hy is nie?" vra hy en sy oë beskou weer die pakkies op die stoel. Hy sien weer wat hy vroeër al opgemerk het en hy besluit hy gaan sy troef speel.

"Ja," antwoord sy selfverseker toe sy besef dat hy nie haar uitdaging gaan aanvaar nie.

"Nou hoekom het jy dan vanoggend inkopies vir 'n man gedoen?"

Ems sien hy kyk na die pakkies. Sy kyk ook daarna. Die een pakkie het oopgeglip en dis duidelik dat die inhoud mansklere bevat. Haar brein haak vir 'n oomblik vas. Dié keer het hy haar. Haar gedagtes spring rond. Dan blaker sy die eerste gedagte wat by haar opkom uit. "Ek . . . ek is transvesties."

Die selfversekerde uitdrukking op Antoni se gesig verstar eers. Vir 'n oomblik is die wind uit sy seile geneem.

"Jy is?" vra hy dan.

"Ja. Het jy 'n probleem daarmee?" vra Ems ongeërg.

Toe bars Antoni uit van die lag en draai na die deur toe. "Dit was nou baie oorspronklik, maar wie is ek om te sê jy praat nie die waarheid nie? Geniet dan maar jou nuwe klere, juffrou Van Niekerk.

"Onthou, tog net wanneer jy weer vir Wouter Hanekom sien, ek wil baie graag met hom praat. Ernstig, en sonder dat ek hom aan die polisie sal verraai. Wie weet — dalk kan ek hom nog help."

Toe stap hy by die deur uit na sy motor toe, en Ems kan hom die hele tyd nog onderlangs hoor lag. Eers toe sy motor wegtrek, maak sy die voordeur toe en roep na Jay-Jay dat hy kan uitkom.

Jay-Jay is ook die ene lag toe hy in die gang af kom "Transvesties, nè? Wat het jou daaraan laat dink?"

Sy lag nou ook saam. "Ek weet nie. Dit het sommer net by my opgekom. Maar die vent is ook so hardnekkig nuuskierig. Ek moes eenvoudig van hom ontslae raak."

"My hart het amper gaan staan toe jy hom uitdaag om die huis te deursoek. Wat sou jy gemaak het as hy dit wel gedoen het?"

Sy haal haar skouers op. "Ek weet nie. Ek het maar gehoop hy het 'n mate van integriteit onder daardie onversorgde uiterlike van hom. Daarvan gepraat: gaan raak ontslae van daardie boemelaarvoorkoms van jou."

Sy oorhandig al die pakkies behalwe een aan hom. "Dis net die noodsaaklikste, maar dit sal jou beter laat lyk. Hoop net alles pas. Ek maak solank vir ons iets om te eet."

Jay-Jay vat die pakkies, loer sonder kommentaar daarin, en stap dan daarmee badkamer toe. Terwyl hy stort en skeer, kry hy vaagweg die geur van die ete waarmee Ems besig is en hy besef hoe honger hy eintlik is. Dan dwaal sy gedagtes weer na Antoni Willers toe. Die man is 'n verslaggewer en wil met hom praat. Hy het selfs gesê hy kan hom dalk help. Die vraag is net: hoe?

Waarvan hy wel seker is, is dat hulle die man nie gaan afskud nie. Soos Ems gesê het, hy is hardnekkig nuuskierig. En so iemand laat nie maklik los nie. Selfs Ems is 'n goeie voorbeeld daarvan.

Hulle kan dus daarvan seker wees Antoni Willers gaan weer die een of ander tyd sy verskyning maak.

Jay-Jay voel vars en goed oor homself toe hy weer uit die badkamer kom. Ems het 'n fyn waarneming. Alles wat sy gekoop het, pas hom en hy hou daarvan. Die ou klere is net goed vir die vullisdrom. Daarom het hy dit saamgebondel en in een van die leë plastieksakke geprop.

Toe hy sy verskyning maak waar Ems besig is om sy notas te bestudeer, kyk sy op en glimlag. "Nie sleg nie. Glad nie sleg nie, maar glad nie aanvaarbaar nie."

Hy frons. "Wat bedoel jy? Lyk ek nie skoon genoeg nie?"

"Die probleem is dat jy te veel na Wouter Hanekom lyk. Jy't 'n vermomming nodig."

"Vir wat?"

"Moenie vir jou vlak hou nie. Na al die publisiteit is jou gesig so bekend soos King Kong s'n."

"Dís 'n kompliment. Baie dankie," sê hy ligweg onthuts.

"Nee, maar sonder grappies nou. Jy wil in jou verlede gaan delf. Soos jy nou lyk, gaan iemand jou iewers herken. En die polisie se beloning is nie te versmaai nie."

"Nou goed dan. Jou argument oortuig my. Hoe verander ons my dat ek in die massa verdwyn?"

"As ek nou al die foefies van 'n grimeerkunstenaar geken het, kon ek dit professioneel gedoen het. Nou moet ons dit maar op die beste manier doen waaraan ek kon dink," sê sy met 'n eienaardige glimlag wat Jay-Jay agterdogtig na haar laat kyk.

"Jy gaan net nie van my 'n vrou probeer maak nie," waarsku hy.

"Dis 'n alternatief wat ek nogal oorweeg het. En dit kon pret gewees het. Ongelukkig is hier niks wat vir jou sal pas nie." Sy giggel onderlangs.

Sy kry net 'n skewe kyk sonder dat hy kommentaar lewer. Hy wag om te hoor wat sy beplan.

"Ernstig nou," gaan sy voort en skud die inhoud van die pakkie wat sy vroeër teruggehou het, op die toonbank voor haar uit. Dan haal sy 'n handspieël uit en sit dit by die hopie neer.

"Dit was nie maklik om vir jou 'n vermomming uit te dink nie. Toe kry ek dié by 'n winkel wat fopspeletjies verkoop."

Sy soek die bruikbare items uit en skuif die res eenkant toe. 'n Donkerbril. 'n Plastiekneus met 'n sagte, vlesige voorkoms. 'n Stel botande wat lyk of dit skeef oor mekaar groei, met wangvulsels daarby. En 'n bakkie met kunshare, gom en kleursel. "Ek dink ons kan hiermee regkom, of hoe?"

Jay-Jay haal sy skouers op. "As jy so dink. Wat maak ek hiermee?" vra hy en hou die plastieksak met die ou klere daarin omhoog.

Sy vat dit by hom en gaan druk dit dadelik by die agterdeur in die vullisdrom. "Eers gou iets eet," sê sy toe sy terugkeer.

Hulle eet spek, eiers en roosterbrood wat Ems voorberei en warm gehou het. Sy skakel die ketel naby haar aan en maak so tussen die etery deur koffie.

"Ek sien jy het so 'n bietjie dinkwerk gedoen terwyl ek weg was," beduie sy na sy notas toe sy sy koffie aangee.

"Enige kommentaar daarop?"

"Nee. Die vrae sal seker meer word namate ons ondersoek vorder."

"Óns ondersoek?"

"Jy't seker nie gedink ek gaan op hete kole sit en wag totdat jy kom verslag doen nie?"

"Wat van jou werk?" vra hy.

"Ek het jou gesê ek werk nagskof. As dit nodig is, kan ek skofte uitruil. Buitendien onthou jy niks van die verlede nie. Iemand moet jou help om rigting te kry in Pretoria."

"Goed. As jy so sê," gee hy toe.

"Nou toe. Kom ons kyk of ek jou in Picasso se nar kan verander."

Hulle praat nie terwyl Ems aan sy gesig werk nie. Sy is nie 'n deskundige nie en moet hard konsentreer om die beste van die vermomming te maak. Vir Jay-Jay is dit ewe moeilik om sy gesig die hele tyd strak te hou om dit vir Ems makliker te maak.

Sy gee vir hom die tande en wangvulsels sodat hy dit self kan insit. Die wangvulsels pas goed, maar hy sukkel 'n bietjie om die tande oor sy eie te laat pas sodat dit goed kan vassuig. Sy hele mond voel ongemaklik, asof hy pas by 'n tandarts was. Dit gaan 'n rukkie neem om daaraan gewoond te raak.

Uiteindelik staan Ems terug en beskou haar handewerk krities. "Nie te sleg vir amateurs nie," sê sy nadenkend.

"Gee die spieël dat ek kan sien," brom Jay-Jay met geklemde kake, asof hy bang is dat sy vermomming uitmekaar sal val.

Sy oorhandig die spieël aan hom en hou hom met die een hand voor die mond dop terwyl hy homself beskou. Jay-Jay voel vir homself vreemd toe hy na die spieëlbeeld met die grys gekleurde hare, digte wenkbroue en wangbaarde, groterige neus, bolkieste en skewe, effe uitpeulende tande kyk.

"Wel?" vra Ems agter haar hand.

"Okay," antwoord hy. "Hoop dit hou."

"Waar wil jy eerste begin?" vra sy toe sy alles weer opruim.

"My kantoor," antwoord hy steeds met geklemde kake. "Of ek nou 'n goeie of slegte prokureur was, iewers moet ek 'n kantoor gehad het."

"En 'n telefoonnommer," stem Ems saam toe sy 'n telefoongids en 'n kaart van Pretoria uit die skryflaai haal en voor hom neersit.

Op daardie oomblik hou daar weer 'n motor voor die huis stil. Hulle albei sit behoedsaam penorent met die verwagting dat dit Willers is wat teruggekeer het. Dan hoor hulle twee motordeure toeklap.

Ems haas haar na die venster toe om te gaan kyk wie dit is. Die agterste gedeelte van 'n vreemde motor is in haar bure se inrit agter haar motor sigbaar. Twee mans kom om haar motor gestap op pad na haar voordeur toe. Die een steek by haar motor vas en loer na binne.

Sy vlieg kortom "Gou!" fluister sy dringend. "Ek dink dis die polisie. Maak dat jy wegkom. By die agterdeur uit en oor die muurtjie. Ek kry jou waar ek jou gisteraand afgelaai het!"

Sy praat nog, toe word daar aan die voordeur geklop. Dan

gaan die kombuisdeur agter Jay-Jay toe. Ems kyk paniekerig om haar rond. Vir enigeen sal dit duidelik wees dat sy 'n gas gehad het. Gelukkig is alles wat sy met die vermomming gebruik het, weggepak.

Om verder orde te skep, is net nie moontlik nie. Sy stapel nogtans die koerante op 'n hopie, druk Jay-Jay se notas in die padkaart en druk dit onder die telefoongids in.

Daar word weer geklop. Dringender as die eerste keer. Ems trek haar asem 'n slag diep in en stap dan na die voordeur toe om dit oop te maak.

5

Die senior een van die twee mans wat Ems besoek, stel hulle bekend: "Ek is kaptein Bekker, van Moord en Roof. My kollega is sersant Makgatho."

Ems erken die bekendstelling en stel haarself ook bekend.

"Gee u om as ons 'n oomblik binnekom?" vra kaptein Bekker.

"Nee . . . nee. Glad nie." Sy staan opsy en hulle stap by haar verby. Sy nooi hulle om te sit, maar hulle bly albei staan.

"Oulike plekkie," sê die kaptein terwyl hy tydsaam rondbeweeg en alles bekyk.

By die kombuistoonbank vat hy liggies aan die koppies waaruit sy en Jay-Jay koffie gedrink het. Ems raai dat dit 'n poging is om te voel of die koppies nog warm is. Sy kyk na die sersant. Hy staan bewegingloos by die ingang tot die gang. Die man se gesig is uitdrukkingloos. Sy oë lyk asof dit dwarsdeur haar kyk. Die situasie raak vir Ems senutergend. Sy wens een van hulle wil sê waarom hulle hier is, al kan sy raai wat die rede vir hulle besoek is.

"Woon u alleen?" vra kaptein Bekker uiteindelik.

"Nee. Ek het 'n huismaat. Sy's nie hier nie," antwoord sy maar verduidelik nie verder nie.

"Ek veronderstel dis sy wat saam met jou ontbyt geëet het?"

Ems antwoord nie. Sy laat toe dat die kaptein sy eie afleidings maak. "Wat is die rede vir u besoek, Kaptein?"

"Ken u vir Wouter Hanekom?"

"Nee, maar ek weet van hom."

"So?"

"Die nuus is vol van hom. Veral vanoggend s'n."

"Ja. Hy's 'n voortvlugtige en kan gevaarlik wees. Jy't gisteraand van Middelburg af gekom?" vra kaptein Bekker en kyk nou reguit na haar.

Ems aanvaar dat hy deur Middelburg se polisie ingelig is en dat hulle by Lilly uitgevind het waar sy bly. "Ja. Ek kuier dikwels daar by my tante."

"Dié Beukes wat met die motor opgedaag en gedurende die nag daarsonder padgegee het – ek verstaan hy was taamlik erg beseer en dat u sy beserings versorg het?"

"Dis reg."

"Was sy beserings van so 'n aard dat hy sonder verdere hulp daar sou kon padgee?"

"Dit was pynlik, maar hy sou alleen oor die weg kon kom."

"Het hy enige verduideliking gegee waarom hy so lyk?"

"Ek het hom gevra. Hy't net gesê hy was in 'n ongeluk. Hy was nie juis spraaksaam nie."

"Ek sien. Vertel ons asseblief so goed as wat u kan onthou van die gebeure by die motel," versoek die kaptein.

"Is u dan nie reeds ingelig nie?" vra Ems behoedsaam omdat sy nie seker is presies wat die kaptein alles weet nie.

"Ja, maar ek wil graag u weergawe ook hoor. Terloops, gee u om as my kollega intussen so 'n bietjie rondkyk?"

Ems besluit dit sal beter wees om haar samewerking te gee. "Glad nie. Hy kan maar deurstap."

Die kaptein knik vir die sersant. Die man draai om en stap in die gang af.

Dan por kaptein Bekker haar aan om hom in te lig oor wat by *Rondomtalie* gebeur het.

Ems verduidelik so goed as wat sy kan en is versigtig om nie te laat blyk dat sy iets verswyg nie.

Die sersant kom intussen terug van die kamers af en gaan dan by die kombuisdeur uit. Dit laat 'n ongemaklike gevoel van blootstelling by Ems posvat omdat sy onthou van die sak met Jay-Jay se ou klere wat sy in die vullisdrom gesit het.

"U besef seker teen dié tyd dat die Beukes-kêrel eintlik Wouter Hanekom is?" vra die kaptein toe Ems met verdeelde aandag begin huiwer.

"Ja ... ja, dit lyk so." Sy het net nie genoeg beheer oor haarself om nie die kombuisdeur dop te hou nie.

"Enige passasiers gehad met u terugreis van Middelburg af?" vra die kaptein weer.

Dis asof Ems se brein vasslaan. Sy kan nie reageer nie. Sy wag dat sersant Makgatho moet terugkeer van buite af. Kaptein Bekker herhaal sy vraag, maar haar brein wil nog nie reageer nie. Dan kom die sersant terug van buite af — sonder dat hy enigiets by hom het. Ems wil amper hardop sug van verligting, maar sy is nog nie heeltemal op haar gemak nie.

Dan herhaal kaptein Bekker sy vorige vraag met meer direktheid: "Het u meneer Hanekom saam met u teruggebring Pretoria toe? Vrywillig, of onder dwang?"

"Nee," antwoord Ems sonder om die kaptein direk in die oë te kyk.

"Wel, ek veronderstel daar is nie meer veel wat u ons kan vertel nie. Indien iets waarvan u vergeet het, u tog byval, laat ons asseblief weet," sê die kaptein en maak aanstaltes om te loop, maar huiwer dan. Hy beduie na die stapel koerante. "Enige spesiale rede waarom u al die oggendkoerante bestudeer het?"

"Nuuskierigheid. Toe ek besef Beukes is Wouter Hanekom, toe wou ek maar net meer weet."

Die kaptein glimlag op 'n geheimsinnige manier. "Ja. Dit is nogal gebeure om oor nuuskierig te raak. Solank mens net nie self betrokke raak nie."

Hulle stap uit en sy staan by die deur en hou hulle dop totdat hulle motor voor die deur wegtrek. Dan draai sy om en storm kombuisdeur toe. Sy kyk in die vullisdrom. Die sak met Jay-Jay se bloedbevlekte klere is nie meer daar nie. Sy laat 'n diep sug van verligting ontsnap. Jay-Jay moes kopgehou het en dit saam met hom gevat het.

"Die juffroutjie kan nie eers soos 'n tandetrekker lieg nie," sê kaptein Bekker met 'n onderlangse grinnik toe hulle wegry van Ems se woonstel af. "Nog minder het sy die gesig van 'n pokerspeler, al probeer sy hoe hard. Het jou oë iets raakgesien?"

Sersant Makgatho skud sy kop ontkennend. "Niks belangrik nie."

"Seker? Wat van tekens dat sy onlangs iemand se wonde tuis verpleeg het?"

Die sersant dink fronsend na. Dan skud hy sy kop. "Niks. Al wat ek gesien het, is die noodhulpkissie in die badkamer, maar ons weet sy's 'n verpleegster."

"Nog meer rede om te aanvaar dat hy daar was. Daarop sal ek my salaris verwed. Hanekom het saam met haar gekom van Middelburg af," brom kaptein Bekker.

"Wat maak jou so seker daarvan?" vra sersant Makgatho.

Kaptein Bekker glimlag onderlangs. "Middelburg se polisie het van die kamermeisies by Rondomtalie ondervra. Die een kamermeisie was oortuig daarvan dat daar 'n besoeker in juffrou Van Niekerk se kamer was.

"Nie net het sy by geleentheid kos na haar kamer toe geneem nie; daar was ook sigaretstompies in die vullisdrom. En onse juffrou rook nie."

"Ja, maar dit beteken nog nie dat hy saam met haar Pretoria toe gekom het nie," redeneer sersant Makgatho.

"Jy sal moet leer om fyner op te let en die regte afleidings te maak, Peter."

"Hoekom sê jy so?"

"Die noodhulpkissie. Hanekom het mediese sorg nodig gehad. Juffrou Van Niekerk se motor se asbak is gebruik terwyl daar 'n nie-rookplakker in haar motor is. Daar het 'n gebruikte asbak op die kombuistoonbank gestaan. Ek rook nie, daarom was ek dadelik bewus van die nikotienreuk in haar huis. En as sy nie rook nie en ons weet Hanekom rook, hoef ons mos nie 'n genie te wees om die regte afleidings te maak nie."

"Jy het my," lag sersant Makgatho verleë. "Dink jy sy werk onder dwang saam met hom?"

Kaptein Bekker haal sy skouers op. "Miskien. Miskien nie. Dit sal ons nog uitvind. Wat wel die moeite werd behoort te wees, is om op die hoogte te bly van die juffroutjie se doen en late."

'n Rukkie later, na kaptein Bekker hulle se vertrek, laai Ems vir Jay-Jay op waar hy buite sig agter 'n struik vir haar gesit en wag het. Toe hy inklim, het hy inderdaad die sak met sy ou klere daarin by hom. Sy verwys daarna en vertel hom hoe sy gevrees het dat dit ontdek kon word. Dan lig sy hom in oor wat gebeur het.

"Hy's nie 'n pampoen nie. Ons gaan weer van hom hoor," sê Jay-Jay bekommerd toe sy klaar gepraat het. "Miskien is dit beter dat ek nou uit jou lewe verdwyn voor jy dieper by die ding ingetrek word."

"Onsin!" reageer sy kortaf. "Jy kan nie alleen en sonder hulp voortsukkel nie." Sy beduie na die telefoongids wat sy saamgebring het. "Jy wou nog laas jou adres naslaan."

"Dankie," sê hy, vat die gids en begin dit deurblaai.

Ems hou hom tersluiks dop. "Miskien moet ons dit nie nou waag om na jou huis toe te gaan nie," sê sy na 'n ruk se stilte.

"Hoekom nie?"

"Die polisie. Hulle sal op die uitkyk vir jou wees. Miskien moet ons wag tot dit donker is, wanneer jy minder blootgestel is."

"Jy's reg. Dit is 'n risiko om nou oop en bloot daarheen te gaan, maar ek is bereid om die kans te waag. Ek wil so gou moontlik in my huis kom sodat ek die skakels met my verlede kan vind. As die plek dopgehou word, sal dit dag en nag die geval wees. Ek kan nie onbepaald sit en wag tot daar geen risiko meer is nie. Buitendien sal dit bewys of jou moeite met die vermomming werk of nie."

Dis net na twaalf toe Ems met behulp van die stadkaart in een van die strate bo in Arcadia voor 'n ou huis stilhou.

Dis 'n ou woongebied met stewige en karaktervolle huise, wat dateer uit 'n era toe die omgewing een van die duur en gesogte voorstede was. Baie van die huise lyk goed versorg en netjies opgeknap en word deur groepe studente bewoon. Ander is losieshuise wat deur die bejaarde eienaars bestuur word. Dan is daar ook dié wat deur professionele mense as kantore gebruik word.

"Dis die adres," sê Ems toe sy die enjin afskakel.

Jay-Jay maak nie dadelik aanstaltes om uit te klim nie. Die huis en tuin se opsigtelike verwaarlosing laat dit taamlik skerp tussen die ander uitstaan.

'n Kennisgewingbord aan een van die pilare van die klein hekkie, wat eens op 'n tyd daar was, stel dit duidelik dat dit die kantore en residensie van *W.A. Hanekom-prokureur*, is.

"Ek herken dit nie," sê Jay-Jay na 'n rukkie terwyl hy afgetrokke probeer om bepaalde indrukke te vorm.

"Wil jy voortgaan hiermee?" vra Ems terwyl haar oë die omgewing fynkam.

Sy voel steeds nie op haar gemak na die polisie se besoek vroeër nie. Dit voel vir haar of die polisie, enige oomblik op hulle kan toeslaan omdat hulle verwag dat Jay-Jay hierheen sal kom. Sy wag vir sy reaksie op haar vraag. Daar is nou 'n mate van styfheid tussen hulle na 'n lang redenasie oor die wysheid van sy besluit om nou hierheen te wou kom. Dit het hom later geïrriteer en hom ongeduldig gemaak. Tog kan sy ook Jay-Jay se amper koorsagtige haas om by sy huis na oplossings te kom soek, verstaan.

"Ja!" hoor sy hom uiteindelik kortaf antwoord. "Ek gaan in." Hy maak sy deur oop en klim uit.

Ems redeneer nie meer nie en klim ook uit. Haar oë fynkam steeds die omgewing vir enige moontlike polisieteenwoordigheid. Nêrens is daar egter enige sigbaarheid van die gereg nie. Geen verdagte bewegings nie. Dis 'n stil omgewing. Daar is net 'n bejaarde vrou op die stoep van die huis oorkant die straat waar sy by 'n paar blombakke vol malvaplante doenig is.

Hoewel dit nie opsigtelik waarneembaar is nie, is Ems daarvan oortuig dat sy hulle goed bespied — een van daardie eensame en verveelde karakters wie se daaglikse bestaan beperk is tot hulle eie huise en die waarneembare omgewing. Sy sal dus van alles bewus wees wat daagliks binne sigbare afstand gebeur.

Ems volg Jay-Jay deur die heklose pilare met 'n sementpaadjie langs na die stoep toe.

Die paadjie is plek-plek sleg gekraak sodat stukke sement heeltemal uit verhouding met die oorspronklike konstruksie gesak of verskuif het. Sy trap versigtig sodat haar voete nie vashaak en sy haar balans verloor nie.

"Ek hoop dit lyk binnekant beter," praat Ems agter Jay-Jay. "Die ingang lyk nie juis belowend vir enige potensiële kliënt nie."

"Jy kan dit weer sê," stem hy saam. "Dalk is dit ook maar net 'n duidelike aanduiding van hoe vervalle my lewe eintlik was."

Ems lewer geen kommentaar daarop nie. In die koerantberigte was daar nie juis iets positief geskets wat haar kan laat teenspraak lewer nie.

Hulle bereik die stoep. Jay-Jay voel aan die deurknop asof hy verwag dat die deur sal oopglip. Dan draai hulle onseker rond.

"Kom ons gaan kyk of ons nie agter op 'n manier kan inkom nie," stel Ems voor.

"Wag eers!" keer Jay-Jay toe sy van die stoep afklim. Hy gaan staan weer by die voordeur en druk sy hand deur die outydse posgleuf na binne. Toe hy sy hand weer terugtrek, hou hy die voordeur se sleutel omhoog. "Binne-in die poshouer," sê hy doodgewoon.

"Hoe het jy dit geweet?" vra Ems verbaas.

Hy haal sy skouers op. "Ek weet nie. Ek het net geweet. Dis soos om met jou te praat sonder om te wonder wat my taalagtergrond is," antwoord hy, steek die sleutel in die slot en sluit die deur sonder moeite oop.

Die deur kraak toe hy dit oopstoot en vir Ems beduie om voor hom na binne te stap. Die huis het 'n plankvloer wat hulle voetstappe 'n ongewone, hol weerklank gee. Direk by die voordeur is 'n groterige ingangsportaal met twee groot boë en pilare in die mure links en regs van die voordeur. Die twee vertrekke waarheen dit lei, is ruim en is waarskynlik as sit- en eetkamer gebruik.

Op die oomblik is albei vertrekke leeg. Die ingangsportaal

loop van die voordeur af oor in 'n gang wat dwarsdeur die huis strek tot by die kombuis aan die agterkant.

Die eerste slaapkamer was klaarblyklik oorspronklik die hoofslaapkamer. Dis duidelik dat dit nou as kantoor gebruik word. Daar is 'n lessenaar waarop dokumente en papiere gesaai lê; 'n leunstoel en twee besoekerstoele; 'n paar kabinette met die laaie wat half oop staan en wat bevestig dat iemand al hier rondgesnuffel het. Op die vloer al teen die muur langs is daar stapels regsboeke en verouderde lêers. Voor die venster hang 'n ou, verbleikte skuifblinder.

Ems kyk verstom na die wanordelikheid om haar. Dis veral die baie leë drankbottels en oorblyfsels van gemorskos wat 'n onbetwisbare aanduiding is van 'n bepaalde leefwyse. Onder sulke omstandighede kon hy beslis nie produktief gewees het nie. Sy kyk na Jay-Jay en sien iets soos verslaentheid en ongemak by hom. Hy weet sy verwag die een of ander kommentaar, maar hy is net in staat om sy skouers op te haal.

Sy skud haar kop en stap dan na die ander vertrekke toe waar sy dieselfde wanordelikheid aantref.

In die vertrek wat hy as slaapkamer gebruik het, staan sy strak en kyk na die vuil klere wat oor die vloer verstrooi lê. Selfs pakke klere wat getuig van 'n duur en keurige smaak. Iets op die deurmekaar bed by 'n kussing trek Ems se aandag. Sy stap soontoe en tel dit op. Dis 'n geraamde troufoto: Jay-Jay met 'n baie mooi donkerkopmeisie in sy arms. Dat die twee baie lief vir mekaar is, is duidelik in die wyse waarop hulle na mekaar kyk. Ems voel hoe die foto 'n sentimentele snaar in haar aanraak. 'n Aanvoeling van die liefde tussen die twee mense. Tog ook die gewaarwording van 'n diep ervaarde pyn, waarvan die bestaan van dié foto, te midde van soveel tekens van verval, getuig.

"Dit lyk nie goed nie, nè?" hoor sy hom skielik agter haar praat.

Ems draai om en sonder om iets te sê, oorhandig sy die foto aan hom. Haar oë bestudeer hom terwyl hy lank na die foto kyk. Sy gesig en oë bly uitdrukkingloos asof die foto geen uitwerking op hom het nie.

Dan skuif hy die rommel van die bedkassie af sodat dit op die vloer val, en plaas die foto daar.

"Dit lyk vir my of die ou wat hier geleef het, bitter min geesdrif vir die lewe oorgehad het," lok Ems hom uit om iets te sê.

"Ja," is al reaksie wat sy kry.

"Wat nou verder?" vra sy.

"Kom ons gaan krap in die studeerkamer om te kyk of daar enigiets van betekenis is. Iets wat aanleiding kon gegee het tot die gemors waarin ek my nou bevind. Iets oor Oscar Dlamini se saak. Ek moes tog seker notas gemaak het as ek namens hom sou optree."

"Dink jy dit sal die moeite werd wees?" vra sy toe hulle terugstap na die studeerkamer toe.

"Hoekom vra jy dit?"

"As die polisie op jou spoor is, was hulle tog seker al hier. Dan kan jy seker wees hulle het deeglik gesoek en gevat wat hulle glo in hulle ondersoek belangrik kan wees."

"Ek wil nogtans seker maak."

In die studeerkamer talm hulle albei eers verlore en onseker oor die taak wat hulle wil aanpak. Dan stap Jay-Jay vasbeslote na die lessenaar toe en begin sistematies deur die stapels papiere werk.

By die huis oorkant die straat draai die bejaarde vrou by haar malvabakke weg en gaan sleepvoet by haar voordeur in.

In haar skemerige sitkamer skuif Emma Williams die swaar gordyne voor die venster weg. Sy gaan sit dan op haar leunstoel wat haar direk op die verwaarloosde huis oorkant die straat laat uitkyk. 'n Bont kat kom soek liefde en aandag op haar skoot. Die knoetsige vingers streel 'n paar keer deur die wolligheid op haar skoot terwyl sy stip ondersoekend na die Hanekom-huis staar. Die afgelope tyd was daar al verskeie mense by die huis, almal op soek na Wouter Hanekom. Maar dié twee — sy het hulle nog nie voorheen gesien nie. Sy wonder.

Hulle dwaal nie onseker rond soos nuuskieriges nie. Dit lyk

asof hulle weet wat hulle wil hê. En waar kry hulle die sleutel om die voordeur oop te sluit?

"Wat dink jy, Jasper?" vra sy die kat se mening. "Dink jy ons het 'n kans om 'n ou geldjie te verdien? Ek meen — hy lyk nou nie soos Wouter Hanekom nie. Baie ouer, maar dalk ... net dalk is hy 'n belangrike skakel. Buitendien, niemand het gesê ek moet seker wees dis Hanekom nie. Hulle wil net weet van almal wat by die huis kom peuter. Wat sê jy?" Die kat miaau onderlangs asof hy saamstem met wat sy sê.

Met 'n tevrede steungeluid strek Emma haar hand uit na die whiskeybottel langs haar, skink 'n gebruikte glas half. Sy neem 'n sluk uit die glas en voel met genoegdoening hoe die drank met 'n warm gloed in haar slukderm afgly.

"Tyd om ons geldjie te verdien," brom sy weer onderlangs en trek die telefoon op die tafeltjie langs haar nader.

Dan beskou sy die telefoonnommers op 'n kaartjie wat op die telefoon vasgeplak is. Daar is soveel mense wat eerste wil weet. By wie sal jy eerste begin? Die polisie? Nee, hulle moet tot laaste wag. Sy moet eers die aalmoes by die ander verdien. Miskien daardie hoge, ryk meneer eerste. Haar wysvinger korrel versigtig na elke knoppie.

Toe die telefoon aan die ander kant lui, maak sy keelskoon. Dit neem 'n rukkie voor daar antwoord is.

"Darius Hanekom!" Die stem klink professioneel, vriendelik.

"Emma Williams hier," kondig sy haarself aan.

Daar is 'n paar sekondes stille afwagting voor Darius Hanekom vra: "Het jy nuus, Emma?"

Emma sê oë staar stip na die oorkant van die straat waar die huis se voordeur wyd oop staan.

"Daar is 'n man en 'n vrou in die huis," sê sy. "Hulle is daar in asof hulle die plek ken. Hulle het hulle eie sleutel gehad soos dit vir my gelyk het."

"Is dit my seun?"

" 'n Ouerige man en 'n jong meisie soos dit vir my oumensoë gelyk het. Jy moet maar self kom kyk. Dalk kan hulle jou vertel wat jy wil weet."

"Nou goed dan. Dankie vir die oproep!"

"Bring die geld saam!" skree sy vinnig in die gehoorstuk voor die lyn doodgaan.

Sy druk die mikkie af en skakel onmiddellik die volgende nommer op die lys. Bykans woordeliks dieselfde gesprek as die vorige volg tydens die oproep, en met die volgende, en met elkeen daarna totdat sy al die nommers geskakel het: die Belmont-sokkerklub; daardie slordige verslaggewer van *Suiderland Nuus*; die polisie.

Toe Emma die laaste oproep gemaak het, sak sy tevrede agteroor op haar stoel. Nou het sy haar belofte aan hulle almal nagekom, en as sy gelukkig is, gaan sy genoeg kry om haar karige pensioen aan te vul.

Haar een hand tel weer die whiskeyglas op en lig dit na haar lippe toe terwyl die ander hand rustig bly vroetel in die bont kat se lang hare.

Ems en Jay-Jay swoeg vrugteloos deur die stapels papiere en dokumente op soek na enigiets wat verwys na die moord op sy broer.

"Niks!" sê Ems toe hulle later teenoor mekaar staan en gefrustreer maar tog nog effe hoopvol om hulle staan en kyk.

"Óf jy het geen notas of lêer oor die Dlamini-saak saamgestel nie, óf die polisie het beslag gelê daarop."

Hy knik. "Jy's seker reg. Hier is ook nie 'n dagboek of dokumentetas nie. Dis tog seker logies dat hier so iets moet wees, al was ek nie meer aktief aan die gang nie."

Jay-Jay praat nog toe die telefoon begin lui. Hulle skrik albei omdat dit onverwags is. Hulle staar na mekaar en hoop dat die gelui sal ophou. Nie een van hulle wil dit beantwoord nie.

Toe die gelui nie ophou nie, sê Jay-Jay: "Iemand weet ons is hier. Dit gaan nie help om doof te speel nie."

Hy steek sy hand uit, lig die gehoorstuk op en druk dit luisterend teen sy oor. Na 'n huiwerende stilte aan die ander kant hoor hy die bekende stem van Antoni Willers wat ietwat gejaag klink.

"Willers hier, Hanekom! Jy hoef nie te praat nie. Ek weet dis jy. Maak dat julle deksels vinnig daar wegkom! Hoor jy my? Nou! Anders gaan die hel enige oomblik om jou losbars. Ek skakel julle later!"

Dan is die verbinding verbreek en Jay-Jay gooi die gehoorstuk neer.

"Wie was dit?" vra Ems.

"Willers. Hy sê ons moet baie vinnig hier padgee. En ek glo nie hy het grappies gemaak nie. Kom!" sê hy en gryp Ems se hand.

Hulle storm by die oop voordeur uit na Ems se motor toe.

Ems het net agter haar motor se stuurwiel ingeskuif en die enjin aangeskakel toe 'n groot motor vinnig agter hare intrek en stilhou. Willers se boodskap was net te laat vir hulle.

Toe die deure oopvlieg en drie mans, netjies geklee in pakke klere, uitklim, slaan Jay-Jay hard op die dak van Ems se motor. "Ry!" skree hy. "Maak dat jy wegkom! Ry! Ry!"

Ems besef dat daar nie tyd is om te redekawel nie. Sy laat haar motor vinnig wegtrek. Voor sy in die volgende straat links draai, sien sy in haar truspieëltjie hoe die drie mans Jay-Jay omsingel. Sy gil hardop van frustrasie en magteloosheid omdat sy nie 'n benul het wat om te verwag nie. Al hoop wat sy het, is dat Jay-Jay 'n geleentheid sal kry om met haar kontak te maak.

Toe Ems se motor om die eerste straathoek verdwyn, snuif Joshua Louw vinnig die laaste spatsel dwelms in sy neus op. Dan skakel hy sy kragtige motorfiets aan en laat dit uit sy skuiling wegtrek om die meisie in die motor te volg. In die ou man stel hy nie nou belang nie. Omdat die manne van Ormond-sekuriteitsdiens hom kom haal het, sal hy wel uitvind wie hy is en wat sy rol is.

Joshua Louw hou die gebeure by Wouter Hanekom se huis al vir geruime tyd dop. Hy is onkant betrap deur die vreemde man en vrou se besoek terwyl hy op die uitkyk vir Wouter Hanekom was.

Wouter moes hierheen gekom het. Dis wat hy sóú doen,

maar hy het nog nie opgedaag nie. Net die ouer man en die meisiekind. Nou wil hy, Joshua, by haar uitvind wie sy is en hoe sy betrokke is. As dit 'n streek van Hanekom is om hom te probeer uitoorlê, gaan sy vorige ondervinding 'n piekniek wees in vergelyking met wat hy te wagte kan wees. Hy laat hom deur niemand verneuk nie. Nie ná al sy planne om van die organisasie af weg te breek en sy eie ding te doen nie!

Joshua se bedwelmde gedagtes raak opgesweep, soos altyd wanneer die rebelsheid hom pak en hy ongeduldig is om te bereik wat hy al so lank vir homself beplan. Dit is dán wanneer hy op sy gevaarlikste is en hy geen beheer oor homself het nie.

6

Jay-Jay en die grootste geboude man van die drie vreemdelinge kyk reguit in mekaar se oë. Die man frons en lyk nie baie vriendelik nie. Jay-Jay kry die gevoel dat hy nie herken word nie. Dit gee hom kalmte en selfvertroue.

Die groot man is die woordvoerder. Hy klink bot toe hy vra: "Sal u saam met ons kom, asseblief?"

"Wie is julle?" vra Jay-Jay.

Die man se gesig bly uitdrukkingloos. "Dis nie belangrik nie. Ons voer net opdragte uit. As u nie vrywillig wil saamkom nie, het ons opdrag om hardhandig te wees."

Jay-Jay lig sy hande afwerend. "Goed, goed. Ek kom saam." Hy stap saam met die man en sy twee kollegas na die motor toe waarvan die deure nog oopstaan. Daar is die hele tyd 'n krieweling oor Jay-Jay se hele liggaam toe hy in die motor klim, omdat hy nie weet wat om volgende te verwag nie.

Die motor het pas weggetrek, toe polisiemotors met loeiende sirenes gevolg deur nog motors stilhou. Antoni Willers is eerste uit sy motor en op pad na die huis se oop voordeur toe. Hy het skaars behoorlik geleentheid om binne rond te kyk toe kaptein Bekker en sersant Makgatho by die voordeur ingestap kom.

"Ja-nee, wragtie, Willers," sê die middeljarige kaptein Bekker. "Ek kon gedink het jy is ook al hier. Jy's nes 'n aasvoël wat altyd weet wanneer om rond te hang."

Antoni grinnik net. "Werk is werk, Kaptein. En ons twee soek mos maar altyd na dieselfde ding."

Die kaptein blaas onvergenoeg deur sy neus. "Waar is Hanekom?"

"Hoe sal ek weet, Kaptein? My inligting was dat hier 'n

ouerige man en 'n vrou was. Ek het gehoop om 'n onderhoud met hulle te kry, maar nou lyk dit of ons almal te laat is," antwoord Antoni.

Kaptein Bekker swets en bulder bevele aan sy beamptes wat om hom saamdrom. Van hulle gaan die huis binne en twee loop oor die straat na Emma Williams se huis toe.

Dan kyk die kaptein weer reguit na Antoni. Sy oë is koud. Daar is 'n sarkastiese klank in sy stem toe hy sê: "Die twee wat hier was, is beslis nie onbekendes nie. Ek sal my kop op 'n blok sit dit was 'n vermomde Hanekom en ons lieftallige verpleegstertjie wat hom help. Sy is met 'n gevaarlike spel besig en sy besef dit nie."

"Sy is beslis nie iemand wat haar deur die implikasie van gevaar van stryk laat bring nie," lewer Antoni kommentaar. "Dalk is daar 'n baie goeie rede waarom sy bereid is om hom te help."

Die kaptein se oë trek op skrefies terwyl hy vir Antoni deurkyk. Die verslaggewer kan reg wees. Die man het 'n reputasie dat hy sy neus oral insteek. Inligting wat hy bymekaar het, gee hy net aan die polisie wanneer dit tot sy eie voordeel strek — 'n gierigheid om homself 'n voorsprong bo ander verslaggewers te gee. Tog het hy ook al dikwels gehelp dat 'n deurbraak gemaak word wanneer dit lyk of alles in 'n doodloopstraat eindig. Dis net dat die man soms so 'n irritasie kan wees. Hy vat Antoni aan die skouer en stuur hom eenkant toe.

"Enigiets wat ek behoort te weet, Willers?" vra hy.

Antoni skud sy kop ontkennend. "Niks wat jou ondersoek in hierdie stadium kan help nie, Kaptein."

"Jy irriteer my maagseer wat alreeds rou is weens die Hanekom-saak. Moenie vir my lieg nie. Wat weet jy wat ek nie weet nie?"

"Kom nou, Kaptein. Jy weet ek gee altyd vir julle inligting wanneer ek seker van my feite is en dit julle kan help. Ek het nog nooit julle ondersoeke doelbewus belemmer nie."

"Daarvan is ek nie so seker nie. En die dag gaan kom dat ek jou gaan uitvang."

"Ek het vir julle Hanekom se lêer oor Dlamini gegee. Is dit nie 'n bewys van my samewerking nie?"

Die kaptein snork onvergenoeg. "Wat ook maar niks beteken het nie. Daar staan niks nuut in nie. Dit laat mens net vermoed dat Dlamini se saak en Hanekom en sy vriend se verdwyning met mekaar verbind kan wees."

"En?"

"Ons werk daaraan, magtie!"

"Enigiets ontdek waarvan ek mag weet?"

"Maak dat jy wegkom, Willers! En ek waarsku jou, moenie dat ek in jou koerant iets lees waaroor ek nie vooraf ingelig is nie. Die duiwel haal jou!" grom die kaptein toe hy wegstap in die rigting van Emma se huis.

Hy wil gaan hoor of hy meer by haar kan uitvind. Moontlik iets wat kan bevestig dat Hanekom vermom was, en of sy 'n goeie beskrywing daarvan kan gee. Hy wil haar sommer ook voor stok kry omdat sy al wat leef en beef laat weet het dat daar iemand by Hanekom se huis is. Sy sal ook moet sê vir wie sy almal laat weet het. Hanekom se oop voordeur én sy gevoel sê vir hom dat wie ook al daar was, baie vinnig padgegee het, asof hulle gewaarsku was.

Antoni loop agter kaptein Bekker aan, maar hy vorder nie ver nie, toe loop hy hom vas teen twee mans wat intussen uit nog 'n privaat motor geklim het.

"Dag, meneer Willers," groet die bonkige een van die twee vriendelik en innemend.

Antoni herken die man dadelik: Matthew Masemola, bestuurder van die Belmont-sokkerklub. "Haai, Matthew! Lyk of die hele wêreld hier gaan uitslaan. Hoeveel kos ou Emma se tip jou?"

Matthew ignoreer die vraag. "Wie was die mense wat hier was?"

Antoni haal sy skouers op. "Jou raai is so goed soos myne. Hulle is in elk geval nie meer hier nie."

"As dit mense is wat vir Wouter help, dan was hy beslis naby iewers. Die dat hulle so vinnig kon padgee. As ek hom in die hande kry, sal daar baie wees wat hy sal moet verduidelik."

"Welkom in die tou van mense wat graag met hom wil praat."

Matthew se groot liggaam skud toe hy begin lag. "Lyk my dis makliker om vis met die kaal hande te vang."

"Nog steeds so kwaad vir hom?" vra Antoni.

"Natuurlik is ek omgekrap, meneer Willers. Jy kan dit tog seker verstaan? Ek meen, hy's weg met 'n kwartmiljoenrand van die klub. Vir Oscar het hy net so gelos. Jy besef seker dis beter dat ek hom voor Oscar se fans in die hande kry."

"Seker, ja," gee Antoni toe en is op hierdie oomblik bly dat hy nie in Wouter Hanekom se skoene is nie. Hoe die man uit die gemors gaan kom waarin hy is, sal nugter weet.

Terwyl die motor met Jay-Jay na 'n onbekende bestemming onderweg is, is hy bewus daarvan dat sy drie wagte elke beweging wat hy maak, fyn dophou. Die oomblik as hy 'n poging gaan aanwend om te ontsnap, sal hy ferm vasgevat word. Wat vir hom vreemd aan die situasie is, is dat hy nie geboei word om te voorkom dat hy ontsnap nie. Moontlik omdat die bestuurder van die motor taamlik vinnig ry en 'n roete sonder hindernisse volg.

Iets anders wat hy terloops opmerk, is dat hulle al drie lapelwapens dra wat aandui dat hulle van Ormond-sekuriteitsdiens is. Die uitdrukkings op hulle gesigte is taamlik strak. Hulle is ook nie besonder spraaksaam nie. Hulle praat nie eers met mekaar nie. Laat staan nog reageer op sy mislukte poging om te probeer uitvind waarheen hulle met hom op pad is.

Uiteindelik hou hulle voor die groot sekuriteitshekke van 'n netjiese kompleks met indrukwekkende tuine stil. Die hekke gaan oop sonder dat 'n sekuriteitsklaring versoek word.

Binne die terrein op pad na die hoofgebou toe, ry hulle by 'n granietblok verby waarop die naam *Farmakor* aangebring is. Jay-Jay beskou die omgewing met 'n gevoel dat hy al tevore hier was. Hy weet dit moet iewers in sy geheue opgesluit lê. Daarom konsentreer hy hard in 'n poging om iets meer spesifiek te onthou.

Die motor hou reg voor die ingang van die hoofgebou stil. Twee van die wagte klim saam met hom uit, terwyl die derde die motor na die parkeerterrein neem. Met 'n wag weerskante van hom word Jay-Jay deur die portaal begelei na 'n hysbak wat deur 'n interne wag vir hulle oopgehou word. Jay-Jay is bewus daarvan dat die ontvangsdame en ander personeel in die portaal hom nuuskierig beskou.

Met die hysbak ry hulle tot op die sesde verdieping. Hulle stap direk uit in 'n ontvangsportaal wat luuks en met smaak gemeubileer is. 'n Middeljarige sekretaresse wat op 'n rekenaar besig is, kyk op, glimlag en reik dan dadelik na die telefoon op haar lessenaar. Sy druk 'n knoppie. Na 'n paar sekondes sê sy iets onhoorbaar in die gehoorstuk. Toe sy die gehoorstuk terugplaas, sê sy: "U kan maar binnegaan. Doktor Hanekom verwag u."

Jay-Jay kry 'n ongemaklike gevoel van afwagting oor sy gasheer se identiteit. Hy sien dat sy twee wagte van hom af wegbeweeg en in die wagarea gaan sit. Hulle optrede bly vir hom vreemd. Die sekretaresse moet 'n tweede keer vir hom sê dat hy maar kan binnegaan voor hy reageer. Hy stap tot voor die handgekerfde houtdeur. Vir 'n oomblik huiwer hy ongemaklik. Hy weet nie wat om te verwag nie. Dan trek hy sy asem diep in, klop aan die deur en stap binne.

Die kantoor is net so smaakvol gemeubileer, maar op só 'n manier dat dit 'n atmosfeer van outoriteit het. Dit is duidelik dat hierdie die grootbaas van Farmakor se kantoor is. 'n Langerige, skraal man, diep in sy middeljare, en wat volgens sy outoriteit en aansien geklee is, staan voor 'n wye venster met die een hand op sy leunstoel se kopleuning na buite en staar.

Jay-Jay wag ongeduldig dat die man moet omdraai en sy teenwoordigheid moet erken.

Die man draai uiteindelik om en vou albei sy hande agter sy rug. Hulle kyk mekaar net sekondes lank stip in die oë. Jay-Jay wag dat die ouer man eerste moet praat. Hy het 'n vermoede wie die man is wat voor hom staan, maar hy weet nie wat van hom, Jay-Jay, verwag word nie.

Doktor Darius Hanekom beskou die man met die middeljarige voorkoms oorkant hom net vlugtig. Hy vermy direkte oogkontak. Noudat die man voor hom staan, is hy nie eintlik seker hoe om hom te konfronteer oor moontlike kontak met sy seun nie. En hy is nie iemand wat gewoonlik sprakeloos is nie. Miskien is dit omdat die man vir hom soos 'n totale vreemdeling lyk, maar tog ook iets bekend aan hom het. Hy probeer uitpluis presies wat dit is, of hy al voorheen kontak met hom gehad het. Die kleredrag is dit nie. Ook nie die hare of die liggaamsbou nie. Miskien die lyftaal. Die oë.

Hy beduie na een van die besoekerstoele voor sy lessenaar. "Sal u sit, asseblief?"

Jay-Jay aanvaar die uitnodiging sonder om iets te sê. Daar stoei 'n klomp verwarde gedagtes in sy brein. Eerstens is daar die besef dat hy vir sy eie pa nie herkenbaar is nie, wat 'n pluspunt is vir Ems se poging om hom te vermom. Aan die ander kant is dit vir hom moeilik om te aanvaar dat die vermomming so goed kan wees. Tensy die verhouding tussen hom en sy pa van so 'n aard was dat hy verkies om voor te gee dat hy hom nie herken nie. Ten spyte daarvan ervaar hy 'n begeerte om vir die ouer man te sê wie hy is. Tog huiwer hy. Hy weet nie eintlik hoe om dit te sê en te verduidelik nie. Hy is ook bang vir sy pa se onmiddellike reaksie. Dalk moet hy eers wag om te hoor wat sy pa te sê het. Dalk sal dit dan goed wees dat hy agter die vermomming kan wegkruip.

Darius gaan ook sit. Hy vou sy hande voor hom ineen. Die oë oorkant hom kyk onwrikbaar in syne. Iets daarin hinder hom weer. Ontstel hom selfs.

Sy oë dwaal weg en rus op een van die twee portretstaanders links van hom op sy lessenaar.

"Wat het u by my seun se huis . . . " Hy sluk sy laaste woord in en tel die portret van sy twee seuns vinnig op. Hy staar vir 'n oomblik intens na die twee glimlaggende jong atlete wat mekaar omarm. Hulle trek baie op mekaar. Die glimlagte en die oë is die treffendste. Die voorkoppe en haarlyne. Maar een het 'n effe sigbare winkelhaakletsel as gevolg van 'n ongeluk tydens 'n hekkienaelloop. Darius kyk vinnig van die foto na die man oorkant hom. Toe weet hy. Hy plak die foto ietwat driftig op sy plek terug.

"So! Dit ís dan jy!" verbreek Darius die uitgerekte stilte. Hy leun grimmig agteroor op sy stoel. Hy voel afgehaal omdat hy amper verkul is. "Dis goed. Amper té goed onder omstandighede. Sal jy tevrede wees as ek erken dat ek soos 'n gek voel omdat ek jou nie dadelik herken het nie?"

Darius wag vir sy seun om te reageer. Hy kry egter nie dadelik 'n reaksie nie.

Jay-Jay wonder nog hoe hy dit vir die ouer man begryplik kan maak dat hy hom nie kan onthou nie. Dat hy aan geheueverlies ly en niks kan verstaan van wat met hom gebeur nie.

Darius maak daarom sy eie afleiding. "Jy is dus nog in dieselfde bui as laas? Weier om met my te praat of na my standpunte te luister? Moet net nie dink jy kan die plek weer omkeer soos laas nie."

"Ek is in g'n bui nie. Dis net moeilik om die dinge te sê wat ek moet," antwoord Jay-Jay met moeite as gevolg van die wangvulsels en die kunstande. Dit irriteer hom en hy haal dit uit sy mond. Daar sal 'n logiese en verstaanbare gesprek tussen hom en sy pa moet plaasvind sodat hy meer van sy verlede kan uitvind as wat hy reeds weet.

"Kragtie, Wouter, man! Jy het 'n magdom dinge om te verduidelik! Jou ma se senuwees is oor die muur na jou verdwyning. Waar was jy? Wat het jy met daardie sokkerklub se geld aangevang? Die polisie soek jou ook nie net oor die geld nie. Daar is nou ook die moord op jou medepligtige waarvoor jy verantwoording sal moet doen. Dink jy nie dit alles regverdig 'n verduideliking nie?"

"Ek is jammer," antwoord Jay-Jay. "Daar is min wat ek kan verduidelik."

Dit lyk of doktor Hanekom kan ontplof van woede. "Soos altyd het jy nooit 'n verduideliking vir enigiets nie! Liewe hemel, Wouter! Jy was nooit so nie! Het Lydia se dood jou so laat knak dat jy net wil bestaan sonder om behoorlik te leef? Ek weet hoe lief julle vir mekaar was. Ek weet watter skok dit vir jou was toe haar motor gekaap en sy so aaklig vermoor is, maar die lewe moet voortgaan. Sy was nie die soort mens wat sou verwag het dat alles na haar dood tot stilstand moes kom nie. Iewers moet jy 'n punt bereik waar jy tot jou sinne kom!"

"Kom ons vergeet van Lydia," sê Jay-Jay ongemaklik. Hy weet nou wat hy wil weet oor die hoekom van sy wanordelike bestaan in daardie ou huis. Wat aanleiding gegee het tot sy tydelike skorsing as prokureur. Hy wil nie nou verder hoor van 'n gebeurtenis in sy lewe wat hy nie nou in staat is om emosioneel te verwoord nie.

"Kom ons praat oor Rudolf," voeg Jay-Jay by omdat hy uit koerantberigte nou al bewus is van die moord op sy broer en dat hy bereid was om namens die moordenaar op te tree. Iets wat konflik tussen hom en sy familie moes veroorsaak het. Op die oomblik onthou hy niks daarvan nie en wil hy graag meer agtergrond hê.

Daar kom 'n trek van pyn op die ouer man se gesig toe hy vooroor buig en een van die twee foto's omdraai na Jay-Jay toe.

"Jy het beslis verander. Jy't hom nooit Rudolf genoem nie. Rudi, ja. Nooit Rudolf nie."

Jay-Jay vat die foto en kyk intens daarna. Twee atlete wat baie op mekaar trek en mekaar glimlaggend omarm. Vol trots oor die trofeë wat hulle gewen het.

"Julle was van kleintyd af meer as net broers. Onafskeidbaar van mekaar. Soos Dawid en Jonatan. Wat die een gedoen het, het die ander gedoen. Al sou dit beteken dat julle saam in die moeilikheid beland. Hy was die enigste een wat jou werklik kon verstaan na Lydia se dood." Darius bly 'n oomblik stil. Hy wonder waarom hy alles verduidelik, terwyl Wouter tog self daarvan bewus is.

"En die moord?" vra Jay-Jay toe die stilte te lank rek.

Darius frons. Hy verstaan nie sy seun se vraag nie, maar sy antwoord is dit wat hy voel. Wat hy nog altyd gevoel het. "Dit was vir ons almal 'n geweldige skok toe Oscar Dlamini hom hier in sy kantoor kom vermoor het.

"Ons was tevrede dat die man so gou aangekeer is. Wat dit vir ons vererger het, was toe jy op Rudi se begrafnis aankondig dat jy namens Oscar gaan optree. Dat jy jou broer se moordenaar gaan verdedig. Dat jy die man se onskuld gaan bewys ten spyte van die bewyse wat daar bestaan het."

"Wat was my rede daarvoor?" wil Jay-Jay weet.

"Jy was nie baie nugter nie, Wouter. En jy het taamlik heftig geargumenteer uit lojaliteit teenoor 'n vriend wat jy onder bedenklike omstandighede gemaak het."

"En dit was . . .?"

"Jy het by sokkerwedstryde geboer, gedrink, al jou geld weggedobbel. Jy het vriendskappe gemaak wat nie by jou aard gepas het nie. Jy was nooit 'n sokkermens nie. Dis eintlik wat skielik kop uitgesteek het nadat jy vir Ebersohn ontmoet het."

"Hoe seker is dit dat Oscar wel die moord gepleeg het?" vra Jay-Jay omdat dit iets is waaroor hy nog nie duidelikheid het nie.

"Joshua Louw wat in beheer van ons laboratorium is, het op Oscar afgekom waar hy by Rudi se liggaam gestaan het. Hy het met die mes wat hy gebruik het, nog in sy hande gestaan."

"Nou waarom sou ek dan so seker gewees het dat Oscar onskuldig is?" vra Jay-Jay.

"Soos ek gesê het: lojale vriendskap. Jou besopenheid. Dalk verpligting teenoor jou dobbelskuldeisers. Ek weet nie. Dis waarom jou gedrag vir my heeltemal onverstaanbaar is. Waarom ek gesê het jy het baie om te verduidelik."

"Ek wens ek kon," sê Jay-Jay.

Darius kyk weer skerp na sy seun. Iets omtrent Wouter hinder hom. Wouter is beslis anders. Hy is vir die eerste keer in 'n lang tyd nugter en aanvaarbaar netjies ten spyte van die vermomming.

Dan is daar boonop die wyse waarop hy vrae stel asof hy nie goed ingelig is nie. Hoekom tree hy so eienaardig op?

"Waarom kan jy dit nie verduidelik nie?" vra Darius.

Jay-Jay huiwer 'n oomblik asof hy dit oorweeg of hy sy pa van sy omstandighede moet vertel. Gedagtig aan die agtergrond waarteen sy pa sy lewensomstandighede geskets het, wonder hy of sy pa hom hoegenaamd sal glo. Hy besef egter ook dat sy pa 'n reg het om te weet.

Dan leun hy vorentoe op sy stoel en sê: "Wat ek Pa nou gaan vertel, gaan waarskynlik vir Pa ongelooflik klink, maar glo my, dis die reine waarheid. Ek kan niks van my verlede onthou nie. Absoluut niks."

Darius se mond val oop van verbasing. Hy kyk skepties na sy seun. "Geheueverlies?"

Jay-Jay knik. "Ja," sê hy en lig sy pa volledig in oor sy huidige situasie. "Wat ek dus nou van die verlede weet, is wat ek uit koerante wys geword het en uit wat Pa my nou vertel het," sê hy uiteindelik ten slotte.

"Ek ken myself net as Jay-Jay. Van my deurmekaar bestaan van vroeër weet en verstaan ek niks. Waar ek was, hoekom ek daar was en wat gebeur het, is vir my totaal duister."

Toe Jay-Jay klaar gepraat het, staan Darius op uit sy stoel en gaan staan weer voor die venster om op die mooi terrein uit te kyk. Wat sy seun hom nou vertel het, klink ongelooflik, maar nie ongeloofbaar nie. Sy gesonde verstand sê ook vir hom dat hy dit as die waarheid moet aanvaar. Bloot omdat die Wouter wat voor hom sit, nie die een is wat tien dae gelede verdwyn het nie.

Hy praat eerder soos die Wouter uit die tyd voor Lydia se sinlose dood. Nogtans bly dit vir hom 'n skok dat sy seun aan geheueverlies ly. Hoe verduidelik hy dit aan Estelle, sy vrou, wat alreeds sukkel om die een seun se dood en die ander se verdwyning te verwerk?

Jay-Jay hou sy pa dop waar hy bewegingloos staan sonder dat hy nog 'n enkele woord gesê het van wat hy glo en aanvaar. Hy tel die foto van hom en sy broer op en sit dit terug op die plek waar dit gestaan het. Dan tel hy die ander foto op en kyk na die aantreklike, glimlaggende vrou wat met 'n uitstraling van liefde na hom staar.

"Was jy al by 'n dokter?" hoor hy sy pa se vraag.

"Nee. Onder die omstandighede wou ek dit nie waag om

my bloot te stel nie," antwoord Jay-Jay. "Ek weet nie wie ek kan vertrou nie. Buitendien behandel Ems my beserings gereeld. Sy is 'n verpleegster."

"Ek aanvaar dit, maar dis nie heeltemal die rede waarom ek dit vra nie. In die eerste plek sal daar vasgestel moet word hoe erg die besering aan jou kop is. Of daar nie permanente skade berokken is nie. Dan moet 'n dokter ook later kan getuig van jou beserings indien dit nodig mag wees. En foto's. Daar sal foto's van jou liggaam geneem moet word wat al die beserings uitwys."

Jay-Jay voel nie gemaklik hieroor nie. "Nee, wag nou! Al die maatreëls is werklik nie nodig nie. My beserings sal wel mettertyd herstel."

"Natuurlik sal dit," stem Darius saam. "Maar die maatreëls mag baie nodiger wees as wat jy besef."

"Hoe bedoel Pa?"

"Dink vir eers net aan die polisie. Hulle soek jou. Jy sal nie onbepaald vir hulle kan wegkruip nie. Die een of ander tyd gaan hulle jou vaskeer. En dan gaan dit baie moeiliker wees om hulle te oortuig dat jy die een of ander marteling of beproewing deurgegaan het. Jy moenie vergeet nie: jy en Ebersohn was saam. Sy lyk is gevind met beserings wat baie sterk daarop dui dat hy genadeloos om die lewe gebring is. En jy is die verdagte. Jy sal moet kan bewys dat julle saam deur dieselfde ding is."

Jay-Jay verstaan wat sy pa bedoel, maar hy is huiwerig om sommer net enige buitestander te betrek.

Voor hy iets kan sê, gaan sy pa voort: "Wat natuurlik die korrekte ding is om te doen, is om reguit na die polisie toe te gaan en 'n verklaring af te lê. Ek sal oom Etienne — jy sal hom nie onthou nie, hy's 'n advokaatvriend van my — vra om jou by te staan."

"Nee, asseblief nie!" keer Jay-Jay vinnig. "Ek wil nie nou by die polisie beland nie. Hulle gaan niks glo van wat ek hulle vertel nie. Ek wil self probeer om hierdie hele duistere besigheid op te klaar. Ek moet. Dis vir my belangrik."

Darius kyk diep nadenkend na sy seun. Hy kan hom voorstel hoe die jong man moet voel. Die kanse is goed dat die polisie hom in hegtenis gaan neem. As hy agter tralies sit, is daar min hoop dat iemand vir hom die raaisels sal opklaar.

"Nou goed," stem hy in. "Dan is dit seker ook beter dat jy met die vermomming rondbeweeg. Maar jy sorg dat jy gereeld met my kontak maak. Ek wil nie in die duister lewe nie. Dit sal my ook help om jou ma gerus te stel en haar kalm te hou. Sy is deur 'n senutergende tyd."

"Ek verstaan."

"En . . . die doktersondersoek is onvermydelik."

"Goed. As Pa daarop aandring, maar is daar iemand wat ons kan vertrou?"

"Ek dink so," sê Darius en maak 'n oproep op sy privaat lyn.

Na die oproep versoek hy sy sekretaresse om die Ormondwagte te laat gaan. Daarna moet sy reël dat 'n maatskappymotor vir Jay-Jay se gebruik beskikbaar is. Ook dat hulle fotografiese afdeling vir hom 'n kamera moet bring.

Jay-Jay wil weet of dit die regte ding is om 'n firmamotor tot sy beskikking te stel. Dit kan dalk agterdog wek en vrae laat ontstaan as so 'n reëling vir 'n vreemdeling getref word.

Darius het nie probleme daarmee nie en is seker dat hy 'n aanvaarbare verduideliking daarvoor sal kan gee indien dit nodig is.

Ems is rusteloos. Sy kan nie vir vyf minute op een plek stil sit nie. Die TV, wat sy net na haar tuiskoms aangeskakel het, bied ook niks wat prikkelend genoeg is om haar aandag af te lei nie. Daar is 'n kommer in haar oor wat van Jay-Jay geword het. Wie ook al die mense is wat hom kom haal het, sal teen dié tyd weet dat hy vermom was. Daarby worstel sy met allerhande spookgedagtes en vrae wat vir haar by onbevredigende miskien-antwoorde uitbring. Die enigste hoop wat sy het, is dat hy veilig is waar hy ook al is. Dat hy nie weer in die hande beland het van die mense wat vir sy beserings verantwoordelik was nie. Dat sy op die een of ander stadium weer van hom sal hoor.

Al het sy hom kwalik agt en veertig uur gelede ontmoet, het

sy alreeds só betrokke geraak by sy vreemde omstandighede, dat dit min ruimte laat vir onverskilligheid oor sy bestaan en welsyn. Sy het nie 'n verduideliking daarvoor nie, maar daar is iets in hom wat 'n gevoel van beskerming in haar laat ontstaan het. Waarskynlik die feit dat hy so verlore en weerloos voorkom in 'n vormlose bestaan sonder kontak met die verlede; die feit dat hy alleen maar moet staatmaak op dit wat hy oor homself lees en hoor. En dan daardie nagmerries en engtevrees waaraan hy blootgestel is, wat glad nie vir hom sin maak nie.

Skemertyd loop sy vir die soveelste keer buitetoe, in die hoop dat hy iewers vandaan sy verskyning sal maak.

In die inrit tussen die eerste ry meenthuise, nie ver van haar eie af nie, sien sy 'n motorfiets geparkeer staan. Sy aanvaar dat dit 'n besoeker van een van haar bure is. Nogtans beskou sy die motorfiets aandagtig omdat haar vorige vriend 'n belangstelling in motorfietse gehad het.

Dan gaan sy weer binnetoe en wag gespanne vir die telefoon om te lui — 'n oproep wat dalk net 'n mate van gerusstelling sal gee. Later besef sy dat sy haar eie lewe en verantwoordelikheid het. Sy is 'n verpleegster wat nagskof werk. Oor minder as 'n uur moet sy aan diens gaan. Dit sal haar niks baat om hier te sit en wag vir die onbekende nie. Daarom druk sy haar voordeur toe en gaan kamer toe om te gaan klaarmaak.

Toe Ems onder die stort is, is sy bewus van 'n tamheid in haar hele liggaam. Die strelende effek van die louwarm water laat dit geleidelik wegvloei. Sy seep haar goed in totdat die skuim soos dik room oor haar lyf lê. Dan masseer sy elke deel van haar liggaam met sagte bewegings totdat sy uiteindelik 'n heerlike, ontspanne gevoel ervaar.

Sy het pas klaar aangetrek en is met haar grimering besig toe 'n skielike beweging soos die van 'n skaduwee haar aandag in die spieël trek. Haar bewegings vries. Sy wag. Dalk sien sy dit weer. Het daar iemand in die huis ingekom sonder dat sy hom gehoor het? Niks gebeur nie. Dalk was dit haar verbeelding. Dalk is haar senuweees nog te op hol oor die dag se gebeure. Dan sien sy dit weer. Daar ís iemand in die gang. Sy is nou seker daarvan. Kan dit Jay-Jay wees wat intussen teruggekom het? Of dalk Willers? Nie een van die twee moontlikhede stel haar op haar gemak nie. Sy twyfel of dit enigeen van hulle sal wees. Nie een van hulle sal sommer net stilweg deur die huis beweeg nie.

Ems laat alles waarmee sy besig is, op die spieëltafel. Sy moet gaan seker maak of dit nie tog maar haar verbeelding is nie. Sy beweeg versigtig, voetjie vir voetjie, na die deur toe sodat sy in die gang kan gaan inloer. Sowat twee treë van die deur af stol haar bewegings van skok.

In die deur het 'n man verskyn: middelmatige lengte, goed gebou. Hy het 'n leerbaadjie, chirurgiese handskoene en 'n denimbroek aan. 'n Valhelm maak dit vir haar onmoontlik om sy gesig te sien.

Sy twyfel nie daaraan dat sy verskyning vir haar iets ernstig voorspel nie. Dit word beklemtoon deur die mes in sy regterhand.

Ems probeer kalm bly. Konsentreer. Dink. Maar die eerste skok wil nie haar brein en liggaam laat saamwerk nie. Hy daarenteen, is voorberei, gereed vir aksie. Met 'n ongelooflik vinnige beweging is hy by haar, pen sy een arm hare teen haar lyf vas. Met die ander druk hy die mes se lem teen haar keel. Sy voel 'n skerp brandpyn wat bevestig dat die lem vlymskerp is. Net een vinnige beweging en hy kan haar keel oopkloof. Dit sal nou dwaas wees van haar om iets te waag. Sy moet wag dat daar 'n oomblik se verslapping by hom is.

"Wie is jy? Wat wil jy van my hê?" vra sy gesmoord teen die wurgende drukking op haar keel.

"Net 'n toevallige verbyganger in jou lewe — hoop ek. Ás jy goed met my saamwerk," beantwoord hy haar vrae met 'n dreigende ondertoon in sy stem wat hol klink van agter die valhelm se gesigskerm.

"Samewerking waarmee?" vra sy en probeer haar stem kalm hou.

"Ek soek inligting oor Wouter Hanekom."

"Wat laat jou dink ek ken hom?" probeer sy hom flous.

Hy ruk haar stywer teen sy liggaam vas en druk die mes harder teen haar keel. Weer voel Ems daardie brandprik. "Moet jou nie dom hou nie! Ek het jou en jou vriend vanmiddag saam by Hanekom se krot gesien. Dit was maklik om jou daarvandaan te volg. Wie is julle? Wat het julle daar gaan maak? Help julle vir Hanekom, en waar kruip hy weg?"

"Jy's taamlik op hol oor Wouter Hanekom. Is jy bang vir wat hy kan uitlap?" vra Ems sarkasties.

Sy weet nou dat minstens een mens deur sy vermomming

geflous is. Dit gee haar hoop dat dit hom ook sal help in die omstandighede waarin hy hom nou bevind.

Joshua Louw hou nie van haar uitdagende houding nie. Hy het gehoop dat sy teen die tyd 'n verskrikte en smekende meisie sal wees. Hy haat dit dat sy haar sterk voordoen. Met een beweging pluk hy haar om, en met 'n volgende klap hy haar dat sy terugsteier en op die bed val. Hy klap haar met soveel geweld dat Ems vir 'n oomblik totaal bedwelm voel. Dan stoot sy haar met haar een hand orent. Sy proe die souterigheid van bloed in haar mond. Hy kom buk oor haar en gee haar nog 'n klap met die agterkant van sy hand. Ems snak na asem. Dit was seer, maar sy gaan hom nie die satisfaksie van trane en 'n gepleit gee nie.

"Jy beter praat, of dit gaan nog erger word!" snou hy haar toe. Sy hand skiet weer omhoog. "Wat weet jy en jou vriend van Hanekom af? Wat het julle by sy huis gaan soek? Hoekom is Farmakor se mense agter julle aan?"

"Jy babbel deurmekaar. Ek het nog nie van die plek gehoor nie. Ek weet nie waaroor alles gaan nie. Van Wouter Hanekom weet ek net wat in die koerant staan!" probeer sy verduidelik.

"Jy lieg!" gil hy nou. "Jy moet hom ken. Hy moes jou vertel het waar hy vandaan kom en wat gebeur het. Hy moes verduidelik het hoekom hy so lyk! Of is julle van Ebersohn se mense?"

"Kry dit nou in jou kop: ek weet nie waarvan jy praat nie!" sê sy en probeer weer orent kom.

Die keer tref die man se vuis haar vol in die gesig sodat sy aan die ander kant van die bed afval. Ems voel hoe 'n donkerte op haar toesak. Sy veg hard daarteen. Sy moet haar kragte bymekaarskraap sodat sy kan terugveg. Anders gaan die waansinnige man haar vermoor sonder dat iemand daarvan bewus is. Sy seil op haar maag vorentoe om van hom af te probeer wegkom. Hy kry haar egter weer beet en met ongelooflike krag slinger hy haar eenkant toe sodat sy met haar kop teen die muur val.

"Wat . . . het Wouter Hanekom . . . jou vertel?" eis hy met gejaagde asemhaling.

"Niks nie!"

"Nou goed dan. Dalk sal 'n bietjie ander medisyne help om jou tong los te maak!"

Hy lag aanstootlik en slinger sy mes op die bed neer. Ems sien hoe hy wydsbeen oor haar kom staan en sy denimbroek losmaak. Sy weet wat nou gaan volg: die aakligste ondervinding wat 'n vrou kan hê. As sy nie 'n slagoffer wil word nie, sal sy vinnig moet reageer. As hy haar eers met sy krag vasgedruk het, is sy verlore, want daar is min krag in haar liggaam oor. Sy moet dink! Sy broek sak oor sy knieë en sy sien dat hy gereed is. Deur haar kop weerklink 'n paar wenke wat sy tydens 'n selfverdedigingsles van 'n kursus gehoor het, wat sy nooit voltooi het nie. Iets waaroor sy nou bitter spyt is.

'n Man het drie uiters sensitiewe plekke aan sy liggaam waar jy hom baie seer kan maak, maar dan moet jy sorg dat jy dit goed doen, want jy gaan nie 'n tweede kans kry nie: tussen sy bene; 'n harde stamp onder sy neus wat sy neus kan breek, of 'n harde klap met albei hande teen sy ore.

Die twee laaste moontlikhede is uit, want hy het nog die valhelm op. Net toe hy wil buk om sy sadisme verder te voer, kry sy dit uit: "Wouter kon my niks vertel nie. Hy ly aan geheueverlies!"

Haar aanrander se bewegings ruk tot stilstand. Haar woorde het hom onverhoeds gevang.

Ems sien sy huiwering. Dan gebruik sy haar kans. Met elke greintjie inspanning waartoe sy in staat is, lig sy haar regterbeen tot teen haar maag en met 'n blitsige beweging skiet haar voet vorentoe. Haar voet tref die kol volmaak. Die skok laat die man reg agteroor slaan. Hy gryp met albei hande na waar die slag soos 'n hamerhou tot in sy brein vasslaan. Hy brul soos 'n gewonde dier en tol selfbeskermend op sy knieë om.

Ems skiet orent. Dit voel of 'n duiseligheid haar gaan oorval, maar sy weier om daaraan toe te gee. Dan staan sy agter die knielende man en met 'n tweede goed gemikte skop tref sy hom van agter af weer tussen die bene. Hy skree kermend soos 'n kind, steier orent. Dan verdwyn hy strompelend tot in die gang terwyl hy sy broek probeer optrek.

Ems wil hom agterna sit om nog skade aan te rig, maar haar bene gee pad onder haar en sy sak op die bed neer. Al wat nog by haar registreer, is die voordeur wat toeslaan, en 'n ewigheid later die eggo van 'n motorfiets se gedreun tussen die meenthuise deur soos dit wegtrek. Dan dink sy aan die motorfiets waarna sy vroeër gestaan en kyk het, en sy weet dat sy dit nooit sal vergeet nie.

Dis toe die motorfiets met 'n skerp draai na regs onder by die meenthuiskompleks in die straat in sny dat hy amper onder Antoni se motor inry. Antoni moet vinnig rem trap om 'n ongeluk te vermy. Hy swets op sy ongeërgde manier agter die motorfietsryer aan. "Amper moes ek nog boonop jou doodsberig vir *Suiderland Nuus* loop skryf," brom hy onderlangs terwyl hy by die inrit tussen die meenthuise indraai en stadig aanry tot voor Ems se huis.

Hy voel tevrede toe hy uitklim en Ems se motor onder die afdak sien staan en sien dat die huis se ligte brand. Hy hoop sy is nie weer so vol draadwerk soos vanoggend nie, want vanaand wil hy haar hele storie oor Wouter Hanekom hoor.

Antoni moet twee, drie keer aan Ems se voordeur klop voor hy haar taamlik onvriendelik van agter die deur hoor vra wie dit is.

"Antoni Willers," antwoord hy.

Ems huiwer. Sy is nie nou lus vir 'n lastige joernalis ook nog nie. Dan onthou sy dat dit hy is wat hulle gewaarsku het om by Jay-Jay se huis pad te gee. Miskien is hy die enigste een wat haar op die oomblik kan help. Dan maak sy die deur oop.

Toe Antoni haar voor hom sien staan, sluk hy die woorde terug wat hy wou sê. Hy staar stomgeslaan na haar, wat met 'n mes in haar een hand staan. Sy lyk gehawend in haar verpleegstersuniform, en haar gesig is rooi en opgehewe.

"Kom in," nooi sy met 'n heserige stem en draai binnetoe sodat hy haar kan volg.

Antoni tree na binne en druk die deur agter hom toe. Ems gaan leun teen die kombuistoonbank, waar sy die aanvaller se mes laat val. Vir die eerste keer breek die skok met 'n hygsnik deur haar. Hy slinger 'n koevert op die tafeltjie neer. Met enkele treë is hy by haar en kry haar versigtig aan die boarms beet.

Hy vloek onderlangs en vra: "Wat het gebeur? Wie het dit gedoen?"

Ems kan nog nie 'n woord uitkry nie en haal net haar skouers op. Antoni glip om die toonbank na die oopplankombuis toe, maak sommer 'n kombuisvadoek nat en kom vee die bloedstrepe versigtig van haar ken af. Dan gaan haal hy ys uit die yskas, breek dit in dieselfde vaddoek fyn en kom gee dit vir haar.

"Druk dit teen jou gesig en oog. Dit sal help," sê hy. Dan stap hy weer om die toonbank na haar toe en help haar om op een van die leunstoele te gaan sit. "Hoe voel jy?" vra hy toe hy een van die ander stoele vir homself nader sleep.

"Bietjie deurmekaar. Lam. Maar ek's okay. Dit sal my leer om my voordeur te sluit," antwoord sy met 'n effense glimlag.

"Kan jy daaroor praat? Wil jy?" vra hy.

Sy knik en lig hom volledig in omtrent die gebeure nadat hulle sy oproep ontvang het. Toe sy klaar gepraat het, swets hy weer. Hy besef dat dit Ems se aanrander op die motorfiets was teen wie hy 'n rukkie gelede amper gebots het.

"Vark! Ek was net te laat vir hom. Pleks ek maar oor hom gery het. Ek hoop hy't soveel skade dat hulle alles moet uitsny om van hom 'n eunug te maak."

Sy dink vir die eerste keer weer aan haar werk. "Ek's op nagdiens."

"Vergeet daarvan. Nie met daai gesig nie. Almal sal 'n verduideliking wil hê. Vir wie moet ek bel om te sê jy kan nie inkom nie, jy's siek?"

Ems wil nog teëstribbel, maar Antoni is onversetlik. Sy gee dan tog toe en hy bel die saalsuster om te sê dat Ems 'n paar dae afwesig sal wees. Hy beloof dat Ems self die omstadighede sal kom verduidelik wanneer sy weer vir diens aanmeld.

Die suster is vriendelik, inskiklik en erg besorg. Sy wil net weet of Ems darem iemand het om haar te versorg totdat sy weer op die been is. Almal weet immers dat sy op die oomblik alleen woon. Antoni verseker haar oor en oor dat Ems sal regkom.

Toe hy klaar gepraat het, sê hy lig spottend: "Sjoe! Dis nou 'n regte moeder Anna daardie!"

Ems glimlag. "Sy is nogal, maar sy's dierbaar."

"Nou toe. Waar hou jy jou koffiegoed? Dan maak ek vir ons," vra hy, stap weer om die toonbank na die kombuisgedeelte toe en skakel die waterketel aan.

Ems beduie vir hom en vra dan 'n vraag wat nog die hele tyd in haar gedagtes vassteek. "Weet jy wat van Jay-Jay — Wouter — kon geword het?"

"Nie 'n benul nie, maar ek moet jou sê, dis nou iemand daai met wie ek baie graag sal wil praat," antwoord hy. "Ek het lanklaas te doen gehad met 'n saak waar iemand deur so baie mense gesoek word."

Antoni is 'n rukkie stil toe die water kook en hy die koffie maak. Toe hy die bekers koffie aandra en weer gaan sit, vra hy: "Hoe het dit gekom dat jy by hom betrokke geraak het?"

Ems bevestig maar net weer hoofsaaklik wat sy en Lilly tydens sy onderhoud met hulle aan hom vertel het. Sy voeg maar net dit by wat sy intussen ondervind het. "Ek sê vir jou Jay-Jay het onskuldig in hierdie hele gemors beland. En dit het alles met die moord op sy broer te doen."

"Dis my gevoel ook. En meer as net dit. Dis dié dat ek so graag met hom wil kontak maak."

Ems raak half ingedagte. "Dink jy ... dink jy dit het alles met sokker te doen. Ek bedoel ... met dié dat Jay-Jay en Ebersohn so diep by sokkerweddenskappe betrokke was?"

"Op die oog af. Veral as 'n mens in gedagte hou dat Oscar Dlamini vir die moord op Rudolf Hanekom aangekeer is. Bonop het Jay-Jay en Ebersohn met daai klomp geld van die sokkerklub verdwyn. Aan die ander kant is dit vir my weer té ooglopend. Dit strook nie met die feit dat die sokkerbestuur vir Jay-Jay by die polisie aangegee het nie. Hulle sou nie die polisie wou betrek nie. Hulle sou eerder die ding self wou hanteer. Iewers tussenin is daar 'n ander konneksie," redeneer Antoni.

"Daar het vroeër al 'n ander vraag ook ontstaan," het Ems nog 'n gedagte.

"Wat?"

"Dink aan Jay-Jay se agtergrond: 'n prokureur met 'n swak rekord; tydelik geskors; 'n hopelose, vervalle mens; 'n drinker en 'n dobbelaar. Hoekom sou enige mens so iemand aanstel om 'n beskuldigde in 'n moordsaak te verteenwoordig? En dan boonop die moordenaar van sy broer. Maak dit sin?"

"Jy's 'n skerp meisie."

"Dis is nie ek wat so skerpsinnig is nie. Jay-Jay het daaroor gewonder en 'n aantekening daaroor gemaak," sê sy eerlik.

"Wel, dis presies een van die vrae wat my van die begin af aan die wonder het. Daarom dat ek so belangstel in die werklike diepte van die saak."

"Nou goed. Daar is so baie vrae en ontwykende antwoorde. Die vraag is nou: kan 'n mens Jay-Jay help? En dan waarheen volgende?" vra Ems net toe daar aan die voordeur geklop word. Hulle albei sit vir 'n oomblik regop en kyk afwagtend na mekaar. Dan staan Antoni op en gaan maak die voordeur oop. Dis Jay-Jay sonder sy vermomming. Die laaste persoon wat hulle op dié oomblik verwag het.

Ems is oorstelp en kan kwalik glo dat hy sonder verdere tekens van beserings sy verskyning maak. Sy is sommer ook dadelik by om hom verwelkomend te omhels.

Hy stoot haar ietwat selfbewus van hom af weg.

"Waar was jy? Wat het gebeur? Wie het jou ontvoer? Wat wou hulle van jou gehad het? Hoekom het hulle jou weer laat gaan? En wat het van jou vermomming geword?" borrel sy oor van die vrae.

"Ek sal nou-nou alles verduidelik," antwoord Jay-Jay en kyk ondersoekend na Ems se gesig, en dan wantrouig na Antoni.

"Ek is Antoni Willers van *Suiderland Nuus*," begin Antoni verduidelik.

Jay-Jay knik. "Ek weet teen die tyd wie jy is. Wat het hier gebeur? Hoekom lyk jou gesig so, Ems?"

"Dis 'n belhamel op 'n motorfiets se werk," antwoord

Antoni namens Ems. "Die man is baie gretig om jou in die hande te kry."

"Soos baie ander blykbaar," sê Jay-Jay sinies en lig hulle in oor waar hy die grootste deel van die middag en aand was.

Op sy beurt wil hy meer weet van die middag se gebeure en die aanranding. Antoni en Ems vertel om die beurt wat gebeur het.

"Sokker het heel moontlik iets hiermee te doen," sê Jay-Jay daarna. "Wat my pla, is hoekom is Rudolf dan vermoor? My broer het tog niks met die sokkermense te doen gehad nie."

"Oënskynlik nie. Ons sal dus moet uitvind wat die motief vir jou broer se moord was," is Antoni se gevolgtrekking.

"Dit beteken ons moet by die begin begin," sê Jay-Jay. "Oscar Dlamini. As ek net my lêer oor hom in die hande kan kry."

Antoni tel die koevert van die tafeltjie af op en hou dit na Jay-Jay toe uit. " 'n Afskrif van die lêer wat ek vir myself gemaak het. Die oorspronklike is in die polisie se besit. Wat daarin staan, help nie veel nie."

"Waar het jy dit gekry?"

Antoni kyk skuldig weg. Hy moet nou teen sy sin erken dat hy soms van onortodokse metodes gebruik maak om sy inligting te bekom. Metodes wat hom al dikwels in die knyp gehad het. Die verloop van hierdie ondersoek van hom, en die samewerking wat hy hoop om van Wouter Hanekom te kry, vereis egter openheid.

"In jou huis. Ek het 'n keer daar gaan rondkrap om inligting te soek. Toe kom ek op die oorspronklike lêer af. Jammer, ou."

"Hoekom het jy die oorspronklike vir die polisie gegee?"

"Wanneer ek op iets afkom en ek dink die polisie sou dit wou hê, dan kry hulle dit. Op dié manier behou ek hulle guns. Al beskou hulle my eintlik as 'n verpesting."

Jay-Jay glimlag effe en haal die afskrif van 'n handgeskrewe verslag uit die koevert en bestudeer dit 'n oomblik. Dan sê hy: "Dis belangrik dat ek met Oscar Dlamini praat."

"Die vraag is net of hy bereid sal wees om met jou te praat."

Antoni klink onseker oor die moontlikheid. "Hy voel dat jy hom in die steek gelaat het en hy is nie baie gelukkig daaroor nie."

"Natuurlik, maar ek moet met hom praat." Jay-Jay kyk na Antoni. "Sal jy dit kan reël?"

"Dit gaan nie so maklik wees nie."

"Hoekom nie?"

"Sy borgvoorwaardes. Behalwe dat hy hom gereeld by die polisie moet aanmeld, mag hy nie met die pers praat nie. Hy mag nie rondbeweeg nie. Nie eers sokker speel of net gaan kyk nie."

"Verdeksels! Daar moet tog 'n manier wees!"

"Ek sal kyk wat ek kan doen, maar moenie wonderwerke van my verwag nie," gee Antoni toe.

In sy gedagtes begin hy reeds na 'n oplossing soek. Wat vir hom veral belangrik is, is dat hy direk met Wouter Hanekom kan saamwerk. So sal hy al die ontbrekende stukke in sy ondersoek se legkaart eerstehands kan bekom. Hy kyk op sy horlosie. Halfnege. Hy sal hom moet roer. Wollies verwag iets van hom vir die voorblad.

"Luister, julle, ek moet ry. Ek moet vanaand nog werk. Ek sal weer met julle kontak maak."

Na Antoni se vertrek sit Ems en Jay-Jay vir 'n ruk in stilte. Elkeen se gedagtes is besig met nabetragting van gebeure, bespiegelings, afleidings, onsekerhede en alternatiewe optrede om die warboel op te klaar.

Ems verbreek eerste die stilte. "Wat het die dokter toe gesê?"

"Dat my beserings na onmenslike behandeling lyk, maar dat jy dit baie goed versorg. Dit lyk nie of daar komplikasies sal ontstaan nie. Jy kan maar met die behandeling voortgaan."

"Wat ek eintlik bedoel, is: wat sê hy van die geheueverlies?"

"Hy reken dit kan as gevolg van die hou teen my kop wees. My fisiese reaksie tot dusver en sy ondersoek dui egter nie op 'n drukking iewers op die brein nie. Hy kan nietemin nie seker wees voor daar nie 'n skandering gedoen is nie. Hy dring daarop aan voor hy 'n finale uitslag gee. As daar skade is, kan die geheueverlies permanent wees. Dit kan ook die gevolg daarvan wees dat my onderbewuste die skokuitwerking van gebeure en vrese uitblok. Dis vermoedelik ook waarom ek die nagmerries kry."

"Met ander woorde: jy kan weer jou geheue herwin?"

"Hopelik, maar dit mag tyd neem. Ek moet glo nie ongeduldig raak nie. Hy het in elk geval kalmeerpille voorgeskryf. Hoe voel jou gesig?" vra hy met 'n mate van skuldgevoel omdat hy tot dusver min aandag daaraan gegee het.

"Stram, gevoelig, maar die ergste is die pyn in my kakebeen. Dit voel selfs of my linkeroor aangetas is," antwoord sy sonder voorgee.

"Ek wens ek kan daardie pes in die hande kry!" is Jay-Jay se opgesweepte kommentaar. "Eintlik moet ek baie meer beslis gewees het en nie toegelaat het dat jy hierby betrokke raak nie."

"Nie een van ons het verwag dat iemand soos hy my huis toe sal agtervolg nie," probeer sy sy skuldgevoel afweer.

"Toe Antoni dit gedoen het, moes ons aan die verdere moontlikheid daarvan gedink het. En terwyl dit nou ter sprake is, dink ek dis wenslik dat jy tydelik iewers anders gaan bly."

"Hoekom?" vra sy met 'n kortaf laggie.

"Omdat die vent of sy trawante kan terugkom. Na wat gebeur het, is 'n voorsorgmaatreël belangrik," vestig hy haar aandag op haar blootstelling.

"Onsin! Ek laat my nie uit my huis verdryf nie. En ek gaan nie toelaat dat die besigheid my paranoïes maak nie. Nee wat, ek bly net hier. Totdat omstandighede werklik só verander dat ek genoodsaak word om pad te gee."

Hy rig niks verder uit met sy volgehoue pogings om haar te oorreed om voorkomend op te tree nie. Uiteindelik gee hy dit gewonne. "Miskien moet ons maar gaan slaap," sê hy. "Ons het albei rus nodig. En ons weet nie wat die dag van môre gaan oplewer nie."

"Dan moet jy gaan uittrek dat ek daardie wonde van jou kan versorg," sê sy toe sy opstaan en kombuis toe gaan om vir hulle 'n laaste koppie tee te gaan maak.

Gedurende die nag word Jay-Jay weer papnat gesweet wakker uit dieselfde nagmerriedroom wat hom al twee keer geteister het. Daar is soveel vrees in hom vir die donker om hom dat hy dadelik die bedlig aanskakel en sy voete van die bed afswaai. Blykbaar het hy nie hierdie keer so hard en aanhoudend geskree soos verlede nag nie, want Ems maak nie haar verskyning om te kom kyk wat aangaan nie.

Hy staar na die oorkantste muur en herbeleef die droom. Die inperking in 'n donker, saamgeperste en suurstoflose ruimte. Die waansinnige vlug deur 'n digte woud, nakend en bloedbesmeer. Sy bloed. Iemand anders s'n. Dié keer was daar nog iemand by hom. Op sy rug, soos 'n geslagte dier — willoos.

Jay-Jay gryp sy kop met albei hande vas. Hy wil van die drogbeelde in sy kop ontslae raak. Wat beteken hierdie drome? Wat wil dit hom vertel? Is dit alles fragmente van 'n geheue wat na die oppervlak wil dwing? Waar was hy en Ebersohn? Wat het hulle beleef?

Of is dit alles maar net die werking van 'n onderbewussyn wat probeer onderskei tussen werklikheid en bedrog? 'n Herrangskikking van 'n leeftyd se gebeure om weer orde in die geheue te kry? Hy sug, lig sy kop op en vryf oor sy natgeswete gesig. Hy moet iets doen om sy gedagtes af te lei. Dan sien hy die koevert wat Antoni vir hom gegee het. Hy tel dit op en skud die inhoud uit. Hy kyk na die aantekeninge. Een en 'n halwe bladsy daarvan. Hy gaan lê skuins op die bed en stut hom op die een elmboog. Dan begin hy lees.

Besoek aan kliënt, Oscar Dlamini, te Pretoria Sentraal – 25 Januarie 1996

Geboortedatum: 11 Mei 1975 te Manzini, Swaziland.

Kom na Suid-Afrika saam met ouers – 1979.

Skoolopleiding: Hammanskraal. Begin werk by Farmakor in Maart 1993 as verpakker.

Jay-Jay trek 'n kring om *Farmakor*. Hy frons nadenkend. Oscar het dus vir sy pa se maatskappy gewerk. Vreemd dat hy die feit nog nêrens teengekom het nie. Hy lees verder.

Sport: sokker. Lid van Belmont-sokkerklub.

Misdaadrekord: geen.
Aanklag: moord op Rudolf Hanekom, finansiële bestuurder van Farmakor op 24 Januarie 1996.
Pleit: onskuldig.
Verklaring: om 15:00 deur Rudolf versoek om na werk te bly om spesiale taak te bespreek. Afspraak was vir 18:30 in Rudolf se kantoor. Daag 18:20 op. Kantoordeur was toe. Het geklop, maar daar was geen antwoord nie. Aangeneem Rudolf was nie op kantoor nie. Het rukkie gewag en toe weer geklop. Maak deur oop en kyk na binne. Rudolf was wel daar. Toe reeds dood.
Stel ondersoek in en vind Rudolf se keel is met mes afgesny. Mes was in stoel se kopkussing gesteek. Eerste reaksie was om mes uit stoel te trek. Word so deur Joshua Louw betrap.
Datum vir borgaansoek: 30 Januarie 1996.

Dis al wat daar in die lêer oor Oscar Dlamini is. Niks meer nie. Geen notas oor opvolgende aksies nie. Geen verwysing na die Belmont-sokkerklub se versoek om as prokureur vir Oscar op te tree nie. Geen verwysing na die tweehonderd en vyftigduisend rand van die sokkerklub nie. Geen verwysing na sy eie pogings om die die saak te ondersoek nie.

Jay-Jay rol op sy rug om en lê met sy hande onder sy nek sodat sy kopwond nie aan die bed raak nie. Hy lê en staar na die dak om alles wat in Oscar se lêer staan, te oorpeins en te poog om 'n direkte verband te vind met dit wat tot dusver gebeur het. Daar is geen opsigtelike verband nie, maar hy weet dat alles iewers inmekaarskakel. Die enigste werklike feit tussen die ander gedagtes wat telkens tot hom deurdring, is dat Oscar by Farmakor gewerk het. Dat Rudolf hom ontbied het om iets met hom te bespreek. Dat hy vermoor is kort voor Oscar opgedaag het.

Indien Oscar se verklaring die waarheid is, dan is Rudolf deur iemand anders by Farmakor vermoor. Deur wie? En hoekom? Watter verband hou dit met sokker? En waaroor wou Rudolf met Oscar gepraat het? Het dit iets met hom te doen omdat hy by sokker betrokke geraak het? Sy vriendskap met Oscar?

Dit voel vir Jay-Jay of hy al hoe meer in sirkels dink en redeneer. Niks maak meer sin nie. En hoe meer vrae daar is, hoe meer kom daar by. Hy besluit om maar weer terug te klim in die bed en die lig af te skakel. Dalk raak hy gou weer aan die slaap. Hy het minstens nou ontslae geraak van die nagevolge van die nagmerrie.

Net toe hy regop sit, is daar 'n ligte klop aan die deur en dan word dit oopgestoot.

Ems staan op die drumpel en kyk ondersoekend na hom. Sy het net haar nagrok aan. Dit bedek alles, maar dit vou met 'n strelende effek om haar. Sy oë beskou elke lyn van haar liggaam wat suggestief in die voue van die nagrok blootgestel is. Elke ronding. Haar borste wat ferm gerond vertoon. Dit maak hom weer bewus van dieselfde hunkering na liefde wat hy vanoggend ervaar het toe hy langs haar in die bed wakker geword het. Hy besef ongemaklik waarheen sy gedagtes stuur, knip sy oë en kyk dan op in haar gesig.

Die nagevolge van die aanranding is klaar duidelik sigbaar aan die een kant van haar gesig. Die bloupers merke sal nog vir 'n paar dae waarneembaar wees.

"Haai!" groet hy en hoop sy kom nie in om hom weer met deernis te oorweldig nie. Hy kan sy eie reaksies daarop nie vertrou nie. En hy wil nie eindig met 'n gevoel dat hy haar as vrou misbruik het nie.

"Weer die nagmerrie wat jou uit die slaap hou?" vra sy.

" 'n Rukkie gelede al, ja," erken hy. "Ek het jou nie dalk weer wakker geskree nie?"

Sy skud haar kop. "H'm-'m. Ek het niks gehoor nie. Net so pas wakker geword en gesien jou lig brand."

"Dis als weer reg. Ek het intussen na Oscar se lêer gekyk en alles oordink. Soek maar nog steeds na antwoorde," verduidelik hy. Hy wens sy wil teruggaan na haar kamer toe. Aan die ander kant wil hy hê sy moet bly en na hom toe kom.

"Moenie dat dit jou uit die slaap hou nie. Ons sal die antwoorde vind," beloof sy met 'n selfvertroue wat hom weer verbaas. Vir iemand wat haar eie ontbering gehad het, vertoon sy besonder sterk en kalm. Sy toon geen tekens van angsversteurings daaroor nie. Sy hanteer dit goed. "Hoe voel jy?" vra hy in elk geval.

"Kwaad oor die vermetelheid van daai insek, maar ek het besluit om nie toe te laat dat dit by my spook nie," antwoord sy soos hy dit van haar verwag het.

"Jou gesig lyk nie goed nie. Jy gaan dae met daai merke loop," maak hy nog praatjies teen sy beterwete.

"Ek weet, maar ek sal dit oorleef."

"Dis goed."

"Nou ja, dan gaan kruip ek maar weer in," sê sy. "Ek hoop jy raak gou weer aan die slaap."

"Lekker slaap."

Dan is sy weer weg en die deur agter haar toegetrek. Jay-Jay bly staar na die deur asof hy verwag dat dit enige oomblik weer sal oopgaan. Die man in hom roep haar terug, wil haar die res van die nag by hom hê. Hoe nodig het hy nie 'n vrou se nabyheid nie!

Ergerlik met homself klim hy in die bed en skakel die lig af. Dan lê hy in die donker met gedagtes oor die mooi vrou in die portretraam in die verwaarloosde huis in Arcadia. Lydia. Die vrou wat deel van sy lewe was en in 'n motorkaping gesterf het, 'n Tragedie wat sy lewe in duie laat stort het. Hoef lief het hy haar werklik gehad? Hoe gelukkig was hulle werklik? En sy? Hoe lief het sy hom gehad? Was dit só na aan volmaak dat dít die rede is vir sy behoefte aan die nabyheid van 'n vrou? Lydia. Hy wens hy kon haar onthou het, en dit wat hulle saam gehad het. Sal hy haar ooit weer ten volle kan onthou? Die pyn van haar dood ervaar?

Antoni word deur 'n donderende gehamer uit sy diep slaap wakker geruk. Hy vlieg verward orent. Hy kan die gehamer nie heeltemal plaas nie. Hy gluur met geskreefde oë na die wekker en sien dat dit maar pas halfnege was. Dan hoor hy weer die steurende geluid en besef dat dit 'n ongeduldige geklop aan sy woonsteldeur is.

"Ek kom!" skree hy ergerlik, strompel lomp uit sy bed en slinger soos 'n besopene na die voordeur toe. Hy maak die deur met 'n ontevrede gemompel oop. Dis 'n baie amptelike kaptein Bekker met 'n stroewe gesig, en sersant Makgatho, wat voor hom staan.

"Deksels, Kaptein! Is dit nodig om so 'n bohaai op te skop as 'n mens broodnodige slaap probeer inhaal?" vra hy.

"Ek wil met jou praat, Willers. Dringend!" antwoord die kaptein bot. Hy skuur by Antoni verby sonder om vir 'n uitnodiging te wag om in te kom. Sy kollega volg hom.

Toe hulle klaar binne is, nooi Antoni sarkasties met 'n uitgestrekte hand: "Kom in, Kaptein, en maak julle tuis." Dan stoot hy weer die deur toe en volg hulle tot in die sitkamer waar die kaptein op 'n stoel gaan sit en sy kollega formeel regop bly staan terwyl hy nuuskierig alles om hom waarneem.

Antoni gaan ook sit.

Die kaptein slinger *Suiderland Nuus* se vroeë uitgawe voor hom op die koffietafeltjie neer. "Ek skat die voorbladberig sal vanoggend baie aandag trek," sê hy met 'n buierige ondertoon in sy stem. Dis bedoel as 'n bedekte waarskuwing.

Antoni haal sy skouers op. "So werk dit maar, Kaptein."

Kaptein Bekker maak 'n snorkgeluid om sy misnoeë te laat blyk. "Waar kom jy aan jou inligting?"

"Van watter deel praat jy, Kaptein?" vra Antoni moedswillig, maar hy weet goed waarna kaptein Bekker verwys.

"Ek het nie baie geduld nie, Willers! Vir wat daar staan, kan ek jou gryp vir dwarsboming van die gereg."

"Ek sal nooit droom om so iets te doen nie, Kaptein."

Kaptein Bekker ignoreer hom. Hy tel die koerant op. "Jy skryf hier dat Wouter Hanekom nie 'n benul het wie hy is, wat sy agtergrond is en waar hy die afgelope weke was nie. Dat hy beserings aan sy liggaam het wat daarvan getuig dat hy dieselfde marteling verduur het as Jaco Ebersohn. Dat daar deur verskeie persone of groepe, insluitende die polisie, op hom jag gemaak word.

"Dan suggereer jy dat dit alles verband hou met die moord op sy broer en . . . en die moontlikheid dat dit iets met sokker te doen kan hê. 'n Stelling wat my koue rillings gee, want ek wonder of jy besef watter opskudding dit tot gevolg kan hê." Kaptein Bekker bly 'n oomblik stil. Hy wil hê Antoni moet baie duidelik kennis neem van wat hy gesê het. Dan gooi hy die koerant weer neer en sit terug.

Sy skerp oë is deurvorsend op Antoni gerig. "Jy het dus met Wouter Hanekom kontak gehad — het nóg met hom kontak en weet presies waar hy hom bevind. So: maak dit vir ons albei makliker en sê vir my waar hy is."

Antoni is baie bewus van die druk wat die kaptein op hom plaas, en die implikasie daarvan. Dis die ou, ou twispunt oor erekodes wat in die gedrang kom. Die botsing tussen die polisie se plig en verantwoordelikheid om misdaad op te los, en die pers se vryheid van spraak en kredietwaardigheid. Die moeilike begaanbaarheid van 'n middeweg vir albei. En kompromieë wat altyd die neiging het om na die een of ander kant toe 'n belemmering te word.

Dis ook nie die heel eerste keer dat hy in sy loopbaan met die onvermydelike gekonfronteer word nie. Dit is net elke keer vir hom 'n dilemma om sy joernalistieke integriteit en waardigheid te handhaaf, maar ook sy verantwoordelikheid na te kom om reg en geregtigheid in belang van die gemeenskap te laat geskied. Dis nie altyd maklik om dié sake met mekaar te versoen nie. Die vraag is net: wie se belange word in hierdie opsig die beste gedien wanneer hy 'n keuse maak?

"Kom nou, Willers," word hy aangepor. "Ek weet jy's 'n topverslaggewer. Ons het al in die verlede goed saamgewerk. Moet my nie forseer om jou met alles wat ek tot my beskikking het, vas te vat nie. Ek kan jou lewe en jou loopbaan vir jou taamlik omkrap."

Dis tyd vir 'n kompromie, besluit Antoni. Iets wat hy haat. "Goed, Kaptein. Ek weet waar Hanekom is. Die punt is net: hy's nie die man wat jy werklik agter tralies wil hê nie."

"Jy gooi jakkalsdraaie, Willers!"

"Wag, Kaptein, luister eers na my," keer Antoni vinnig. "Jy kan nog nie onomwonde bewys dat hy 'n misdaad gepleeg het nie. Al wat jy kan doen, is om hom vir ondervraging aan te hou. En glo my: dit gaan die grootste frustrasie van jou loopbaan wees."

"Die sogenaamde geheueverlies?"

Antoni knik bevestigend. "Die man se verlede is vir hom soos 'n leë dop. Hy's besig om sy lewe te probeer uitpluis. Jy gaan met jou vrae niks uit hom kry nie."

"Dis iets wat jy maar aan my moet oorlaat. Daar is metodes om vas te stel of die man lieg of nie."

"Ek glo jou. Wat belangrik is, is dat hy my vertrou en bereid is om met my saam te werk. As hy daardie vertroue verloor, is ons albei hom kwyt."

"Waarop stuur jy af?" vra kaptein Bekker agterdogtig.

"Dat jy my toelaat om sy vertroue te behou sodat ek saam met hom kan werk. Ek gee gereeld terugvoering aan jou oor enige aspek wat jou ondersoek kan bevorder," maak Antoni sy voorstel.

"Nee. Jy wil jou hier op 'n terrein begeef wat polisiesake is. Ek kan dit nie toelaat nie," gooi kaptein Bekker wal.

Antoni weet dat die kaptein nie maklik toegeeflik gaan wees nie. Hy het twee moordsake om te ondersoek, waarvan Wouter Hanekom moontlik die middelpunt is. Hy sal nooit toelaat dat iemand anders sy werk vir hom doen nie. Daarom besluit

Antoni om 'n slag oop kaarte met kaptein Bekker te speel oor 'n gedeelte van die kennis wat hy tot dusver opgedoen het. Hy vertel hom dus van die afleidings wat hy, Jay-Jay en Ems gemaak het en wat hulle van plan is om verder te ondersoek. Hy noem dit ook dat hy gaan probeer reël dat Jay-Jay vir Oscar Dlamini te sien kry. Hy noem egter nie Ems se naam pertinent nie, en maak ook nie melding van die aanranding op haar nie, want dan is dit so goed as om reguit vir die kaptein te sê waar Wouter is.

"Daarom is ek oortuig daarvan dat daar ander partye agter die skerms betrokke is," sluit hy sy verduideliking af, "en dat daar meer aan die wortel van die Hanekom-Dlamini-saak sit as wat oppervlakkig voorkom."

Toe Antoni klaar gepraat het, is dit vir 'n lang ruk stil tussen hulle. Dit is duidelik dat kaptein Bekker ernstig nadink oor dit wat hy gehoor het. Dan kom hy orent. Sy oë kyk berekenend in die jong man s'n. Hy het 'n idee dat hy en Willers dieselfde vermoedens het. Daarom toets hy die verslaggewer.

"Wat dink jy van die moontlikheid dat daar iets onderduims by Farmakor aan die gang is? Dat dit iewers 'n konneksie in die sokkerwêreld het?"

"As dit jou teorie is, Kaptein, moet jy 'n rede daarvoor hê," antwoord Antoni ontwykend. "Mag ek meer daarvan weet?"

Die kaptein grinnik. "Jy's 'n blikskottel, Willers! Jy het jou eie vermoedens. Nou wil jy hê ek moet dit vir jou bevestig."

Antoni haal sy skouers met 'n skewe glimlag op. "Is dit nie maar wat ons albei probeer doen nie?"

"Goed. Ek sal jou sê wat aan my krap. 'n Paar maande gelede is Lydia Hanekom tydens 'n motorkaping vermoor. Oënskynlik net nog een van vele in die moeraswêreld van onbeheerbare misdaad. Toe word Rudolf Hanekom vermoor. Oscar Dlamini word op heterdaad betrap en aangekeer. Hy werk vir Farmakor en is 'n topsokkerspeler met sy eie ideale en frustrasies omdat hy nie borgskappe kry nie.

"Hy raak bevriend met Wouter Hanekom, 'n vooraanstaande prokureur wat na sy vrou se dood die kluts kwyt raak.

Dié raak ook bevriend met Jaco Ebersohn, 'n twyfelagtige karakter van onbekende agtergrond en sonder 'n misdaadrekord. Dié drinkebroers word bekende gesigte by sokkerwedstryde waar hulle geesdriftig dobbel. Hulle twee verdwyn egter, en nou soek 'n paar belangrike ouens in die sokkerwêreld na hulle. Telkens loop my ondersoek by Farmakor dood. Van doktor Hanekom kry ek min samewerking wat iets beteken. Ek kry die indruk dat die man ontwykend is. Wat dit ook moeilik maak, is dat hy wye aansien geniet. Boonop word Farmakor as een van die honderd topmaatskappye beskou. Nou vra ek jou: gaan daar iets by Farmakor aan wat buite beheer geraak het, en wat is dit? Probeer doktor Hanekom dit toesmeer? Ten spyte daarvan dat die mense na aan hom in lewensgevaar verkeer?"

"Dis presies wat ek ook wil weet," gee Antoni toe. "Dis waarom dit vir my belangrik is om saam met Wouter Hanekom te werk. Ek wil stap vir stap by wees."

"Ek is 'n polisieman, Willers, en ek laat niemand my werk vir my doen nie. En dit gaan nie werk om vir my te probeer ore aansit nie. Ek gaan nie my pogings laat vaar om die man te probeer opspoor net omdat jy rede het om hom te vertrou nie. Kry ek dit intussen nie reg nie, het jy tot môre tyd om hom uit te lewer. Daarna het jy probleme. Nog 'n ding: as iets intussen skeef loop wat verhoed kon gewees het, hou ek jou ten volle daarvoor verantwoordelik," sê kaptein Bekker toe hy aanstaltes maak om te loop.

Die duiwel is behoorlik los toe Antoni minder as 'n uur later by die nuuskantoor instap. Julia Gouws beduie vir hom dat sy berig 'n herrie in sokkerkringe veroorsaak het. Wollies is in 'n moorddadige bui en soek na hom om te kan moord pleeg.

Antoni lag dit af en stap reguit na Wolhuter se kantoor toe. Toe Antoni by die nuusredakteur se kantoor instap, is hy besig om oor die telefoon te praat. Hy knip dadelik sy telefoongesprek kort en staan op uit sy stoel. Sonder om dadelik 'n woord te sê, stap die kort, dik mannetjie met die bles om die tafel voor hy, hande in die sye, op sy tone voor Antoni kom staan en wieg.

"Willers, die hel is los!" bulder hy en lyk so opgeblase soos wat hy klink.

"So gehoor, ja."

"Dis jou skuld! Jy moes nooit daardie stelling oor sokker gemaak het nie."

"Dit was nie 'n stelling nie. Dit was net 'n blote vermoede," skerm Antoni.

"Blote vermoedens het al die massa opgesweep. En dis presies waarop ons afstuur. Behalwe die baas wat my al 'n paar keer gebel het om 'n regstelling te eis, het ek oproepe van die sokkervereniging, -klubs en ander verslaggewers gehad. Die heel belangrikste: Matthew Masemola van Belmont is met sy prokureur op pad hierheen. Hy wil veral vir jou teenwoordig hê. Hy beskou die hele gedoente in 'n baie ernstige lig. Veral omdat hy daarvan oortuig is dat ons direkte kontak met Wouter Hanekom het. Hy eis Hanekom se uitlewering."

"Hy is nie die enigste nie. Kaptein Bekker was sommer vroeg al by my," lig Antoni sy hoof in.

"Ek het dit verwag. Hy was een van die eerstes wat gebel het. Wat ons nou moet doen, is om koppe bymekaar te sit sodat ons 'n aanvaarbare antwoord vir Masemola gereed sal hê. Enige voorstelle? Gaan ons 'n apologie publiseer?"

"Nee, maar ek wil self graag met Masemola gesels. En alleen, as dit moontlik is," antwoord Antoni en laat die klein mannetjie amper ontplof.

"Is jy jou sinne kwyt, Willers? Die man se prokureur is saam met hom. Ons sal albei teenwoordig moet wees om te verhoed dat daar misverstande ontstaan."

Hulle kry nie kans om verder hieroor te argumenteer nie, want Julia kom meld Matthew Masemola en nog twee mans aan.

Daar word oor en weer bekendstellings gedoen en vriendelik gegroet. Die besoekers se vriendelikheid is bolangs en verdoesel nie die styfheid en aanvoelbare antagonisme nie. Wolhuter bestel tee en stel voor dat hulle na 'n vergadersaal beweeg waar dit minder beknop en meer privaat sal wees.

Dis op hierdie stadium dat Antoni hom tot meneer Masemola wend en hom liggies aan die arm vat. "Meneer Masemola, kan ons twee eers alleen gesels?"

Matthew Masemola kyk onseker en agterdogtig van Antoni na die klub se regsverteenwoordiger. Dan skud hy sy kop. "Jammer, meneer Willers. Onder die omstandighede dink ek nie dis wenslik nie. Ons het hier te doen met 'n baie netelige kwessie. Jy sal begryp dat dit hier gaan oor die Belmontsokkerklub se openbare beeld en integriteit. Én die van Oscar Dlamini. Ons word van alle kante dopgehou."

"Ek besef dit," gee Antoni toe. "Maar ek beloof dat dit onoffisieel sal wees. G'n kinkels nie. Alles oop op die tafel, maar dan kan dit net ons twee wees. U sal wel besef hoe belangrik dit is."

Daar volg 'n langerige stilte. Matthew Masemola staar na sy voete asof hy dit doelbewus vermy om met enigiemand oogkontak te maak sodat hy sy eie besluit kan neem. Antoni se oë maak kontak met Wolhuter s'n en hy is bewus van die streng afkeuring daarin.

"Nou goed dan," stem Masemola in. "Onoffisieel. Dit sal nogtans nie die doel van ons besoek verander nie."

"Soos u verkies," sê Antoni verlig en lei die sokkerbaas by Wolhuter se kantoor uit na die redaksie se vergadersaal toe.

Dat hy 'n briesende Wolhuter saam met Masemola se geselskap agterlaat, is nie vir hom op die oomblik van belang nie. Dis iets wat hulle later kan uitbaklei.

In die vergadersaal druk Antoni die deur agter hulle toe en beduie vir Matthew Masemola om te gaan sit. Matthew gaan sit met 'n strak gesig. Sy donker oë hou Antoni stip, berekendend dop. Hy wag om te hoor wat die verslaggewer vir hom te sê het.

"Matthew, ons ken mekaar nou al 'n hele rukkie," praat Antoni nou minder formeel met die man omdat niemand anders teenwoordig is nie. "Ons het al 'n paar keer ontmoet toe ek nog sportverslaggewer was. Later oor Oscar se saak. Oor Wouter Hanekom. So, ek sou sê ons ken mekaar al goed genoeg om te weet wie en wat die ander een is."

"Ek stem saam," sê Matthew en knik sonder sigbare emosie, sonder 'n spierbeweging in sy gesig.

"Nou goed: ek weet waar Wouter Hanekom is."

"Dis nie vir my nuus nie, Antoni. Mens kon daardie afleiding uit jou berig maak. Wat belangrik is, is dat jy 'n plig het om hom uit te lewer."

"Dit is so," stem Antoni saam. "Maar niemand gaan iets daardeur wen nie. Die punt is: wat ek oor Wouter Hanekom in die berig geskryf het, is waar. Hy weet nie wie hy is, waar hy was, wat gebeur het, of wat van julle geld geword het nie. Hy weet glad nie wie Oscar Dlamini is nie. Hy weet niks nie, behalwe dít wat hy sedert sy terugkeer in koerantberigte gelees het. Sy geheue is so skoon soos hierdie tafelblad."

"Waarom bespiegel jy dan dat dit iets met sokker te doen kan hê?" wil Matthew weet. "Besef jy watter skade dit aan ons doen? Oscar se kans om vir die Bafana-Bafana gekies te word, is in die weegskaal. Sy ondersteuners is alreeds so omgekrap dat hulle met elke wedstryd oproerig wil raak. Wouter Hanekom moes daar gewees het om Oscar te help. Toe gee pad hy en daardie vriend van hom. Ons het 'n fout gemaak waarvoor ons nie maklik vergewe gaan word nie."

"Ek wil verduidelik, en ek hoop jy sal uiteindelik verstaan, maar eers wil ek jou 'n paar vrae vra. Antwoord reguit en eerlik. Dis baie belangrik. Ek bevestig weer: dis onoffisieel. Ek sal nie 'n woord daaroor skryf nie," belowe Antoni weer. Toe Matthew nie reageer nie, gaan hy voort: "Oscar is 'n topsokkerspeler. Hy het vir Farmakor gewerk, waar hy so te sê op heterdaad betrap is dat hy vir Rudolf Hanekom vermoor het. Hoekom was hy op daardie tydstip in Hanekom se kantoor?"

"Oscar sê meneer Hanekom het hom ontbied."

"Waaroor?"

"Hy wil nie juis daaroor praat nie. Hy't net gesê dat dit iets met 'n spesiale taak te doen gehad het. Waarna hy 'n borgskap sou kry."

"Watter borgskap?"

"Oscar het eendag by Farmakor aansoek gedoen vir 'n

borgskap om Italië toe te gaan. Hy wou daar vir 'n klub gaan speel om meer ondervinding op te doen."

"Professioneel?"

"Miskien."

"So, Oscar se afspraak met Rudolf Hanekom het iets met die borgskap te doen gehad?"

"Dis hoe ek dit van hom verstaan het."

Antoni bly 'n oomblik stil voor hy voortgaan: "Nou: die baie belangrike vraag, Matthew: hoekom het julle vir Wouter Hanenkom as prokureur van sy broer se beweerde moordenaar aangestel? Ek veronderstel jy is bewus daarvan dat dit 'n taamlike onenigheid in die Hanekom-familie veroorsaak het?"

"Ek het daarvan gehoor, ja."

"Hoekom dan? Wouter Hanekom was iemand met 'n baie swak rekord. Die kanse dat hy suksesvol vir Oscar sou kon optree, was baie skraal."

"Omdat hy 'n Hanekom is. Dit sou die mense wat gedink het Oscar is skuldig, twee keer laat dink en ander vrae laat vra het. Dit sou ook baie vir sy image beteken het. Maar die eintlike rede was dat Oscar dit so wou hê. Wouter Hanekom was 'n baie goeie vriend van hom. Hy't hom vertrou. En hy't gehoop die saak sou Wouter regruk. Hy't geglo Wouter verdien 'n tweede kans."

"Dis seker logies en aanvaarbaar," sê Antoni. "Nog 'n vraag, Matthew. Die geld: waarom het julle soveel geld aan Wouter Hanekom gegee? Wat moes hy daarmee doen?"

Matthew antwoord nie. Hy sit albei sy hande voor hom op die tafel en vou hulle inmekaar. So sit en staar hy na hulle asof hulle die antwoord op die vraag toehou.

"Gaan jy my nie antwoord nie, Matthew?" vra Antoni "Wíl jy nie? Kán jy nie?"

Matthew haal 'n slag diep asem. "Daai geld was borggeld, van Wouter Hanekom se pa."

"Wat?" Antoni sit vinnig vorentoe en staar verbyster na die sokkerbaas.

"Die middag voor Wouter weggeraak het, was hy by my op

kantoor. Hy was taamlik besope. Ek het hom in die kantoor langsaan op die vloer laat lê om sy roes af te slaap. Dit was nie die eerste maal dat dit gebeur het nie. Oscar het hom altyd daar laat lê wanneer hy op die veld was om sy doelskoppe te oefen. In dié tyd kom Wouter se pa toe daar aan met die geld. Kontant in 'n sak. Borggeld vir die klub, het hy gesê. Op voorwaarde dat ons vir Wouter van Oscar se saak afkry.

"Nie net omdat die familie omgekrap was daaroor nie, maar omdat hy nie wou hê dat Wouter weer 'n gek van homself maak in sy beroep nie. Hy't nie gedink Wouter is reg om terug te gaan nie. Dit sou nie goed wees vir Wouter nie en ook nie vir die familie se aansien nie. Ek het die voorwaarde aanvaar. Dit was groot geld. Geld wat ons baie nodig gehad het vir beter paviljoene. Die tydelike paviljoene is nie wat dit moet wees nie."

"Ek weet julle het al kritiek daaroor gekry. Hoe kry Wouter toe die geld in die hande?"

"Wouter was wakker. Hy't alles gehoor. Toe sy pa daar uit is, was Wouter so kwaad dat hy amper die plek afgebreek het. Ek het hom nog nooit so gesien nie. En ek kon hom nie keer nie. Hy't die sak geld gevat en is daar weg om dit vir sy pa te loop teruggee."

"Maar hy en die geld verdwyn daardie nag saam met Jaco Ebersohn. Die vraag is net: waarheen?" wonder Antoni hardop.

"Ek dink Wouter was omgekrap genoeg om die hele spul geld iewers te loop blaas. Miskien het iemand hulle met die geld gesien en hulle beroof."

Antoni dink 'n oomblik na oor wat Matthew hom vertel het. Dan skud hy sy kop. "Dis die logiese moontlikheid as 'n mens Wouter Hanekom se gedrag in ag neem, maar ek weet nie."

"Jy twyfel?" vra Matthew.

"Dis te logies. Dit lyk of die prentjie voltooi is, maar iets pas nie in nie. Die verdwyning van tien dae. Die terugkeer. Ebersohn se dood. Wouter se beserings. Sy geheueverlies. Iewers is 'n lelike gemors aan die gang."

"En jy soek dit in die sokkerwêreld?"

"Dis waar die hele ding begin, Matthew. En dis waar dit bly ronddraai. As jy my vra, weet Oscar iets waaroor hy nie praat nie. Miskien het hy al met Wouter daaroor gepraat, en miskien sal hy weer."

"Ek verstaan nie."

"Kan jy dit reël dat Wouter en Oscar met mekaar gesels? Wouter wil graag, want hy soek self na antwoorde."

"Ek dink nie dit gaan maklik wees nie. Oscar vertrou nie meer vir Wouter nie. Eintlik vertrou hy niemand meer wat iets met Farmakor te doen het nie."

"Probeer hom nogtans oortuig. Vertel hom wat ons bespreek het. Dalk sal hy dan tog instem om met Wouter te praat," dring Antoni aan met 'n sterker gevoel dat 'n ontmoeting tussen die twee baie waardevol kan wees.

"Ek sal probeer, maar ek belowe niks. Gee my jou selfoonnommer. Dan bel ek jou later."

Sersant Peter Makgatho sit 'n koppie sterk tee waarin skaars 'n half teelepel melk en een lepel suiker is, voor kaptein Bekker neer. Hoe die man sy tee so kan drink, bly vir hom onverstaanbaar, al het sy senior al verduidelik dat dit die ergste vrank smaak wat swart tee het, wegneem. Vir hom lyk dit eerder soos ou skottelgoedwater en ondrinkbaar.

Met sy eie koppie tee stap hy na die kleiner lessenaar in die kantoor sonder dat die kaptein dankie sê of opkyk van sy kunswerk van blokkies en kruise en sirkels van allerhande vorme waarmee hy besig is. Hy weet die kaptein se kop is op die oomblik net so deurmekaar soos daardie kunswerk van hom. En al wat hy kan doen, is om stil en besig te lyk totdat die kaptein se breinstorm bedaar het.

Uiteindelik sit kaptein Bekker sy pen neer en tel sy koppie tee met albei hande op om dit slurpend te drink. Tussendeur begin hy praat. "Antoni Willers moet dink ek is 'n idioot. Hy weet meer as wat hy bereid is om vir ons te vertel."

"Bedoel Kaptein nou dat hy weet waar Wouter Hanekom is?"

"Dit het hy erken, Peter. Dis dié dat ek hom net tot môreoggend tyd gegee het om Hanekom uit te lewer."

"Sal hy dit doen?"

"Hy beter. Anders haal die duiwel hom. En hy weet ek bedoel altyd wat ek sê. Ons twee ken mekaar se manier van werk al goed. Té goed miskien. Dis hoekom ek dit haat wanneer hy in die prentjie kom by 'n saak waaraan ek werk."

"Hoe kry hy sy inligting so vinnig? Hy was by juffrou Van Niekerk nog voor ons van haar geweet het. En toe ons gister by Hanekom se huis opgedaag het, was hy klaar daar," sê Peter Makgatho en gee 'n effense snorklag wat die kaptein onthuts na hom laat kyk.

"Antoni Willers is 'n nuusjagter. Hy's soos 'n hond wat heeldag met sy neus op die grond loop en snuffel. En as hy 'n reuk optel wat sy brein aktiveer, dan laat niks hom van koers verander nie. Partykeer dink ek hy het 'n lelike misdaadstreep in hom. Dis hoekom sy kop altyd werk soos 'n misdadiger s'n."

Die sersant verstaan nie heeltemal nie, maar hy kry 'n gevoel van jaloesie omdat hy nie Willers se vermoëns het nie. En hy wonder of dit nie ook die geval met die kaptein is nie. "Dit laat my wonder of hy nie die een is wat die meisie en die ou man by Hanekom se huis op loop gejaag het voor ons daar was nie," sê hy in 'n poging om Antoni in diskrediet te bring.

Sy woorde laat kaptein Bekker plotseling die ontwykende antwoord vind op die vrae wat sedert gister hinderlik op die agtergrond in sy gedagtes is: wie was die twee mense wat Emma Williams by Hanekom se huis gesien het? Hoe het hulle geweet om daar in te kom?

"Dit was g'n ou man nie. Dit was Hanekom! Ek het my sowaar laat ore aansit! Natuurlik sal die man 'n vermomming dra. Hy sal mos nie oop en bloot ronddwaal terwyl daar 'n beloning vir sy uitlewering is nie," sê hy toe hy opstaan en sy baadjie aantrek.

"Ek is nou nog gretiger om met Hanekom te gesels. Die kamtige geheueverlies en beserings van hom maak my kriewelrig. As dit waar is, gebeur die dinge nie sonder rede nie.

Nog iets: as hy nie vir Ebersohn doodgemaak het nie, wie het dan? En hoekom? Hoekom die een doodmaak en die ander een laat wegkom? Dit moet iets te doen hê met Farmakor en sokker. Kom!"

"Waarheen?"

"Na juffrou Van Niekerk toe. Dié keer gaan ons hom daar by haar vastrap!"

"En as hy nie daar is nie?"

"Dan sal die juffroutjie weet waar hy is en haar samewerking moet gee. Ek gaan g'n onsin meer duld nie."

9

Ems is besig met Jay-Jay se vermomming omdat hy weer moet uitgaan. Sy pa het kort gelede geskakel. Die dokter by wie hulle gisteraand was, het 'n spesialis-vriend se samewerking gekry om vandag nog 'n EEG en breinskandering te doen. Jay-Jay moet hulle oor 'n uur by die dokter se spreekkamer ontmoet. Daarvandaan sal hulle dan saam na die spesialis se spreekkamer in 'n privaat mediese sentrum gaan.

Terwyl Ems met die vermomming besig is probeer Jay-Jay Antoni se berig in *Suiderland Nuus* lees. 'n Ander prominente opskrif langs die berig wat hy lees, trek sy aandag, maar voordat hy die berig kan lees, gryp Ems die koerant ergerlik uit sy hande en plak dit op die kombuistoonbank neer.

"Wat doen jy nou?" vra hy stomgeslaan.

"Ek sukkel met jou vermomming. Ek kan nie ordentlike werk doen terwyl jy sit en koerant lees nie! Sit nou stil!"

"Goed, goed. Ek's jammer!"

"Het jy gehoor wat ek nog laas vir jou gesê het?"

"Wat?"

Sy sug moedeloos. "Jy het nie juis jou huiswerk gedoen met die Dlamini-saak nie."

"Dit lyk so," gee hy toe. "Aan die anderkant kan dit moontlik wees dat ek sekere feite nagegaan het, maar dat ek nog net nie 'n verslag kon opstel voor ek en Jaco verdwyn het nie. Daarom is dit vir my belangrik om uit te vind wat presies gebeur het in die tyd kort voor ons verdwyning."

"Julle het op nege en twintig Januarie verdwyn, nadat jy die middag nog by die Belmont-sokkerklub was. Én jy het 'n ablusieblok vol geld van die klub by jou gehad."

"Dis reg: dit was die aand voor Oscar se borgaansoek voor die hof gebring sou word."

Ems raak ingedagte en konsentreer vir 'n oomblik op wat sy doen. Dan sê sy: "Jy weet, daar is twee dinge wat my hinder."

"Wat is dit?"

"Oscar het vir Farmakor in die verpakkingsafdeling gewerk terwyl jou broer finansiële bestuurder was. Hy het Oscar in verband met die een of ander taak ontbied. Watse taak?"

"En die tweede ding wat jou hinder?"

"As Oscar nie jou broer se moordenaar is nie, dan moet dit iemand anders by Farmakor wees."

"Dis presies dieselfde vrae waarmee ek verlede nag gespook het," bevestig Jay-Jay.

"En die enigste afleiding wat 'n mens kan maak, is dat daar iets ongerymd by Farmakor aan die gang is. Dat jou broer dit agtergekom het en vermoor is voordat hy iets daaromtrent kon doen," redeneer Ems.

"Maar waar pas Oscar dan in die prentjie?"

"Dalk was hy jou broer se informant."

"Glad nie onmoontlik nie," stem Jay-Jay saam. "Die vraag is net: waarom het hy dit nie aan my genoem toe ek die onderhoud met hom gehad het nie? Anders sou ek seker 'n aantekening daarvan gemaak het."

"Sou jy? As sy antwoord dalk jou pa se kennis van gebeure, óf sy betrokkenheid daarby geïmpliseer het?" vra sy en voeg dan terloops by: "So ja, jy kan nou opstaan. Ek's klaar."

"Ek weet nie. Ek wil dit nie graag glo nie," beantwoord Jay-Jay haar vraag en beskou homself eers weer in die spieël. Hy praat nog toe Ems se telefoon lui. Nog voor sy dit kan bereik om te antwoord, gaan die antwoordmasjien aan. Dan hoor hulle 'n diep, holklinkende stem. Ems verstyf in haar spore.

"Hallo daar! Julle kan maar antwoord. Ek weet julle is daar!" Hy huiwer 'n oomblik. Dan lag hy spottend en gaan voort: "Wouter, ou vriend, jy laat my sukkel, jong. Dis mos nou nie nodig nie. Ons twee kom darem mos 'n lang en harde pad saam. 'n Man kan mos nooit van al daardie suffering vergeet nie. Dis dié dat ek nie die storie oor jou geheueverlies glo nie. Dis tog 'n simpel manier om te probeer wegkom. Sorg nou net dat ons kry wat ons wil hê en alles is oor. Moet nou nie met jou koppigheid aanhou nie. Of wil jy hê daai tierkat van jou moet Lydia se teëspoed optel? Jy't tyd tot môre, dan skakel ek jou weer."

Jay-Jay mik om die gehoorstuk te gaan optel, maar dan word die verbinding skielik verbreek. Hy swets kliphard en sak dan terug op sy stoel.

"Dis hý!" sê Ems met 'n gesig wat bleek geword het van 'n woede in haar. "Die vuil pes met die valhelm."

"Jou aanrander?"

Sy knik. "Ek sal daardie sieklike stem nooit vergeet nie!"

"So 'n vermetele vuilgoed!" bulder Jay-Jay en slaan met sy vuis op die kombuistoonbank. Hy wil nog 'n sarsie skelwoorde laat hoor, maar 'n stikbui oorval hom.

Ems help hom om daarvan ontslae te raak. "Stadig nou! Ek wil nie van vooraf met 'n vermomming sukkel nie. Dit put my uit. Boonop is daar nie meer tyd nie. Jy moet ry as jy betyds vir die afspraak met jou pa-hulle wil wees. Sal jy die plek kry?"

"Ek dink so. Ek kon gisteraand darem daarvandaan direk hierheen ry," verseker hy haar en kry 'n bekommerde uitdrukking op sy gesig. "Wil jy nie maar saam met my ry nie? Ek hou nie daarvan dat jy alleen agterbly nie. Mens weet nie wanneer daai vuilgoed met die motorfiets weer hier kan uitslaan nie."

Sy soen hom onverwags lig op die wang. "Toe nou! Moenie dat jou vrese met jou op loop gaan omdat hy gebel het nie. Ek dink nie hy sal môre weer probeer kontak maak nie. Dis mos tot wanneer hy jou tyd gegee het — vir wát hy ook al van jou verwag. Buitendien, ek sal hom nie weer die geleentheid gee om so onverwags op my af te kom nie."

Jay-Jay aanvaar dit so, maar is nie heeltemal gerusgestel nie. Met die belofte dat hy baie gou terug sal wees, vat hy die kaart van Pretoria wat sy in sy hand druk en vertrek met die Farmakor-motor wat sy pa aan hom toegewys het.

Na sy vertrek sluit Ems die buitedeure en ruim die woonstel op. Tussendeur bly sy waaksaam sodat sy deur niemand onverhoeds betrap sal word nie. Haar gerusstelling aan Jay-Jay beteken nie dat sy onbesorg en heeltemal op haar gemak is nie. Sy besef sy bly aan die onverwagte blootgestel en dat daar 'n onbekende faktor is wat onvoorspelbaar is.

Na die opruiming is sy net besig om vir haarself tee te maak toe sy deur die sitkamervenster sien dat daar 'n motor voor die deur stilhou.

Sy verstyf met die waterketel in haar hand toe sy die motor herken. Toe kaptein Bekker en sy kollega na die voordeur toe aankom, verwens sy hulle omdat hulle haar weer kom opsoek. Eers toe die voordeurklokkie lui, sit sy die waterketel neer en gaan maak oop.

Albei mans groet hoflik sonder om onpersoonlik en te formeel voor te kom.

Nietemin lyk dit vir haar of die kaptein geamuseer is deur iets toe hy vra of hulle weer met haar oor Jay-Jay kan gesels. Sy stem in en staan opsy sodat hulle kan binnekom. Dan maak sy die deur agter hulle toe.

"Sal u tee drink, Kaptein? Ek was juis besig om vir myself te maak," vra sy en beweeg reguit kombuis toe.

"Dankie," aanvaar hy die aanbod. "Dit sal lekker wees."

Peter Makgatho sê niks. Hy wonder net in die stilligheid vir die soveelste keer waarom die kaptein so 'n aptyt vir sy vuilwater-tee het. Die man sê net nooit nee vir 'n koppie tee nie. Hy is oor sy tee soos 'n alkoholis oor drank.

Kaptein Bekker se oë speur vlugtig oor alles, maar dié keer is daar geen opsigtelike tekens dat Ems 'n gas het nie — afgesien van die nikotienreuk wat sterker waarneembaar is as die vorige keer. Dan het hy ook reeds met die intrapslag die tekens van aanranding op Ems se gesig gesien. Dit het 'n wrewel in hom laat posvat teenoor wie ook al die skuldige is. In sy loopbaan het hy dit al dikwels teengekom en dis iets wat hom elke keer omkrap. Iets wat hom laat neig om genadeloos teen vroueslaners op te tree.

Hy gaan sit op een van die stoele by die kombuistoonbank en beskou haar in stilte totdat sy 'n koppie tee, melk en suiker na hom toe skuif. Die sersant staan nader om ook sy tee te ontvang. Kaptein Bekker neem sy titseltjie melk en een lepel suiker. Sy skerp oë het klaar die tekens van onderdrukte spanning en behoedsaamheid in Ems se bewegings raakgesien.

Na sy eerste slurp tee vra die kaptein: "Het hy dit aan jou gedoen?" Toe sy opkyk, lyk dit of sy vraag haar verwar het. Hy beduie met die een vinger van die hand waarmee hy die koppie vashou. "Daardie merke aan jou gesig. Wie se werk is dit? Hanekom s'n?"

Ems ontwyk die kaptein se oë en skud haar kop ontkennend. "Natuurlik nie! Hy's dan nie hier nie."

"Miskien nie nou nie, juffrou Van Niekerk, maar moenie probeer ontken dat hy hier by jou skuil nie. Dit gaan nie werk nie. Hier hang 'n nikotienreuk in jou huis. Dit was gister al waarneembaar. En ek weet jy rook nie.

"Wat maak u so seker daarvan?"

Kaptein Bekker glimlag geduldig. "Die nie-rookplakker in jou motor. Die asbak in jou motor is oopgetrek en gebruik."

Ems voel ergerlik omdat die kaptein so opmerksaam is, maar sy is nog nie bereid om toe te gee dat die man reg is nie. "Dit bevestig nog nie dat ek Wouter Hanekom help nie."

"Dis waar," gee die kaptein ongeërg toe. "Dit sal in elk geval nie moeilik wees om te bewys nie."

"Dan moet u dit maar eers bewys, Kaptein," hou Ems koppig vol. Sy weet die kaptein kan op hierdie stadium maar net raai. Om die feite te bevestig, sal hy eers forensiese toetse moet doen en vingerafdrukke moet laat neem. Dit kan lank genoeg neem sodat sy tyd het om vir Jay-Jay te waarsku om ander skuilplek te vind.

Kaptein Bekker is nie beïndruk nie. Hy is ook meer formeel en bot toe hy vra: "Kan ons u motor se sleutels kry?"

Sonder om 'n woord te sê, oorhandig sy dit aan hom. Hy hou dit na die sersant uit wat weet wat van hom verwag word. Ems is bewus daarvan dat die kaptein haar goed dophou, maar die optrede laat haar nog nie ontsenu voel nie. Sy voel eerder asof sy op die oomblik nog 'n voordeel het. Dis toe die sersant by die voordeur uitstap dat 'n ander besef haar met 'n skok tref: die plastieksak met Jay-Jay se bebloede klere lê nog agter in die motor. Nadat sy hom gister opgelaai het, het hy dit daar gelos, en met die verwikkelinge daarna het sy daarvan vergeet.

Die kaptein wys nie dat hy bewus is van die skielike verandering in haar houding nie. Hy stuur die gesprek in 'n ander rigting. "Vertel my van die aanranding."

"Dit was die gevolg van my eie nalatigheid," verduidelik sy. "Ek het nie my voordeur gesluit toe ek gaan gereed maak het om aan diens te gaan nie. Ek verpleeg en sou nagskof werk." Sy gebruik die geleentheid om die kaptein se aandag weg te stuur van Jay-Jay af. Daarom lig sy hom so volledig moontlik oor die werklike gebeure in sonder om melding te maak daarvan dat haar aanvaller inligting oor Jay-Jay wou hê.

"Waarom het u die saak nie by ons mense aangemeld nie?"

"Dit sou sinloos wees. Ek sou hom buitendien nie kon beskryf of identifiseer nie."

Kaptein Bekker is nie tevrede nie en het nog vrae wat Ems huiwer om te beantwoord omdat Jay-Jay daarmee verbind kan word. Intussen wonder sy waarom dit die sersant so lank neem om terug te keer. Doen hy dit doelbewus om die kaptein die geleentheid te gee om 'n erkenning uit haar te kry dat sy vir Jay-Jay help, of is hy maar net deeglik met sy deursoeking van haar motor?

Asof sersant Makgatho bewus is van die vraag en daarop wil antwoord, kom hy van buite af in. Al het sy dit verwag, is dit vir Ems nogtans 'n ligte skok toe hy die plastieksak met bebloede klere by hom het. Hy kyk nie reguit na haar toe hy tot by kaptein Bekker kom en dit met 'n onderlangse gemompel aan hom oorhandig nie. Die kaptein se aandag is nou ten volle by die vonds. Hy skud die klere uit, beskou dit item vir item en plaas dit op die kombuistoonbank neer.

Toe hy daarmee klaar is, staar hy 'n hele rukkie in stilte daarna voor hy opkyk na Ems toe. Ems staar reguit voor haar en weier om hom in die oë te kyk.

"Goed!" hoor sy hom dan die stilte verbreek. "Laat ons nou maar reguit met mekaar praat, juffrou Van Niekerk. Ons het u nou genoeg geleentheid gegee om met die waarheid uit te kom. Ons kan u met Wouter Hanekom verbind. Daar is die sigaretrook, die bebloede klere, die noodhulkissie in u badkamer. Dan is daar ook die vermoede dat u gistermiddag by sy huis was. Waarskynlik saam met hom. Moet nou nie dwaas wees om ons rede te gee om u van medepligtigheid of dwarsboming van die gereg aan te kla nie."

Hy huiwer 'n oomblik om haar kans te gee om die erns van sy woorde te besef. Dan gaan hy voort. " 'n Laaste kans, vir u eie beswil: waarom help u vir Hanekom? Begin by die begin en vertel ons alles wat u weet."

Ems vou haar hande saam op die toonbank. Op die oomblik voel dit vir haar of sy die polisieman kan haat omdat hy haar in 'n hoek vaskeer en omdat hy 'n swaard bo haar kop hou. Tog besef sy ook dat die gereg sy loop moet neem. Dat sy die een of ander tyd in dié situasie sou beland het.

Miskien het sy nie 'n keuse nie. Miskien moet sy hulle maar alles vertel wat sy weet. Dalk kan sy hulle oorreed om te glo dat Jay-Jay nie skuldig is aan die dinge waarvan hy verdink word nie. Dat hy 'n kans verdien om uit te vind wat werklik die waarheid is.

Toe sy opkyk na die kaptein toe, is daar 'n vasbeslote uitdrukking in haar oë. "U is reg. Ek help vir Wouter Hanekom omdat hy iemand se ondersteuning nodig het. Ek glo dat hy onskuldig is en dat sy lewe in gevaar is," sê sy reguit en verduidelik waarom sy oortuig is daarvan.

Ems vertel die kaptein alles wat sy van Jay-Jay af weet. Die meeste daarvan is vir hom nie nuus nie. Dit versterk eerder sy vermoede dat Farmakor rede het om iets toe te smeer en dat daar 'n verbintenis met sokker is.

Ten slotte sê Ems met vaste oortuiging: "Noem dit wat u wil, Kaptein: intuïsie, dwaasheid, enigiets. Ek glo dat Wouter Hanekom vry moet wees om sy eie antwoorde te vind. Dis waarom ek bereid was om hom te help."

"U moet baie versigtig wees om nie iets romanties te maak van hierdie hele besigheid nie. Die resultaat daarvan kan u hele lewe verwoes. Dink baie goed daaroor na voor u hom enige verdere bystand verleen." Hy bly stil asof hy haar 'n geleentheid wil gee om na te dink voor hy vra: "Waar is Hanekom nou en wanneer verwag u hom terug?"

"Ek het nie 'n idee nie, Kaptein. Hy wou nie vir my sê waarheen hy gaan nie," antwoord sy soos 'n koppige kind wat weier om toe te gee ten spyte van die bedreiging van 'n moontlike pak slae. Sy is nie bereid om Jay-Jay aan hom uit te lewer nie. Nie terwyl hy glo dit sal sy ondersoek afhandel nie.

"Ek dog die man ly aan geheueverlies? Hoe kan hy dan sy weg vind sonder hulp?" vra kaptein Bekker en beskou die vrou voor hom met 'n mate van spot in sy glimlag.

Ems is nie meer lus vir die man se nuuskierigheid nie. Daarom antwoord sy ietwat geïrriteerd: "Sy geheueverlies maak hom nie stompsinnig nie, Kaptein. Hy kan nog lees en hy't 'n kaart van Pretoria by hom."

Kaptein Bekker besef hy gaan niks verder uit haar kry nie. Geen inligting of samewerking nie. Al sou hy haar ook arresteer om haar aan te kla vir bystand aan 'n voortvlugtige, of dwarsboming van die gereg. Dit kan eerder tot sy voordeel wees as sy hier is waar hy met haar kan kontak maak wanneer dit nodig is.

Behalwe Antoni Willers is sy die enigste direkte skakel wat hy nou met Wouter Hanekom het. Daarom sê hy net: "As u werklik vir Wouter Hanekom wil help, oorreed hom om hom vrywillig te kom oorgee."

Na die kaptein en die sersant se vertrek 'n kort rukkie later, bly Ems rusteloos en gespanne. Sy besef dat sy haar in 'n netelige situasie bevind. Dat sy haarself blindelings blootgestel het aan iets waarvan sy die omvang nie ken nie; aan risiko's met gevolge wat sy nie voorsien het nie. Gevolge waarby sy miskien nie enduit betrokke sou wou wees nie. Sy besef egter ook dat dit te laat is om haar te onttrek en met haar gewone bestaan voort te gaan. Dan is daar ook die prikkeling van sen-

119

sasie wat haar waagmoed haar in die aanwesigheid van 'n onbekende bedreiging laat ervaar. En daarmee saam die verwagting dat dit alles in iets senutergend kan eindig.

Namate die dag vorder sonder dat Jay-Jay opdaag of van hom laat hoor, neem die onrus in Ems toe. Die hoofrede hiervoor is dat hy hom niksvermoedend in 'n polisielokval kan vasloop sonder dat sy hom kan waarsku. Na kaptein Bekker se vroeëre besoek het sy geen illusies oor die man se doelwitte nie.

Sersant Peter Makgatho het nie 'n woord gesê tydens hulle besoek aan Ems nie. Sy blote waarneming van hoe die kaptein sy werk gedoen het, was verrykend. Tog het die kaptein anders opgetree as wat hy normaalweg van hom sou verwag. En hy kan die motivering daarvoor nie insien nie.

Daarom vra hy met die terugry stad toe: "Kon ons haar nie saamgeneem en aangekla het nie?"

"Van medepligtigheid? Dwarsboming van die gereg? Herberg van 'n voortvlugtige?"

"Daar is genoeg rede, dan nie?"

"Waarskynlik, maar dit gaan nie ons Hanekom-ondersoek help nie. Dis beter om haar te los waar sy is. Hanekom skuil by haar, of hy het kontak met haar. Dis waar ons hom die maklikste kan bereik."

"Kaptein bedoel ons kan haar gebruik om vir hom 'n lokval te stel?"

"Wanneer die tyd reg is en dis nodig."

Sersant Makgatho kry die gevoel dat die kaptein iets in gedagte het waaroor hy hom nog nie ingelig het nie. "Kaptein het 'n plan. Mag ek weet wat dit is?"

Sonder om die indruk van meerderwaardigheid te skep, glimlag kaptein Bekker. "Peter, jy weet alles wat ek weet. En hoe meer ons uitvind, hoe duideliker word dit dat hierdie saak meer om die lyf het as wat vir ons sigbaar is.

"Wouter Hanekom en sy vriend het nie sommer net verdwyn omdat hulle Belmont-sokkerklub uit hulle geld wou verneuk nie. Hoe het hulle dit buitendien reggekry om soveel geld in tien dae uit te gee? Hanekom het amper niks geld by hom gehad toe hy op Middelburg by Rondomtalie ingeboek het nie. Daarvan het die eienares van die plek ons ouens verseker.

"Ons het gehoor Wouter Hanekom het beserings wat baie ooreenstem met die aan Jaco Ebersohn se liggaam. Ons kan Hanekom aankeer as verdagte vir die moord op Ebersohn, maar ons kan nog nie bewys dat hy die moord gepleeg het nie. Al waarvan ons seker is, is dat hy met Belmont-sokkerklub se geld padgegee het. Ons kan dus net 'n klag van diefstal teen hom lê. Buitendien is daar die bewering dat hy aan geheueverlies ly."

"Glo Kaptein die storie?"

"Dit gaan nie maklik wees om te bewys dat hy lieg nie. Ons kan net hoop hy sal op my boodskap reageer. As hy homself kom oorgee, kan 'n mens met hom gesels om die ding te probeer uitpluis. Ek wil nie hê ons moet iets miskyk wat ons op die ou end soos twee ape gaan laat lyk nie. Nee. Ek wil hom 'n bietjie grasie gee totdat hy iets aanvang wat ons genoeg rede gee om toe te slaan. Intussen gaan ek elke beweging van hom laat dophou."

"Kaptein dink daar is groot dinge aan die gang by Farmakor en Belmont-sokkerklub, nè?"

"Dit, Peter, is die onbekende faktor. Feit is, daar was die afgelope maande te veel drama waarby van Farmakor se mense betrokke was. En dis iets wat my begin kriewelrig maak. As alles omtrent Wouter Hanekom 'n liegstorie is om iets toe te smeer, gaan hy my help om dit oop te krap."

"Wat gaan die base sê as hulle uitvind ons weet waar Hanekom is, maar ons bring hom nie in nie?"

Kaptein Bekker haal sy skouers op. "Ek het 'n aanvoeling, Peter. Daarom gaan ek die kans vat. My lewe lank soek ek na daardie een groot saak wat sal bewys dat ek iets werd is. Staan saam met my, en jy gaan ook iets daaruit wen."

"Ek hoop Kaptein is reg, want sowaar, ek wil nie my lewe lank op een plek vashaak nie."

Laatmiddag daag Antoni en Jay-Jay kort na mekaar by Ems se

meenthuis op. Hulle tref 'n hoogs gespanne Ems aan wat ongeduldig is omdat nie een van hulle gedurende die dag van hulle laat hoor het nie. Albei het 'n verduideliking van hulle stilswye.

Jay-Jay se mediese toetse was 'n tydrowende proses. Antoni se dag was deurmekaar omdat sy berig 'n opskudding veroorsaak het en hulle daarop moes reageer. Intussen wag hy ook nog vir Matthew Masemola se terugvoering op die versoek dat hy 'n ontmoeting tussen Jay-Jay en Oscar moet probeer reël.

Ems aanvaar die verduidelikings halfhartig omdat sy steeds oortuig is dat hulle iets kon doen om haar op die hoogte te hou. Veral omdat sy toenemend ongemaklik in haar eie huis begin voel het na kaptein Bekker se besoek, en omdat sy skrikkerig is vir die onvoorspelbaarheid van die motorfietsmaniak.

"Julle moet my nie verkeerd verstaan nie," sê sy ter verduideliking. "Ek wil nie aanspraak maak op 'n reg om te weet wat julle ouens doen nie. Die probleem is net, wanneer dinge hier gebeur, weet ek nie hoe om met julle kontak te maak nie. Ek kon nie een van julle twee waarsku oor die moontlikheid dat hier 'n polisielokval is nie. Vir al wat ons weet, wag hulle juis nou vir die regte oomblik om toe te slaan."

"Nou?" vra Jay-Jay bekommerd. "Hoe het hulle geweet ek is hier?"

"Kaptein Bekker het nie my storie met sy eerste besoek gesluk nie. Hy was vandag weer hier. En glo my, hy is nie 'n pampoen nie." Sy lig hulle volledig in omtrent die kaptein se besoek en sê ook dat hy nie doekies omgedraai het nie. "Daarom verhoed niks hom om my huis te laat dophou nie," sê sy ten slotte.

"Dis 'n feit," stem Antoni saam met haar. "Kaptein Bekker is soos 'n rondloperdier. As hy een keer op 'n plek gesnuffel het, keer hy terug daarheen. Hy laat los nie maklik as hy 'n vermoede oor iets het nie. Hy doen dit veral omdat hy wil seker maak dat hy nie die eerste keer iets misgekyk het nie. En noudat hy geen twyfel het dat jy hier skuil nie, kan julle hom beslis weer verwag — of minstens seker wees dat jou bewegings dopgehou sal word."

Jay-Jay besef die risiko daarvan om die polisie voortdurend

op sy hakke te hê. Hy kan dit nie bekostig as hy vry wil rondbeweeg om die warboel in sy lewe op te los nie.

Dis juis een van die hoofredes waarom hy nie na sy ouerhuis wou gaan waar die polisie hom die maklikste in die oog kan hou nie. Daar is dus net een uitweg.

Asof sy sy gedagtes kan lees, sê Ems: "Jou voorstel van gisteraand raak vir my nou meer aanvaarbaar. Ons sal 'n ander blyplek moet vind. En dit sal moet wees waar nie die polisie óf die motorfietsmaniak ons sal kan opspoor nie."

"Beslis!" stem Antoni saam. "Ek kon vir julle my woonstel aangebied het, maar dis die eerste plek waar kaptein Bekker sal kom aanklop wanneer julle verdwyn. Hy weet immers ek het ook kontak met jou."

Al drie dink vir 'n oomblik hard aan 'n oplossing, maar nie een kan aan 'n manier dink waarop Jay-Jay en Ems sonder voortdurende vermomming uit die publieke oog sal wees nie. En hulle het ook nie 'n absolute versekering dat 'n oplettende persoon hulle nie sal herken nie.

Ems het uiteindelik 'n vae voorstel. "Wat van jou pa, Jay-Jay? Sal hy nie kan help nie?"

"Ek het al daaraan gedink," antwoord hy sonder geesdrif. "My ouerhuis is egter net so 'n risiko as jou huis."

"Dalk weet hy van 'n ander plek," ondersteun Antoni Ems se voorstel. "Jy het jou pa tog immers aan jou kant. Bel hom." Hy hou sy selfoon uit na Jay-Jay.

Jay-Jay haal 'n visitekaartjie uit sy hempsak wat sy pa aan hom gegee het, met telefoonnommers op waar hy geskakel kan word. Dan skakel hy die nommer van sy pa se privaat lyn op kantoor. Dit duur 'n rukkie voor hy sy pa se stem aan die ander kant hoor, en hy verduidelik kortliks wat die dilemma is. Daar volg 'n langerige stilte.

Dit is vir Darius Hanekom moeilik om reguit te praat oor 'n oplossing vir die probleem. Die hele takbestuur van sy maatskappy is in sy kantoor byeen om strategiese beplanning en doelwitte te bespreek. Dit sal nie goed lyk as hy hulle nou vra om die kantoor te verlaat sodat hy 'n privaat gesprek kan afhandel nie. Uit wat hy sê, mag hulle dalk ook aflei dat hy met sy seun praat. En hy wil nie hê enigeen van hulle moet weet dat hy met Wouter kontak het, of waar hy hom nou bevind nie.

Wouter verdien die geleentheid om na antwoorde te soek. Buitendien, met die beperkte inligting tot sy beskikking, vermoed hy reeds dat iemand op sy personeel nie betroubaar is nie. Hy probeer sy woorde so goed as moontlik kies. "Natuurlik, ja," probeer hy onderlangs praat. "Ons sal graag van hulp wil wees. Ons het 'n gastehuis wat beskikbaar sal wees. Julle sal ongehinderd en in veiligheid daar kan gesels. Daar sal ook met Ormond-sekuriteit vir wagte gereël word."

Hy sluit af met 'n aanduiding waar die gastehuis geleë is, in die hoop dat wat hy gesê het, nie veel sal beteken vir die wat teenwoordig is nie. Daar is egter wel iemand in die groep om die konferensietafel wat uit die goed gekose woorde die afleiding maak en ietwat sinies onderlangs glimlag: Joshua Louw, die wetenskaplike in beheer van die laboratorium. Hy is in sy middeldertigs, met 'n dunraambril en 'n welige bos hare wat wild om sy kop staan asof hy tientalle kroontjies het. Met sy bekende verslete en gekreukelde pak lyk hy soos 'n verstrooide professor.

Hy is seker dat hy die regte afleiding gemaak het. Nogtans sal hy die feite met sy kamerade by Ormond-sekuriteit kontroleer. Daar is op die oomblik vir hom twee belangrike prioriteite. Eerstens moet hy Wouter dwing om hom na dit te lei waarna hy soek. En tweedens moet hy verhoed dat Wouter en Oscar Dlamini met mekaar in aanraking kom.

Daar bestaan geen twyfel meer dat Oscar saam met Rudolf Hanekom gewerk het nie. Oscar kan dus oor inligting beskik wat uiters gevaarlik kan wees. Nie soveel vir die organisasie nie as vir hom, Joshua. En hy gaan niemand toelaat om sy toekomsplanne deurmekaar te krap nie. Hy werk al te lank daaraan.

10

By Ems se woonstel is Antoni vol geesdrif nadat Jay-Jay hulle ingelig het omtrent sy pa se voorstel. "Uitstekend! Wat kan nou 'n beter oplossing wees?"

Ems gaan dadelik kamer toe om 'n paar noodsaaklikhede in te pak. Toe sy uit die vertrek is, vra Jay-Jay: "Was dit toe vir jou moontlik om vir my 'n ontmoeting met Oscar te reël?"

"Ek het 'n onderhoud met Matthew Masemola gehad, maar hy was nie geesdriftig nie. Dit het mooipraat en 'n lang redenasie gekos. Hy het uiteindelik ingewillig om dit met Oscar te bespreek. Dit sal van Oscar afhang of hy met jou wil praat. Sodra hy 'n antwoord het, sal hy my op die selfoon bel."

"Jy sê jy en Masemola het 'n lang redenasie gehad. Wat het hy alles te sê gehad?" wil Jay-Jay weet. "Van die gebeure vooraf? My verdwyning? Die geld?"

Antoni sug en kyk vir 'n oomblik nadenkend na sy hande. Hy weet hy sal alles vir Jay-Jay moet vertel. Hy kan niks verswyg nie, al weet hy dat sommige feite Jay-Jay kan ontstel. Daar is egter nie 'n manier waarop hy die man kan voorberei of dit vir hom sagter kan stel nie. Toe hy praat, gee hy die volle besonderhede van sy gesprek met die sokkerbaas.

"So, nou weet ons waar die geld vandaan gekom het. Waarvoor dit bedoel was en dat jy wel padgegee het. Die vraag is net waarheen, en wat het jy daarmee gedoen?" laat Ems hoor toe sy weer haar verskyning maak met 'n enkele middelslagtas.

"As 'n mens dit en alles wat Matthew te vertel gehad het, in gedagte hou, tesame met Oscar se verklaring van gebeure tydens Rudolf se moord, en jy voeg al die ander stukkies los inligting daarby, dan besef 'n mens Farmakor staan al hoe skerper uit," redeneer Jay-Jay.

"Dis 'n vermoede wat 'n belangrike faktor in my ondersoek is," erken Antoni. "Kaptein Bekker soek ook al hoe sterker in daardie rigting. Daarom glo hy as hy jou in die hande kan kry, kan hy 'n paar belangrike antwoorde vind."

"As dit die geval is, beteken dit my pa is by iets onwettig betrokke. Of hy weet van iets, maar moet onder dwang swyg."

"Presies wat word by Farmakor gedoen?" vra Ems, wat geduldig wag dat die twee mans aanstaltes maak om te vertrek.

"Hulle vervaardig farmaseutiese en chemiese middels vir plaaslike gebruik en uitvoer," antwoord Antoni. "Alles word in hulle eie laboratorium ontwikkel."

Wat Antoni sê, laat Jay-Jay skielik aan iets dink. Hy vlieg orent en gaan grawe op die kombuistoonbank tussen die stapel koerante wat hy vanoggend bestudeer het. Dan keer hy terug met die koerant waarna hy gesoek het. Hy gooi dit voor Antoni neer en tik met sy vinger op die hoofopskrif van die berig wat hy vroeër gesien het, maar nog nie gelees het nie.

"Lees bietjie daardie berig," sê hy.

Antoni tel die koerant op en lees die opskrif hardop: "Suid-Afrika deurroete van heroïen vir Nigeriese kartelle." Die berig handel oor Nigeriese dwelmhandelaars wat wêreldleiers is in die handel van heroïen. Suid-Afrika het vir die handelaars 'n gewilde deurroete na Europa en Amerika geword. Dis ook maklik om alle spore uit te wis.

Daarna knik Antoni bevestigend. "Ek weet hiervan. Dis op die oomblik 'n taamlike kopseer vir ons polisie. Daarom wil die Amerikaanse Drug Enforcement Agency, die DEA, direk in Suid-Afrika betrokke raak om met optrede teen die netwerke te help."

"Dalk is dít waar die antwoord lê. Dalk is Farmakor op die een of ander wyse betrokke," maak Jay-Jay sy afleiding.

Antoni knik weer. "Dis presies die rigting waarin my kop begin werk het."

Ems reageer ietwat ontsteld: "Hemel, Jay-Jay! Besef jy wat jy sê? Farmakor is jou pa se besigheid. Is julle nou ernstig?"

"Waarom anders kom Farmakor al hoe sterker in die prentjie? Die ding wat nou by my begin spook, is daardie bedrag geld wat my pa vir Matthew Masemola gegee het. Wat was die werklike beweegrede daarvoor? Matthew se verduideliking aan jou? Of wou my pa iets waarvan hy bewus was, of by betrokke is, toesmeer? Is dit nie dalk hoekom hy so sterk gekant was daarteen dat ek Oscar se saak hanteer nie?"

"Ek weet jy kan jou verlede nie onthou nie, Jay-Jay," reageer Ems vol vertwyfeling. "Jou pa is vir jou op die oomblik soos 'n vreemdeling, maar hy bly nog jou pa. Die implikasie, en alles wat dalk met jou gebeur het — dis 'n aaklige gedagte."

"Ek besef dit, maar 'n mens kan die moontlikheid nie ignoreer nie."

"Goed. Kom ons veronderstel Farmakor is 'n skakel in 'n deurroete. Wat is ons volgende optrede?" vra Antoni.

"Om bewyse te vind," antwoord Jay-Jay. "Ons moet uitvind wat die skakelpunte is op invoer- en uitvoerroetes — as dit bestaan. Ek dink ook ek en my pa moet nog 'n slag baie ernstig gesels."

"As dit so is, bestaan die moontlikheid dat ons motorfietsmaniak ook by Farmakor in diens is," opper Ems 'n nuwe gedagte.

"Dalk het jy voor of tydens jou verdwyning seker feite uitgevind wat 'n groot risiko is. Daarom dat hy sê hy glo nie die storie dat jy aan geheueverlies ly nie. Luister weer hierna," sê sy en gaan skakel die telefoon se antwoordmasjien aan.

Hulle luister weer met aandag na die holklinkende stem op die band en die dreigemente wat hy maak.

"Die afleiding wat ek maak, is dat die ou jou baie goed ken, Jay-Jay. En dat jy veronderstel is om iets by jou te hê wat hy as sy eiendom beskou," is Antoni se kommentaar daarna.

"Ongetwyfeld. Maar daar is nog 'n stukkie inligting wat hy gegee het," sê Jay-Jay nadenkend met 'n uitdrukking in sy oë wat vir Ems na vrees en verwarring lyk.

"Wat is dit?" vra Antoni.

"Oor Lydia, my vrou," verduidelik Jay-Jay. "As ek sy dreigement teen Ems reg vertolk, dan was die kaping van Lydia se motor en haar dood 'n beplande ding. Dit laat my ook wonder hoe sy in die hele ding ingepas het."

Antoni sê niks. Hy het nie kommentaar daarop nie. Al wat hy weet, is hoe meer inligting hulle kry, hoe leliker begin die hele besigheid lyk. Hy wil net voorstel dat hulle na die gastehuis toe ry toe sy selfoon lui. Toe hy die oproep beantwoord, is hy verlig om Matthew se stem te hoor.

Voor Matthew enigiets sê oor die moontlike ontmoeting tussen Jay-Jay en Oscar, wil hy eers met Jay-Jay praat. Sonder om iets te sê, oorhandig Antoni die selfoon aan Jay-Jay.

"Wouter Hanekom," antwoord Jay-Jay huiwerig.

"Antoni sê vir my jy onthou niks?" toets die sokkerbaas hom.

"As ek kon, sou my lewe seker nie in so 'n warboel gewees het nie. Dan sou dit seker ook nie vir my belangrik gewees het om met Oscar te praat nie," antwoord Jay-Jay.

"Hoekom? Wat dink jy kan hy vir jou doen? Hy's die een wat gehoop het jy kan hóm help."

"Alles wat ek weet, verwys na Oscar, en dat die ding by hom begin het. Ek wil weet wat hy weet."

"Oscar is so bang soos ek hom nog nooit gesien het nie. En hy wil nie daaroor praat nie."

"Ek is net so bang soos hy, maar ek weet nie waarvoor dit is dat ek bang is nie. En ook nie vir wie nie," beklemtoon Jay-Jay sy eie omstandighede.

Matthew raak stil. Jay-Jay kan hoor dat hy nog aan die lyn is, want daar is 'n onduidelike gemompel aan die ander kant.

Dan praat Matthew weer met hom. "Goed. Oscar is bereid om jou te ontmoet, maar ek moet jou waarsku dat hy jou nie meer vertrou nie. Op die oomblik vertrou hy niemand nie."

"Ek verstaan," sê Jay-Jay verlig. "Waar en wanneer kan ons ontmoet?"

"Vanaand. Hier by my huis in Akasia. Tensy jy van 'n beter en veiliger plek weet."

Jay-Jay vertel vir hom kortliks van Farmakor se gastehuis waar daar vir sekuriteit gereël sal wees. Sy voorstel is dat hulle later vanaand daar ontmoet. Dit is vir Matthew aanvaarbaar omdat dit Oscar meer op sy gemak behoort te stel. Dit word afgespreek dat die ontmoeting om elfuur sal plaasvind wanneer dit hopelik die minste aandag behoort te trek.

Toe hulle wegry van Ems se meenthuis af, ry sy saam met Jay-Jay in die Farmakor-motor wat sy pa vir hom gegee het. Haar motor bly staan onder die motorafdak. Sy hoop dit sal die indruk skep dat sy tuis is indien haar huis dopgehou word.

Op Jay-Jay se versoek bestuur Ems omdat hy rigtingverward is as gevolg van sy geheueverlies. Dit sal vir haar makliker wees om die adres volgens sy pa se aanwysings te vind.

Antoni volg hulle in sy motor en bly voortdurend op die uitkyk vir moontlike agtervolging. Hy is nie heeltemal op sy gemak oor die waarskynlikheid dat kaptein Bekker hulle bewegings laat dophou nie. Volgens die beweging van die verkeer agter hom lyk dit nie of hulle gevolg word nie, maar dit is middagspitsverkeer en dit sal dwaas wees om daardeur gerusgestel te wees. Kaptein Bekker doen niks op 'n amateuragtige wyse nie. Elke handeling van hom is gemotiveer. Sy brein is skerp genoeg om op die onverwagte voorbereid te wees.

Hulle bereik Farmakor se gastehuis in Clubview, wat sonder uitstaande kenmerke inskakel by die res van 'n netjiese woongebied. Selfs die omheiningsmure en elektroniese hekke is tipies van baie van die ander huise in die omgewing. Al wat moontlik die aandag van 'n oplettende persoon kan trek, is die Ormond-sekuriteitswag wat hulle op vooraf kennisgewing inwag.

Ems is nietemin verras deur die netjiese huis en tuin met swembad en lapa. Dis 'n plek waar daar rustig vertoef en ontspanne saam met sakebesoekers gewerk kan word.

'n Voltydse huishoudster laat hulle die huis binne en wys aan elkeen van hulle 'n kamer toe. Antoni wys haar daarop dat hy nie 'n inwonende gas sal wees nie. Hy sal weer later vertrek omdat hy moet gaan werk. Op haar navraag bevestig hy egter dat hy wel vir ete daar sal wees.

Hulle sorg dat hulle die res van die aand binnenshuis bly en dat die gordyn dig getrek is vir ingeval iemand hulle bewegings iewers vandaan probeer dophou. Hulle is daarop ingestel om niks aan die toeval oor te laat nie. Verder laat hulle alles oor aan die hekwag en die ander Ormond-wagte wat ook intussen opgedaag het.

Joshua Louw daag 'n rukkie later ongemerk met sy motorfiets by die gastehuis op en praat vanuit 'n verskuilde posisie met een van die wagte wat hom die hele tyd verwag het.

Sy vermoede word ook bevestig: Matthew Masemola word as laataandbesoeker verwag. Dit laat by Joshua geen twyfel dat dit die bedoeling is om vir Wouter Hanekom en Oscar Dlamini met mekaar in kontak te bring nie.

Hy word toegelaat om oor die heiningmuur te klim omdat hy nie by die hek ingelaat kan word nie, want die oomblik as die hek oopgaan, aktiveer dit 'n gonser in die huis as aanduiding dat 'n besoeker opgedaag het.

In die tuin oorhandig die wag 'n Ormond-uniform en pet aan hom soos daar vroeër gereël is. Terwyl Joshua die uniform vinnig aantrek, beduie die wag aan hom die uitleg van die tuin en huis. Toe Joshua klaar aangetrek het, trek hy die pet laag oor sy voorkop.

Vir enigiemand sal hy nou net na nog 'n Ormond-wag lyk wat 'n gemaklike, vrye beweging in en om die huis het. Hy soek vir hom 'n geskikte wagpos uit van waar hy met 'n onversperde uitsig die besoekers kan dophou wanneer hulle later opdaag.

Om die tyd om te kry, speel hy met 'n mes waarmee hy genoeg van 'n meester is sodat hy nie die vuurwapen aan sy sy hoef te gebruik nie. Hy maak buitendien nooit van 'n vuurwapen gebruik nie. Dit maak te veel lawaai wanner 'n taak vinnig en geruisloos afgehandel moet word. 'n Vuurwapen laat ook te maklik spore wat opgevolg kan word.

Matthew Masemola se motor word kort duskant elfuur by die hek ingelaat, van waar dit met die oprit tot voor die huis beweeg en agter die ander motors parkeer. Jay-Jay en Antoni wat op die gonser in die huis gereageer het, wag die besoeker by die voordeur in.

Matthew klim nie dadelik uit nie. Oscar hou nie van die helder beligting voor die huis nie. Hy dring daarop aan dat die ligte eers afgeskakel word voordat hy uitlim.

Antoni brom onderlangs dat dit 'n onnodige paranoia is, veral aangesien daar wagte teenwoordig is, maar gaan nogtans die huis saam met Jay-Jay binne om die buiteligte af te skakel.

Eers toe die ligte afgeskakel is, is daar beweging by die motor en vinnige voetstappe na die voordeur toe.

'n Atleties geboude jong Swazi met 'n dig gevormde Afrohaarstyl kom by die voordeur in met Matthew, wat hom moet aanpor, agterna. Oscar lyk glad nie op sy gemak toe hy vir Jay-Jay in die vermomming sien nie. Hy lyk vir hom soos 'n vreemdeling en hy vertrou nie vreemdelinge nie. Antoni druk die voordeur agter hulle toe.

Matthew kyk reguit in Jay-Jay se oë toe hy sy hand uitsteek om hom te groet. Antoni beduie dat hy hom nie deur die vermomming moet laat mislei nie. Hy bevestig dat dit wel Wouter Hanekom is.

"Daai vermomming laat jou anders lyk. Skafliker amper. Nie meer slonserig soos 'n dronk boemelaar nie," sê Matthew met 'n eienaardige glimlag.

"Na wat ek die afgelope tyd van myself gehoor en gelees het, glo ek jou nogal," antwoord Jay-Jay. "En miskien is dit hoe ek veronderstel is om te lyk."

Matthew lag uit sy maag uit. "Ek het altyd vir jou gesê jy sal beter lyk en voel as jy die drank los. Ek moet darem bysê jy was nooit 'n ernstige moeilikheidmaker nie."

"Dis 'n troos om iets positief oor myself te hoor."

Matthew bekyk die jong man voor hom nog 'n slag goed asof daar iets belangrik in sy gedagtes is waaroor hy 'n besluit moet neem. Dan staan hy eenkant toe dat Oscar en Jay-Jay mekaar kan groet.

Jay-Jay merk dadelik die rusteloosheid in die Swazi se oë. Daar is ook 'n waarneembare onbeheerste spanning in sy liggaam.

"Hallo, Oscar. Ek is bly jy is hier." Jay-Jay is onseker-vriendelik, asof hy met 'n vreemdeling kennis maak wat nóg vyandig, nóg vriendelik voorkom.

Hy steek sy hand uit en wag vir 'n aanduiding dat sy teenwoordigheid aanvaar word; dat daar tog 'n flikkering van blydskap is om hom te sien. Veral omdat hulle klaarblyklik goeie vriende was. Oscar neem nie sy uitgestrekte hand nie. Die stilte in die vertrek rek uit.

Dis Matthew wat besluit dat dit lank genoeg was. "Kyk, ons het julle twee bymekaargebring om te praat. Ek is oortuig dat dit vir julle albei belangrik is. As julle verkies om alleen te wees, sal ons verstaan."

"Dit sal goed wees as ons eers alleen kan gesels," sê Jay-Jay en stel voor dat die ander na die TV-kamer gaan.

Oscar antwoord nie. Hy bly net na Wouter kyk asof hy onder verdowing is. Antoni beduie met sy kop vir Matthew en Ems om hom te volg.

Hulle stap uit en Jay-Jay beduie vir Oscar om te gaan sit. Hy neem op die leunstoel teenoor die sokkerspeler plaas. Toe die deur toegaan, steek Jay-Jay weer sy hand uit na Oscar toe. Oscar aanvaar dié keer die hand van vriendskap. Hulle groet mekaar. Dis duidelik dat Oscar begin ontspan.

"Hulle vertel my ons is baie goeie vriende, maar ek kan niks onthou nie," sê Jay-Jay. "Ek's jammer."

"Uncle Matt sê so," praat Oscar vir die eerste keer.

"Kan ons reguit met mekaar praat?" vra Jay-Jay.

"Praat maar."

"Matthew sê vir my jy vertrou my nie meer nie." Jay-Jay wil die struikelblok uit die pad kry, anders gaan hy nie vir Oscar so ver kry om heeltemal openlik te wees nie.

"Jy't my gedrop," verwyt Oscar. "Ek het geglo jy's my kans om los te kom. Ek het geglo jy sou regkom. Toe drop jy my. Nou's daar mense wat my bloed soek. Elke keer as ek een van hulle sien, dan wag ek dat 'n skietding moet afgaan. Partymaal voel dit ook of die mense om my my uitkyk."

"Wie is die mense, Oscar?"

"Het ek jou dan nie gesê toe jy by my in die tronk was nie?"

"Jy het seker, maar jy weet ek kan niks onthou nie," verweer Jay-Jay hom. "En dit wat ek in jou lêer geskryf het, sê niks."

"Seker omdat jy my nie wou glo nie."

"Miskien het ek 'n ander rede daarvoor gehad."

"Almiskie. Dis dié dat jy saam met Jaco padgegee het met al daai geld."

Jay-Jay besef dat dit nie maklik gaan wees om Oscar se wantroue af te breek nie. Oscar kan waarskynlik die storie oor geheueverlies nie sluk nie omdat hy dit nie kan verstaan nie. Al wat hy wel weet en verstaan, is dat hy vir Wouter Hanekom sekere inligting gegee het en dat hy vreemd daarop gereageer het. Omdat hy dít ook nie kan begryp nie, het hy sy vrymoedigheid en vertroue ook verloor. Wie sê hy reageer nie dalk weer so as Oscar reguit praat nie?

Jay-Jay kyk reguit na Oscar en stoot sy hande met die palms na bo uit na Oscar toe as 'n gebaar van sy opregtheid. Hy wil hê Oscar moet sy hande vat, maar die sokkerspeler deins terug vir die gebaar en kyk anderpad.

"Kyk na my, Oscar ... kyk na my!" dring Jay-Jay met 'n mate van drif in sy stem aan.

Oscar draai sy gesig na hom toe.

"Die Wouter Hanekom wat jy geken het, wat jou vriend was, dink jy hy sou jou sommer net so gelos het?"

Oscar haal sy skouers op. "Die man wat ek geken het, was my vriend, ja, maar ek weet nie hoe't jou kop daai tyd gewerk nie. Mens het nooit geweet as jy gedrink het nie. Veral nie as jy die dag net Lydia se dood in jou kop gehad het."

Jay-Jay kyk ingedagte na sy hande. Dis vir hom so onwerklik as almal hom laat verstaan hoe gebroke hy oor Lydia was en hy nou niks emosies daaroor kan ervaar nie.

Nie eers as hulle net van haar praat en dit vir hom voel asof hy gekondisioneer word nie. Hy sê niks nie en wend hom weer tot Oscar.

"Kom ons begin by die begin, Oscar. Jý het hulp nodig. Ék

het hulp nodig. Ons staan al twee in die middel van 'n ding wat ons lewens uitmekaar ruk. Vertel my van Farmakor, van my broer se dood. Wat het by Farmakor aangegaan waarvan jy geweet het?"

Joshua het Matthew en Oscar se aankoms soos 'n standbeeld gestaan en dophou. Toe die buiteligte afgeskakel is, het hy besef wat die doel daarvan was. Dit het hom 'n string vloekwoorde onderlangs laat uiter. Die tydelike nagblindheid wat dit veroorsaak het, het dit onmoontlik gemaak om presies tussen Matthew en Oscar te onderskei. Dit het hom egter nie heeltemal ontmoedig nie, want as sekuriteitswag is dit vir hom maklik om rond te beweeg en presies vas te stel waar Oscar en Wouter is. Die probleem is net dat hy nie te lank kan talm nie. Hy sal Oscar moet stil maak voor hy te veel van wat hy weet aan Wouter uitlap. Nie net is hy 'n gevaarlike getuie nie, maar sy inligting kan ook veroorsaak dat hy, Joshua, sy houvas op Wouter verloor. En dit kan hy nie bekostig nie.

Soos dit is, is die majoor nie baie ingenome met die jongste verloop van gebeure nie. Hy hou nie van die moontlikheid van blootstelling terwyl die konferensie van buitelandse kontakpersone aan die gang is nie. Ongeag die werklikheid word die risiko's vir sy persoonlike agenda soveel groter.

Met die vaste voorneme om so gou moontlik by Oscar uit te kom en sy taak af te handel, koukus Joshua met die ander wagte om volgens normale gedragskode op te tree sodra daar alarm gemaak word. Hulle moet genoeg verwarring veroorsaak dat hy in die proses kan wegkom.

Hierna ruil hy plekke met een van die wagte agter die huis sodat hy van agter af in die huis kan probeer inkom.

Dit geluk hom om die kombuisdeur oop aan te tref waar die huishoudster met opruiming besig is na die laat ete.

Sy gee hom 'n skewe kyk toe hy ingestap kom. "Jy hoort nie hier nie," sê sy vir hom. "Julle plek is daar buite waar julle die indringers kan uithou."

"Ek kom soek net 'n glas water," antwoord Joshua so rustig

en gedemp as wat hy kan. "Ek het 'n spul biltong geëet voor hulle my uitgeroep het. Nou bly ek dors."

"Wat is verkeerd met die krane daar buite? Dis dieselfde water wat in die huis getap word."

"Yskaswater sal beter wees."

Sy skud haar kop en klik haar tong ergerlik, maar vat tog 'n glas en stap na die yskas toe.

Toe haar rug na hom gekeer is, beweeg Joshua vinnig tot agter haar. Hy slaan sy linkerarm om haar keel en wurg haar sodat sy nie in staat is om 'n geluid uit te kry nie. Die geluide wat sy wel uitkry, word nie dieper die huis in gehoor nie omdat die kombuis nie naby die sit- en TV-kamer is nie en omdat die volume van die TV-program die onnatuurlike geluide demp. Dan sleep hy die spartelende vrou by die kombuisdeur uit.

Buite gebruik hy sy mes vinnig en doeltreffend. Dan laat hy haar op die grond neersak.

Vir 'n oomblik staar hy uitdrukkingloos na die vrou wat roggelend deur haar oopgevlekte keel vir haar laaste bietjie lewe veg. Haar ledemate trek spasties saam en help net dat die bloed vinniger deur die gapende wond uitgepomp word.

Sonder enige gevoel oor wat hy pas gedoen het, stap Joshua weer by die kombuisdeur in en beweeg geruisloos in die rigting van die vertrek waar Jay-Jay en Oscar gesels.

In die sitkamer het daar intussen 'n groter mate van ontspanning tussen Jay-Jay en Oscar gekom. Oscar beantwoord die vrae wat gevra word met groter gemak.

"Het jy ook in die laboratorium gewerk?" vra Jay-Jay.

Oscar skud sy kop ontkennend. "By packing and despatch. Saam met Yusuf."

"Wie is Yusuf?"

"Hy kom van Nigerië af."

Die antwoord laat Jay-Jay dink aan die koerantberig oor Nigeriese dwelmsindikate.

"Was hy onwettig hier? Hoe het hy by Farmakor beland?"

Oscar haal sy skouer op en kry 'n iewat skuldige trek op sy gesig. "Ek weet nie eintlik veel van hom nie. Hy't eendag daar by die klub aangekom sonder blyplek, sonder werk. Ek was besig om my skoppe te oefen. Toe gee hy my 'n paar goeie pointers. Agterna was hy altyd daar om my te help, en van die ander. Uncle Matt het hom toe begin gebruik. Op 'n dag het hy my gevra of daar nie vir hom werk by Farmakor is nie. Toe kry ek vir hom die werk by despatch."

"Vertel my hoekom my broer jou wou sien."

"Ek het gevra dat hulle my moet borg met die sokker. Op 'n dag, nie lank na jou vrou se dood nie, het jou broer my ingeroep. Hy't gesê hy sal sorg dat ek die borggeld kry as ek vir hom iets doen. Dié dag wou hy my weer daaroor sien."

"Wat moes jy vir hom doen?" vra Jay-Jay toe Oscar stilbly.

"Jou vrou, Lydia ... sy het in die lab gewerk. Die aand toe sy dood is, het sy laat gewerk. Met die huis toe ry het hulle haar motor geskaak. Hulle meen sy't gestruggle, toe's haar keel afgesny."

Jay-Jay ril sigbaar en kry 'n uitdrukking van weersin op sy gesig. Hy hoor Oscar vir 'n oomblik asof van veraf voortgaan: " 'n Paar dae later wou jou broer my sien. Hy wou weet of ek weet wat verkeerd is by despatch. Iets wat kan maak dat die polisie daar toeslaan. Ek het van niks geweet nie. Toe vra hy my om my oë oop te hou en te kom praat as ek iets sien."

"En jy het toe iets gesien?" vra Jay-Jay.

Oscar antwoord nie dadelik nie. Dit lyk of hy eers diep nadink.

Jay-Jay kan naderhand die stilte nie meer verdra nie en raak dan ietwat ongeduldig. "Gaan aan. Jy het jou oë oopgehou en jy het toe iets gesien. Wat was dit?"

Oscar knik bevestigend. Sy mond gaan oop om te antwoord, maar hy kom nie so ver nie. Hy kyk op toe die deur onverwags agter Jay-Jay oopgaan. Wat die eerste skok vir hom veroorsaak, is die Ormond-wag wat hy sien. Hy het geweet dat daar wagte is, maar Matthew het niks van Ormond gesê nie. Hy sou nooit gekom het as hy geweet het dis hulle nie. Die tweede skok tref hom met groter geweld toe hy Joshua Louw herken.

"Nee!" kreun hy en draai sy liggaam vinnig na links in 'n poging om uit die leunstoel weg te kom.

Nog onbewus van die man agter hom, staar Jay-Jay verbaas en met onbegrip na Oscar se reaksie. Dan is daar 'n woergeluid langs sy kop verby en die beroering van wind deur sy hare. Die volgende oomblik sien hy met verbystering hoe 'n jagmes in Oscar se regterbors vasslaan en hom agteroor ruk. Jay-Jay vlieg met 'n ontstelde uitroep orent en tol op sy hakke om. Al wat hy in 'n flitsmoment sien voor 'n hou hom op die krop van sy maag tref, is die man in die uniform van Ormond-sekuriteit. Dan stort hy duiselig ineen en probeer sy asem met snakgeluide terugkry.

Toe Jay-Jay weer tot verhaal kom, is daar 'n groot geharwar en ontsteltenis om hom. Iemand het hom eenkant toe gesleep en is besig om hom te probeer help. Hy beur orent en aanvaar Antoni se hulp om op sy voete te kom. Hy kyk na Ems en Matthew wat koorsagtig aandag gee aan Oscar wat toe oë en met 'n eienaardige grys kleur op sy gesig agteroor teen die stoel se leuning lê. Van buite af is daar ook 'n veraf klinkende rumoer met enkele rewolwerskote tussendeur. Dan is daar ook die geluid van 'n motorfiets wat teen 'n hoë snelheid wegjaag.

Matthew tol op sy hakke om en beweeg weg eenkant toe. Saam met Antoni gaan buig Jay-Jay by Ems oor Oscar. Daar is 'n bloedkol op sy hemp waar die mes nog in sy bors steek. Oscar se hortende asemhaling en die borrels bloedskuim in sy een mondhoek is 'n aanduiding van die erns van sy verwonding. Die feit dat hy darem nog leef, gee 'n geringe mate van hoop tussen die kommer en vrese.

Dan gaan sy oë oop. Hy kyk om die beurt na die wasige gesigte voor hom. Sy oë verstar toe hy Jay-Jay se gesig herken. Sy mond gaan oop en vorm onhoorbare woorde. Jay-Jay steek sy hand uit en lê sy vingers liggies oor Oscar se lippe. Hy sien die vrees, pyn en smeking om hulp in die jong sokkerspeler se oë.

"Help hom!" sê Jay-Jay verbouereerd. "Trek tog die mes uit sy bors! Kan julle nie sien hoeveel hel dit vir hom veroorsaak nie?"

Ems keer vinnig. "Nee! Los die mes! As ons dit nou verwyder, is daar vir hom geen kans op oorlewing nie. Solank dit daar bly, druk dit nog die are en 'n moontlike letsel in sy long toe. Ons moet hom net so gou moontlik by 'n hospitaal kry."

Matthew maak weer sy verskyning en in reaksie op wat Ems sê, sê hy ietwat bot dat hy reeds 'n ambulans en die polisie ontbied het. Jay-Jay sien hoe Matthew stip na hom staan en kyk.

Hy besef wat op daardie oomblik deur Matthew se gedagtes flits: verwarring en 'n magdom vrae wat agterdog en selfverwyt kweek.

Sy eie gedagtes spook met vrae wat hom bang maak vir die moontlike antwoorde. Hoe kon 'n aanval soos dié plaasvind terwyl daar van die beste sekuriteitswagte aan diens was? Hoekom was die aanvaller soos een van die wagte geklee? Was hy één van hulle?

Die vrae skuif op die agtergrond toe hy onthou hy het hom verbeel hy hoor 'n motorfiets wegtrek. As dit die motorfietsmaniak is wat hom en Ems nog die hele tyd treiter, hoe het hy van hierdie ontmoeting geweet? Wie het hom ingelig? Dan is daar ook die feit dat sy pa hierdie verblyf en die wagte vir hulle gereël het.

Net hy het geweet dat hulle hier sou wees. Dít en die wolk van agterdog oor Farmakor se aktiwiteite laat 'n ongemaklike gevoel in hom ontstaan.

11

Die ambulans en 'n voertuig van die blitspatrollie daag kort na mekaar op. Die wagte word met vrae bestook, wat hulle met ompaaie en ontwyking beantwoord. Terwyl die terrein ondersoek word, word die huishoudster se liggaam ontdek. Dan word die mense van Moord en Roof geskakel om iemand uit te stuur.

Die ambulansmanne gee intussen aandag aan Oscar sodat hy baie vinnig na 'n hospitaal geneem kan word.

Voor Matthew agterna stap, praat hy met Jay-Jay. Sy stem is styf en formeel. "Ek was van die begin af onseker oor hierdie ontmoeting. Veral omdat Oscar die hele tyd gevaar aangevoel het. Toe het ek hom mos oorreed met die storie dat niemand van die reëlings sou weet nie."

"Iemand wat geweet het, moes gepraat het. Anders verstaan ek nie hoe die aanvaller hier ingekom het nie," antwoord Jay-Jay.

"Iemand wat geweet het, hét gepraat. Miskien moet jy vir jou pa vra om te verduidelik. Hy het die plek vir julle gereël," sê Matthew sonder om sy agterdog te verbloem toe hy in sy motor klim en agter die ambulans aan by die erf uitry.

Dis nie kaptein Bekker en sersant Makgatho van Moord en Roof wat op die blitspatrollie se oproep reageer nie. Dis van hulle kollegas in wie se area die voorval plaasgevind het. Dit neem 'n hele ruk van noukeurige ondersoek en ondervraging voor die huishoudster se liggaam weggeneem kan word. Niemand herken Jay-Jay met sy vermomming nie. Dit laat hom voorlopig gerus voel. Miskien is dit omdat hulle hom nie daar verwag nie en ook omdat hulle direkte kontak met hom hoofsaaklik in die skemering van die werfbeligting plaasvind.

Hy word nietemin die langste aan ondervraging blootgestel

omdat hy tydens die aanval teenwoordig was. Oplaas word hy daarop gewys dat sy beskikbaarheid waardeer sal word indien hulle sekere aspekte van die saak met hom wil opvolg.

Dis reeds na middernag toe die polisie hulle voorlopige ondersoek afgehandel en vertrek het. Jay-Jay is erg bedruk oor die gebeure, die baie vrae en die moontlike betrokkenheid van sy pa. Antoni probeer hom met bemoedigende woorde gerusstel dat die saak nog opgelos sal word. Hy vertoef egter ook nie lank voor hy vertrek nie. Hy wil by die kantoor kom om nog 'n berig vir die laat uitgawe te skryf.

Dis stil tussen Ems en Jay-Jay toe hulle alleen in die gastehuis agterbly. Hy gaan sit met sy kop agteroor en sy oë toe op een van die leunstoele. Ems staan met deernis na hom en kyk. Sy gesig is vol stram lyne wat getuig van die spanning in hom. Dit moet vreeslik wees as 'n mens se lewe in so 'n warboel is en jy nie kop of stert daarvan kan uitmaak nie, dink sy.

Sy kom na hom toe en gaan staan agter hom om sy nek te masseer. "Probeer ontspan," sê sy. "Alles sal regkom. Oscar is swaar gewond, maar hulle sal hom deurhaal."

Jay-Jay laat sy kop met 'n behaaglike kreun effe vooroor sak. Hy voel inderdaad liggaamlik en geestelik afgetakel. Sy brein wil nie eers meer logies funksioneer nie.

"Dit voel vir my asof ek vannag nie 'n oog sal kan toemaak nie," sê hy. "My brein voel suf van al die inligting en redenasies. Die afgelope paar dae is die stukkie geheue wat ek het, volgeprop met inligting en kennis wat ek nie kan verwerk nie. Voor dit is daar net 'n duisternis van leë gedagtes."

Ems voel sy magteloosheid aan, en die deernis wat sy van die begin af vir hom voel, gee stukrag aan nog meer sensitiewe emosies in haar. Haar hande gly versigtig oor sy skouers en werskaf met die boonste knope van sy hemp. Dan stoot sy haar hande onder sy hemp in tot oor sy bors waar dit teer oor die genesende wonde streel, wat nou weer 'n knou gekry het.

Haar kop sak vooroor. Met haar soekende lippe volg sy die lyne van sy gesig en nek. Jay-Jay voel hoe die sensitiewe aanraking hom laat loskom uit die verstrengelde knoop van spanning binne-in hom. Hy laat toe dat dit tot diep binne-in hom werk waar dit die wese van sy menswees aangryp en meesleur tot waar behoefte en beheer soos twee pole teen mekaar werk. Sy hande vind hare en bring dit tot teen sy lippe om haar bewus te maak van die hunkering in hom. Dan buig hy sy kop agteroor.

Hy kyk in haar oë. Daar is 'n uitdrukking in van die liefde wat sy het om aan te bied. 'n Kennis van sy weerloosheid wat dieselfde is as dit wat sy ervaar. Haar gesig kom af na syne toe. Haar lippe oop en vol beloftes. Daar is 'n ligte aanraking tussen hulle asof hulle mekaar eers toets voor hulle mekaar aanvaar — sonder die oorweldigende verwoesting van onbeheerste hartstog.

Na 'n rukkie gaan hulle hand aan hand na die kamer toe wat aan haar toegewys is. In die skemering van die gastehuis se werfbeligting raak hulle mekaar effens sku en onseker aan, ontklee mekaar geleidelik, vind mekaar se sensitiewe punte met hul strelende hande.

Veral Ems se aanraking van Jay-Jay se liggaam is strelende massering van sy wonde wat nog gevoelig vir aanraking is. Die prikkeling wat dit veroorsaak, stimuleer die behoefte aan liefde en 'n stilte in sy gemoed, eerder as wat dit ongemak veroorsaak. Dit word 'n delikate spel wat hulle met mekaar speel. 'n Spel sonder ruheid. Ondersoekend. Soos 'n avontuur in die ontdekking van mekaar se liggame. 'n Proses waar die een die ander lei sonder selfsugtige eise. 'n Uitlewing van hul aantrekkingskrag vir mekaar. Die ontwikkeling na 'n natuurlike vervulling. Die volle benutting van die liefde wat hulle elkeen het om te gee. En aan die anderkant die ontvang daarvan soos van 'n spesiale gawe. Dan die sensasie wanneer hulle liggame met mekaar bind in 'n onomkeerbare vuur van ekstase wat van hulle hele menswees besit neem sodat hulle die onbekende van hulle eenwording saam ontdek.

Die beweging van hulle liggame teen mekaar wanneer daardie ekstase alle beheer verdring en in intensiteit toeneem, veroorsaak vir Jay-Jay 'n pyn wat deur sy gekneusde liggaam sypel. Tog veroorsaak dit 'n vreemde gevoel van beroering wanneer pyn, emosie en vervulling verstrengel raak sodat hy nie 'n uitroep as gevolg van die uitwerking daarvan kan onderdruk nie.

Daar is 'n polsende geklop van gevoeligheid in elke wond toe hulle later net in mekaar se arms lê. Stil. Sonder onbenullige woorde, maar bewus daarvan dat daar nog liefde vir mekaar in hulle oor is.

Vir Jay-Jay is hierdie ervaring meer as net bloot om uiting te gee aan die wil van die natuur in hom. Dis 'n ontdekking van homself binne die grense van sy emosionele ingeperktheid.

Dis 'n proses van genesing van 'n psige wat blootgestel was aan 'n onbekende vyand wat alles in hom wou afbreek. Dis 'n bevestiging dat ontwikkeling en groei altyd plaasvind ongeag hoe drasties die terugsnyding was; dat daar vir elke vraag 'n antwoord sal wees; dat die krag om 'n nuwe begin te maak binne-in homself ontstaan. Dit is wat die kalmte in hom bring en hom uiteindelik rustig aan die slaap laat raak met Ems se liggaam styf teen syne.

Die volgende dag is die koerante vol van die aanslag op Oscar se lewe terwyl hy 'n geheime ontmoeting met Wouter Hanekom gehad het. Volgens die hospitaal se bulletin is sy toestand kritiek, maar stabiel. Die sokkerpubliek word gerusgestel dat alle stappe gedoen word om Oscar tydens sy herstel in die hospitaal te beveilig, sodat enige verdere aanslag verhoed kan word. Volgens 'n polisieverklaring weet hulle waar Wouter Hanekom hom bevind en word stappe gedoen om hom oor die gebeure te ondervra.

Verder word ook gemeld dat daar hewige ontsteltenis in sokkerkringe heers. Veral Oscar se verontwaardigde ondersteuners eis vinnige polisievordering en drastiese optrede, anders kan hulle ontevredenheid ernstige afmetings aanneem. Matthew Masemola probeer alles onder beheer hou, maar hy weet nie vir hoe lank hy daarmee sal kan slaag nie.

Vir Jay-Jay is die nuusberigte nie bemoedigend nie, al voel

dit vanoggend vir hom of hy nuwe dryfkrag het om die warboel in sy lewe op te klaar. Ems se ongeïnhibeerde toenadering hou ook dit wat hulle gisteraand ervaar het, polsend in hulle albei. Dit spoor hom aan om die negatiewe beriggewing op die agtergrond te skuif en te volhard om antwoorde te vind.

Nogtans bly hy bewus van 'n bedreiging waaraan hulle albei blootgestel is. Veral Ems. Sy bly 'n potensiële slagoffer vir die man op die motorfiets, wat klaarblyklik soos 'n skim kom en gaan en onverwags toeslaan. Jay-Jay bekommer hom daaroor dat die vent weer sy opwagting by Ems kan maak om haar as teiken te gebruik om sy doelwitte te bereik.

Om sy kommer te vererger, is daar vroeg reeds 'n oproep van Joshua Louw wat verwys na wat met Oscar gebeur het. Jay-Jay se aandag word daarop gevestig dat daar nie 'n poging was om hom ook uit te skakel nie, bloot omdat hy 'n opdrag het om uit te voer en nie daarvan durf vergeet nie. Spoedige resultate word verwag, anders sal hy verantwoordelik wees vir die gevolge. Dit sal hom ook nie help om na 'n ander skuilplek te probeer verskuif nie omdat dit reeds vir hom duidelik behoort te wees dat hulle kennis dra van elke beweging wat hy maak.

Dis gedagtes hieroor wat nuwe frustrasies in Jay-Jay laat opbou terwyl hy onder die stort staan en sy program vir die dag probeer beplan. Hy is nog besig om 'n besoek aan sy pa te oorweeg om verduidelikings te kry oor 'n paar dinge wat hy verswyg het, toe Ems kom sê dat dokter Darius Hanekom opgedaag het en dringend met hom wil praat.

Toe Jay-Jay 'n kort rukkie later by die sitkamer instap, merk hy dat sy pa baie rusteloos rondbeweeg asof hy deur iets gejaag word. Die koffie wat Ems vir hom gemaak het, staan onaangeraak op die bedieningstafel.

Ems, wat ongemaklik is oor die chemikus se stilswyende teenwoordigheid, staan onmiddellik op en stap uit om vader en seun alleen te laat.

Toe Darius besef dat sy seun in die vertrek is, sê hy sonder huiwering, maar tog ook sonder skerp verwyt: "Jou omstandighede het nou 'n nadraai wat in 'n lelike gemors kan ontaard. Hoe op aarde gaan jy daaruit loskom?"

"Ek weet nie," antwoord Jay-Jay. "Die belangrikste vraag wat hinder, is: hoe het die aanvaller uitgevind dat ons hier is?"

"Kwel jy jou daaroor dat ek dit uitgelap het?"

"Ek weet nie wat om te dink nie. Dis tog nie iets wat maklik kon uitlek nie."

"Glo my, ek is net so uit die veld geslaan soos jy."

"Pa het my nie nou die aand alles vertel wat ek behoort te weet nie," verwyt Jay-Jay toe hy en Darius teenoor mekaar gaan sit.

"Ek het jou alles vertel wat vir die gegewe omstandighede belangrik was. As ek iets uitgelaat het, dan was dit nie opsetlik nie," verweer Darius hom met die besef dat hy nou vir sy seun lieg.

Jay-Jay kyk reguit en uitdagend na sy pa. "Hoekom het Lydia by Farmakor in die laboratorium gewerk?"

"Sy het met 'n Farmakor-beurs gestudeer. Na die voltooiing van haar studie het sy in ons laboratorium kom werk. Jy het haar eendag daar ontmoet, en 'n paar maande later is julle getroud. Lydia het in haar pos aangebly en jy was tevrede daarmee. Julle was bietjie meer as 'n jaar getroud voor sy dood is."

"Was dit lank voor Rudolf vermoor is?"

"Seker so ses maande. Miskien bietjie langer."

"Hoe was Lydia se verhouding met Rudolf? Met almal in die algemeen?"

"Lydia was 'n baie aangename en liefdevolle mens. Almal het baie van haar gehou: ek en jou ma, Rudolf, ons vriende, die mense by die werk," verseker Darius sy seun en wag om te hoor waarop Jay-Jay afstuur.

"Vertel my van haar dood. Hoe het dit gebeur?" vra Jay-Jay. Vir die eerste keer begin hy iets omtrent Lydia ervaar. Die presiese aard van die emosie kan hy nie vir homself verklaar nie. Tog is dit asof sy vir hom 'n mens van vlees en bloed begin word, wat bestaan het, en met wie hy 'n baie sterk band gehad het.

"Lydia was baie lief vir haar werk," verduidelik Darius.

"Baie pligsgetrou en nougeset. Wanneer sy met die een of ander eksperiment besig was, het tyd vir haar gaan stilstaan. Dit het dikwels gebeur dat sy saans laat gewerk het omdat sy nie kon wag om die resultaat van 'n eksperiment te sien nie."

"Het dit probleme tussen ons veroorsaak?" onderbreek Jay-Jay sy pa.

"Nie waarvan ek weet nie," sê Darius. "Behalwe dat jy jou bekommer het wanneer sy saans alleen moes huis toe ry. Jy was altyd bang dat sy iets kon oorkom. Tog het julle nooit enige veiligheidsmaatreëls getref nie. Miskien was dit juis die rede vir jou ineenstorting en skuldgevoelens na haar dood. Dis maar my afleiding, want jy wou nooit daaroor praat nie."

"Gaan voort," spoor Jay-Jay sy pa aan toe hy vir 'n oomblik ingedagte stilbly.

"Die aand van haar dood, toe sy oppad was huis toe, is haar motor deur kapers van die pad af gedwing," gaan Darius voort. "Daar was blykbaar 'n worsteling omdat sy haar verset het. Uit die ondersoek het dit geblyk dat sy oorrompel en met 'n mes om die lewe gebring is."

"Is haar moordenaar ooit opgespoor?"

"Nee."

"Was daar niemand wat haar kon help nie?"

"Daar was motoriste wat op die voorval afgekom het en stilgehou het, maar die aanvallers het vinnig padgegee. Dit was te laat om vir Lydia iets te doen."

"Was daar geen inligting wat hulle oor haar aanvallers kon gee nie?"

"Bitter min, want dit was laat in die aand op 'n stuk donker pad. Al waaroor daar wel sekerheid was, is dat 'n motor en 'n motorfiets van die ongelukstoneel af weggejaag het. Hulle kon nie eers registrasienommers neem nie. Maar hoekom al die vrae oor Lydia?"

Jay-Jay antwoord nie. Hy is net bewus daarvan dat sy polsslag versnel en dat 'n hewige rusteloosheid hom beetpak. Dit veroorsaak dat hy nie kan stilsit nie. Hy staan op uit sy stoel en begin heen en weer stap. Die feit dat daar 'n motorfiets betrokke was, hamer deur sy gedagtes.

Dit veroorsaak 'n storm van deurmekaar gedagtes wat dreig om hom te oorweldig. Die motorfiets is oral in die prentjie. Die moordenaar doen sy afskuwelike werk met 'n mes. Dan is daar ook dit wat Oscar hom vertel het. Rudolf het vir Oscar 'n paar dae na Lydia se dood ontbied. Hy wou weet of Oscar bewus is daarvan dat iets by versending verkeerd was. Iets wat kon veroorsaak dat die polisie toeslaan.

Aanvanklik het Oscar van niks geweet nie; Rudolf vra hom toe om sy oë oop te hou. Hy doen dit en vind toe uit dat daar wel iets by versending verkeerd is. En dit het iets te doen met die Nigeriër wat daar werksaam is. Toe Oscar op 'n aand aan Rudolf daaroor sou terugrapporteer, kom hy op Rudolf se lyk af, en hy word vir moord gearresteer.

Jay-Jay is nou baie seker dat alles wat tot dusver gebeur het 'n konneksie met Farmakor het. Farmakor is by iets betrokke wat tot verskeie mense se dood gelei het. Lydia moes dit agtergekom het. Sy is vermoor om te verhoed dat sy praat, maar toe het sy alreeds vir Rudolf ingelig. Rudolf het sekere feite nagegaan en heel waarskynlik iemand daaroor gekonfronteer, en toe word hy stilgemaak.

"Kom sit tog, Wouter! Waarom is jy so rusteloos?" vra Darius ongeduldig.

Jay-Jay gaan weer teenoor sy pa sit. Hy kyk stip ondersoekend na sy pa. Daar kom 'n vraag in hom op wat hom ontsenu. Hoe betrokke is sy pa by die hele ding? Is sy pa 'n gewillige betrokkene, of het iemand 'n houvas op hom? Is dit hoegenaamd moontlik dat sy pa die besturende direkteur van Farmakor is sonder dat hy bewus is van wat aangaan.

Daar is nog vrae wat Jay-Jay vir sy pa wou vra oor Rudolf se dood; oor Oscar; oor die in- en uitvoerroetes en bestemmings van Farmakor-produkte, oor die Nigeriër.

Nou kan hy daardie vrae nie meer vra nie. Daar is te veel onsekerheid in sy gemoed. Vrees selfs. Geen vertroue nie.

"Is daar nog iets wat jy wou gevra het, Wouter?" dring sy pa se stem deur sy gedagtes.

Jay-Jay dink aan die geld wat sy pa aan Belmont-sokkerklub betaal het en waarmee hy verdwyn het. Hy knik bevestigend.

"Die Belmont-sokkerklub. Ek het met 'n kwartmiljoen rand van hulle verdwyn. Dis geld wat Pa aan die klub betaal het. Hoekom? En hoekom het Pa my nie nou die aand daarvan gesê nie?"

Darius huiwer 'n oomblik. Hy besef dat dit nie nou meer die tyd is vir ompaaie nie. "Goed. Dit was borggeld. In kontant. Ek wou nie hê dit moet bekend word en die verkeerde indruk skep nie. Ek kon nie meer toesien hoe jy jou lewe verwoes nie. Hoe jy besig was om 'n gek van jouself in jou beroep te maak nie. Dit was vir my en jou ma onaanvaarbaar dat jy voortgaan om jou broer se moordenaar te verdedig. Ek wou 'n einde daaraan maak. Ek is na Matthew Masemola toe met die geld. Ek het hom 'n borgskap aangebied, in ruil daarvoor dat hy sou toesien dat jy jou verbintenis met hulle verbreek. Geheel en al."

Jay-Jay is bewus van 'n kraak in sy pa se stem terwyl hy praat. Dit getuig van 'n onderdrukte emosie wat net beteken dat hy die waarheid praat. Dit strook ook met die verduideliking wat Matthew vir Antoni gegee het, en sy optrede daarna. Jay-Jay wil nog vir sy pa vra of hy die dag voor sy verdwyning met die geld by die kantoor opgedaag het, toe 'n motor voor die deur stilhou. Ems kom vinnig aankondig dat dit kaptein Bekker en sersant Makgatho is. Darius en sy seun kyk vinnig na mekaar.

"Ek het hulle beslis nie laat weet dat julle hier is nie," verweer Darius hom vinnig omdat hy bewus bly van 'n ongemaklike gevoel dat daar agterdog by sy seun is teenoor hom.

Kaptein Bekker en sy kollega word kort daarna deur Ems na die sitkamer toe gebring. Daar is 'n strak uitdrukking op die kaptein se gesig toe hy om die beurt na Darius en Jay-Jay, nou sonder sy vermomming, kyk. Jay-Jay wag dat kaptein Bekker praat.

Kaptein Bekker is in 'n grimmige bui. Eerstens het die observasiespan wat vir Wouter Hanekom en juffrou Van Niekerk by haar meenthuis moes dophou, met hulle getalm dié twee deur hulle vingers laat glip. Dan word hy ook deur hoër gesag indirek verantwoordelik gehou vir verlede nag se gebeure.

Wat dit erger maak, is dat hy homself daaroor verwyt. Indien hy hom nie laat ompraat het om vir Wouter Hanekom daardie ekstra grasie te gee nie en hom gister vir ondervraging aangekeer het, sou die man se verskuiwing hierheen en die gevolglike gebeure verlede nag nie plaasgevind het nie. Boonop moes hy vanoggend in die koerant lees van wat hier gebeur het voordat hy besef het dat dit met sy ondersoek verband hou.

Hy groet daarom baie bot, rig hom tot Jay-Jay en vra amptelik: "Is jy Wouter Hanekom?"

Jay-Jay knik bevestigend. "So word ek vertel, ja."

"Sal jy dan asseblief saam met ons kom?"

Niks verder word gesê nie en Darius wil weet: "Word my seun op die een of ander aanklag in hegtenis geneem?"

"Voorlopig word hy net vir ondervraging ingeneem," antwoord kaptein Bekker.

Jay-Jay stribbel nie teë nie en volg die twee polisiemanne na buite. Hy is net bewus van sy pa se belofte agter hom aan dat hy vir regshulp sal reël.

Antoni daag 'n hele ruk nadat Ems hom gebel het om hom oor die jongste gebeure in te lig, op.

Toe sy sy motor voor die gastehuis se ingang sien stilhou, staan sy dadelik op en stap buitetoe. Sy klim in sy motor toe hy die deur van binne af vir haar oopmaak. Hy maak dadelik verskoning omdat sy 'n bietjie lank moes wag. Ems wuif sy verskoning met 'n handgebaar weg en draai haar skuins op die sitplek om hom behoorlik van die kant af te kan bekyk.

"Vertel vir my wat gebeur het," versoek Antoni. "Hoe het dit gebeur dat Wouter . . . Jay-Jay gearresteer is?"

"Daar het in werklikheid niks dramaties gebeur nie. Kaptein Bekker het net opgedaag en gevra dat Jay-Jay moet saamkom. Dat hy nie in 'n baie goeie bui is nie, was ook duidelik," antwoord Ems en lig hom meer breedvoerig in as vroeër toe sy hom gebel het.

"Dis 'n gemors. Noudat hulle eers vir Jay-Jay het, sal hulle hom nie maklik laat gaan nie. En ons is in 'n doodloopstraat wat hulp aan hom betref. Ons het nie 'n benul van waarheen volgende nie," lewer Antoni kommentaar.

"Kom nou, Antoni! Jy's 'n nuusjagter. Jy gooi tog sekerlik nie so gou handdoek in nie?"

"Natuurlik nie! Die probeem is net, Jay-Jay was vir ons 'n belangrike skakel. Met sy hulp kon ons oral maklik inkom."

"Dis waar," gee Ems toe. "Hy het in 'n mate vir ons toe deure oopgemaak, maar ons kan ons ondersoek sonder hom voortsit. Ons móét, as ons hom wil help."

"Waar begin ons?" vra Antoni.

"By Farmakor. Dis die heel beste plek om te begin, want dis waarheen alles baie duidelik wys."

"Farmakor is dit dan," stem Antoni saam. "Maar hoe kom ons daar in? Die plek word blykbaar goed bewaak. Ons sal 'n baie goeie strategie moet hê."

"Natuurlik! Maar ons is tog intelligent genoeg. Is ons nie? Toe, ry."

"Farmakor toe?" Antoni skakel sy motor aan en kry koers in Midrand se rigting.

"Kom ons gaan kyk eers hoe dit met Oscar gaan," stel Ems egter voor. "Dalk is hy in staat om met ons te praat. Hopelik is hy bereid om vir ons inligting te gee wat ons kan help om by Farmakor in te kom."

Met Jay-Jay gaan dit nie goed nie. Hy bevind hom in omstandighede wat hom bedruk en gespanne laat voel. Kort nadat hy saam met kaptein Bekker-hulle by Pretoria-sentraal-polisiestasie opgedaag het, neem hulle sy vingerafdrukke, foto's en volle besonderhede. Jay-Jay protesteer heftig daarteen omdat nog geen formele klag teen hom ingebring is nie en hy bloot vir ondervraging daar is. Die reaksie op sy protes is dat standaardprosedure gevolg word.

Met sy persoonlike besonderhede kan hy hulle nie juis

behulpsaam wees nie omdat hy niks daarvan kan onthou nie. Dit veral dra nie juis by om die strak en onvriendelike atmosfeer tussen hom en die polisie te verbeter nie. Wanneer hy 'n vraag met "onbekend" beantwoord, word daar aangeteken dat hy weier om die besonderhede te verstrek.

Uiteindelik word hy na die selle geneem, waar sy beserings deur 'n dokter in kaptein Bekker se teenwoordigheid deeglik ondersoek word. Volgens die dokter se mondelinge verslag aan die kaptein is die beserings deur 'n bykans onmenslike marteling veroorsaak. Hierop lewer die polisieman geen kommentaar nie, maar dit laat hom dink aan die geregtelike lykskouingsverslag van Jaco Ebersohn, wat van Middelburg af aan hom gefaks is. Die rillingwekkende ooreenkoms in die twee mans se beserings is vir hom vreemd en maak die saak waaraan hy werk nog meer geheimsinnig.

Toe hulle Jay-Jay alleen laat, sê kaptein Bekker net dat Jay-Jay later weer vir ondervraging gehaal sal word.

Hierna is dit in die ingeperktheid van die sel dat die bedruktheid en spanning Jay-Jay beetpak. Hoewel die spasie om hom nie so beknop soos die van 'n ingeboude kas is nie, is dit erg genoeg om hom rusteloos soos 'n vasgekeerde dier heen en weer te laat loop. Hy sweet so vinnig en aanhoudend dat sy klere kort voor lank aan hom kleef en 'n amper ondraaglike irritasie aan sy wonde veroorsaak. Hy begin later wens dat hulle hom vir ondervraging wil kom haal. Deurentyd praat hy fluisterend met homself oor dit wat hy ervaar het sedert hy sy bewussyn langs 'n verlate pad herwin het en ontdek het dat hy nie weet wie hy is en waar hy vandaan kom nie. Hy praat met homself oor kennis wat hy sedertdien broksgewys oor homself en sy verlede opgedoen het en die talle vrae wat telkens opduik en waarvoor hy nie antwoorde het nie.

Sy vrees vir die beknoptheid van die sel maak hom later duiselig en hy trek hom soos 'n angstige kind in 'n hopie op die vloer op, teenaan die tralies waar die engte nie so versmorend is nie. Met sy hande klou hy aan die tralies vas asof dit sy enigste behoud is, vanwaar die meesleurende stroom van vrese hom nie kan losruk nie. Sy hortende asemhaling word al hoe vinniger totdat hy begin hiperventileer en hy in 'n verwarring van hallusinasies vasgevang raak.

Die tralies waaraan hy vasklou, verander in 'n skoktoestel waaraan hy vasgeboei is. Hy en nog iemand. 'n Bekende. 'n Vriend. Hulle oë pleit met mekaar, maar hulle monde spoeg veragting en 'n geskel uit. Hulle liggame begin ruk van duisende skroeiende naalde wat deur elke vesel en senuwee skeur. Daar is gille deur die hel van pyniging. Dan hou dit op. Hulle liggame val slap vorentoe en al gevoel wat oorbly, is 'n verlammende sensasie. Dan is daar die veraf eggo van 'n bulderende stem wat hulle name uitroep.

"Wouter Hanekom! Jaco Ebersohn!" Dan volg 'n warboel vrae wat onduidelik en onverstaanbaar is. Tussendeur Rudolf. Rudolf. Wie is Rudolf?

Dan weer is daar 'n reëlmatige gekap wat verander in dowwe plonsgeluide. Senutergend stadig. 'n Verstikkende donkerte om hom. 'n Nou spasie waarin hy skaars kan beweeg. Sy hande tas om hom. Hout. Net hout. Niks meer nie. Toegespyker in 'n kis om lewend begrawe te word. Dan is daar angs. Paniek. Die veraf gegil van Jaco wat soos die weerklank van sy eie gille is. Daarna die waansinnige pogings om uit die stikdonker benoudheid weg te breek. Die gegrawe van sy vingers in die hout totdat sy naels in die lewe afbreek sonder dat hy dit eers kan voel. Snikgebede om vry te wees, om te kan voortgaan. Dan daardie genadige kalmte en berusting tesame met 'n lomerigheid wat soos 'n streling van duisende vingers oor sy liggaam kriewel. En die stilte. 'n Oneindige stilte wat soos hamerslae in sy ore klink.

12

Jay-Jay ruk met 'n diep gehyg na asem terug uit die maalkolk van terugkerende gedagtes. Daar is 'n saampersende drukking op sy bors. Iets soos 'n plastieksak oor sy gesig. Ontstelde uitroepe om hom. Bevele. Aanmoediging. Dan beur hy deur die newels terug na die werklikheid en kom orent. Hy kyk na die ontstelde gesigte om hom, die paniek in die talle pare oë wat hom dophou.

Kaptein Bekker leun met geslote oë agteroor teen die muur van die sel waarin Jay-Jay aangehou word. Die sweet stroom van sy gesig af en vorm druppels onder sy ken. Dan maak hy sy oë oop en kyk 'n lang ruk intens na Jay-Jay voor hy met 'n kortaf bevel uit die sel padgee.

Jay-Jay word hierna na 'n kantoor geneem waar kaptein Bekker en sersant Makgatho vir hom wag. Kaptein Bekker staan voor 'n waaier om sy natgeswete liggaam te probeer afkoel. Sersant Makgatho staan om blykbaar dieselfde rede voor die oop kantoorvenster.

Albei vermy oogkontak met hom toe hy ingebring word en aangeraai word om te gaan sit. Na verloop van 'n minuut of wat kom sit die kaptein agter sy lessenaar en wend hom tot Jay-Jay.

"Voel jy nou beter?"

Jay-Jay knik. "Ja, dankie. Net effe deurmekaar."

Met 'n effense ongemaklike laggie sê die kaptein. "Jy het ons darem liederlik laat skrik. Wat de drommel het met jou aangegaan?"

"Dis die sel. Ek kan die beknoptheid nie verdra nie."

" 'n Aanval van engtevrees?"

"Seker maar. Dit het my iets laat herbeleef wat voorheen met my gebeur het. Dit was 'n ondraaglike marteling."

"Jy bedoel jy het jou geheue teruggekry?"

"Nie heeltemal nie. Net gedeeltes van die hel waardeur ons is."

Die kaptein kyk 'n oomblik stil en bestuderend na Jay-Jay. Hy onthou die toestand waarin hulle die gillende Jay-Jay aangetref het, en die paniek wat dit by hóm veroorsaak het toe hy dink aan die gevolge vir hom as Hanekom iets sou oorkom. Hy dink weer aan die dokter se verslag oor Hanekom se beserings; die ooreenstemming daarvan met dié aan Ebersohn se liggaam. Daar kan nou geen twyfel meer wees dat die twee mans iets bykans onmenslik beleef het nie, maar hy wil nie nou oor daardie aspek praat nie.

Dan sê hy: "Vertel weer vir ons wat gisteraand met Oscar Dlamini gebeur het."

"Ek kan niks tot my vorige verklaring byvoeg nie."

"Vertel ons in elk geval weer. Dalk het jy die vorige keer van iets vergeet wat tog belangrik kan wees."

Jay-Jay sug gefrustreer en skets weer die vorige aand se gebeure by Farmakor se gastehuis so volledig moontlik.

"Sal jy die aanvaller kan herken as jy hom weer sien?"

"Ek weet nie. Ek glo nie. Hy was soos een van die wagte aangetrek."

"Kon dit een van die wagte wees wat daar was?"

"Ek weet nie. Ek glo nie. Hulle was nog al vier daar na die voorval. Hulle het selfs op die indringer geskiet."

"Dis wat hulle ook sê. Hulle was baie seker dat dit nie een van hulle mense was nie. Hulle kon ook nie verklaar waarom hy 'n Ormond-uniform aangehad het nie. Wat my dronkslaan, is dat die aanvaller geweet het dat julle daar was. Iemand moes hom ingelig het. Die ander vraag is: waarom het hy net die huishoudster en vir Dlamini aangeval? Waarom het hy jou met rus gelaat? Behalwe natuurlik dat hy jou katswink geslaan het."

"Ek het geen verklaring daarvoor nie," antwoord Jay-Jay.

Kaptein Bekker skud sy kop nadenkend. Dan staan hy op en gaan staan by sy kollega by die venster. Hulle praat onderlangs met mekaar en Jay-Jay kan hoor hoe die kaptein onderlangs vloek.

"Kom hier, Hanekom!" Jay-Jay staan op en stap na die venster toe. "Kyk daar onder," beduie die kaptein.

Daar is 'n groot samedromming van mense onder in die straat. Hulle lyk ongeduldig en oproerig. Party van hulle hou handgeskrewe plakkate met Oscar se naam daarop omhoog.

"Sokkermense. Oscar Dlamini se bewonderaars," sê die kaptein onnodig. "Lyk my die nuus het vinnig versprei dat ons jou aangekeer het. Hulle aanvaar dus dat jy die skuldige is. Nou eis hulle geregtigheid. En ek is van plan om dit vir hulle te gee." Hy vat Jay-Jay aan die arm en stuur hom terug na die tafel toe. "Sit!"

Jay-Jay gaan sit weer op die stoel.

"Soos ek dit sien," gaan die kaptein voort, "loop daar 'n baie fyn, maar sterk draad van die moord op jou vrou af, dwarsdeur al die gebeure, tot waar ons ons nou bevind. In alle opsigte is daar 'n sterk verband tussen jou vrou en die gebeure asof jy baie diep betrokke kan wees."

"Ek moet toegee, Kaptein, as 'n mens na al die feite kyk, lyk dit so. Feit bly staan dat ek net kennis het van wat ná my terugkeer aan my vertel is. Ek kan niks bevestig of ontken nie," hou Jay-Jay vol. "Behalwe fragmente van gebeure wat ook nog nie 'n volle storie vertel nie."

Kaptein Bekker kyk weeer berekenend na Jay-Jay. Na 'n lang ruk se afgetrokkenheid vra hy: "Jy volstaan daarby dat jy aan geheueverlies ly?"

"Luister, Kaptein, as jy my nie wil glo nie, kan jy mos die nodige toetse laat doen. Jy weet dit tog. Of jy kan 'n afskrif aanvra van die toetse wat reeds gedoen is."

"Natuurlik, ja," stem die kaptein saam net toe daar aan die deur geklop word. "Binne!" roep hy geïrriteer.

Die deur gaan oop en 'n konstabel kom na binne en fluister 'n boodskap aan die kaptein. Hy is sigbaar omgekrap, maar hy sê niks, staan net op en volg die konstabel uit die kantoor en trek die deur agter hom toe.

Kort daarna gaan die kantoordeur weer oop. Dis nie die kaptein soos Jay-Jay verwag het nie. Dis 'n netjies geklede middeljarige vrou wat by die deur ingestap kom, met baie spanningslyne op haar gesig en 'n sterk emosionele trek om haar mond. Sy word gevolg deur Darius Hanekom wat hy reeds as sy pa aanvaar het. Nou onthou hy ook die foto van die vrou wat op sy pa se lessenaar in sy kantoor staan. Die vrou moet dus sy ma wees.

Sersant Makgatho verlaat die kantoor en trek weer die deur agter hom toe. Hy bly egter voor die deur in die gang wagstaan.

"Ek het vir oom Etienne de Waal gevra om jou saak te hanteer," sê Darius vir sy seun toe die deur agter hulle toegaan. "Hy is nou in konsultasie met kaptein Bekker."

"Dis goed so," antwoord Jay-Jay sonder om weg te kyk van die vrou af wat sy moeder moet wees, maar wat hy nie kan onthou nie. Op die oomblik is hy ook nie seker hoe om die kontak met haar te hanteer nie.

Dis sy wat eerste die ongemak tussen hulle verbreek. "Wouter? Gaan dit goed met jou?"

"Onder omstandighede, ja. Klaarblyklik beter as in die verlede — as ek moet oordeel na wat ek oor my verlede gehoor het," antwoord hy ietwat sinies.

Haar hande reik uit en omklem syne. "Wat het dan tog met jou gebeur, my kind?" vra sy.

"Ek wens ek het geweet."

"Jy was altyd so 'n trotse mens vol geesdrif en energie. Iemand wat respek het vir ander en wat ook gerespekteer was ... As Lydia net nie ... " Estelle Hanekom se stem raak weg.

"Die hele ding is net 'n aaklige nagmerrie wat nog opgeklaar sal word. Etienne sal daarvoor sorg," beloof Darius Hanekom toe hy 'n tree nader gee aan sy seun. Dis duidelik dat die gebeure swaarder op hom druk as wat sy seun seker sal verstaan. Dis juis omdat die geoliede masjien van sy bestaan so uit rat gegooi is dat hy self nie weet waar om te begin om alles weer in plek te kry nie. Die enigste een wat werklik die antwoorde geken het en sou geweet het hoe om op te tree, is Rudolf, maar Rudolf is nie meer hier nie.

Jay-Jay kyk onseker van die een na die ander. Dan vra hy: "Weet dié oom Etienne genoeg om die hele nagmerrie te kan opklaar? En as hy kan, sal hy? In watter mate sal dit vir hom toelaatbaar wees?"

Darius frons. "Wat bedoel jy?"

"Ek kry net die gevoel dat daar dinge is waaroor ek nie behoorlik ingelig is nie."

"Soos wat?" vra Darius.

"Lydia en Rudolf se dood; dat daar moontlik 'n verband is. Daar is die vraag of alles by Farmakor pluis is; of dit iets te doen het met die Nigeriër wat daar werk. En dan: hoe is dit moontlik dat die mense wat klaarblyklik my lewe bedreig, van al my bewegings bewus is? Ten spyte daarvan dat ek myself vermom het? Hoe en deur wie word hulle ingelig?"

Darius besef dat sy seun aan geheueverlies mag ly, maar dat daar niks met sy brein skort nie. En hy het beslis nie stilgesit sedert hy skielik weer opgedaag het nie. Hy wonder hoeveel Jay-Jay intussen uitgevind het en of hy die regte ding gedoen het om hom oningelig te hou ter wille van sy eie veiligheid.

"As Pa iets weet, sê my, Pa!" por Jay-Jay sy pa aan toe hy nie dadelik antwoord nie. "Ek probeer om die deurmekaar gemors in my lewe op te klaar. Ek probeer antwoorde vind op al die vrae wat my net meer en meer verwar. Ek wil onthou dat ek Wouter Hanekom is, en nie iemand met 'n naam wat ek sommer net aangeneem het nie.

"Ek wil van Lydia onthou. Van my lewe my verdwyning. Ek wil onthou waar ek was en wat van al daardie geld geword het. Ek wil alles onthou wat met my en my vriend gebeur het, wie en wat sy dood veroorsaak het, en hoekom." Jay-Jay bly vir 'n oomblik stil en dan gaan hy kalmer voort: "Sal oom Etienne dit alles vir my kan opklaar? Watter kennis het Pa daarvan?"

Estelle kom staan styf langs haar seun en hou sy een arm met albei haar hande vas. Hy is ontsteld en sy het begrip daarvoor, want dis hoe sy die afgelope maande self dikwels gevoel het. Die probleem is net dat dit erger word hoe meer daar gedelf word. "Los dit, Wouter. Moenie verder krap nie," sê sy versigtig.

Jay-Jay lei meer uit haar woorde af. "Dan is dit so dat Pa my nie ten volle ingelig het nie?"

"Voor jy verdwyn het, kon ek dit nie waag nie, Wouter. Jy was nooit in 'n toestand om rasioneel te dink nie. Jy was so verpletter na Lydia se dood dat jy tot enigiets in staat sou wees."

"Lydia is dus vermoor omdat sy iets geweet het?" vra Jay-Jay.

"Dis wat ek en Rudolf vermoed het. Die aand van haar dood het sy vir Rudolf van die laboratorium af gebel. Sy wou hê dat hy na julle huis toe moes kom omdat sy dringend iets met hom wou bespreek. Sy wou niks oor die telefoon sê nie, behalwe dat sy in die laboratorium op iets afgekom het. Die indruk wat sy geskep het, was dat dit iets ernstig was."

"Maar op pad huis toe is sy toe vermoor?"

Darius knik bevestigend. "Rudolf het toe sy eie geheime ondersoek begin. Hy't iemand gekry om hom te help."

"Oscar Dlamini?"

"Ek weet nie. Tot vandag toe weet ek nie aan watter kant Oscar betrokke was nie. In elk geval, Rudolf moes iets uitgevind het. Daarom is hy vermoor. Wat dit was, weet ek nie. Hy sou my die dag nadat hy vermoor is volledig inlig. Ek het eendag 'n oproep van 'n onbekende persoon ontvang. Rudolf het blykbaar iets gehad wat hy wou terughê. Hy't 'n ultimatum gestel. Ek sorg dat hy dit kry, of jy word ook vermoor. Hy't gesê dat jy baie meer blootgestel is deur jou betrokkenheid by sokker as wat ek besef."

"Daarom die borggeld aan die Belmont-sokkerklub?" vra Jay-Jay.

"Ja. Ek het die borggeld aan Matthew Masemola gaan betaal sodat ek jou daar kon uitkry. Ek het nie meer geweet wat om te glo nie. Niks het meer sin gemaak nie. Al wat van belang was, was jou veiligheid. En terwyl jy by die sokkerklub betrokke was, het dit beteken dat jou lewe in gevaar is. Dis al afleiding wat ek kon maak. Ek kon jou nie ook nog verloor nie."

"En ek kry toe die storie aan die stert beet en in my besopenheid verdwyn ek toe met die geld," vul Jay-Jay aan.

"Ook nie onmiddellik nie. Jy was eers by die kantoor om my blykbaar te konfronteer, maar ek was nie daar nie. Toe het jy so 'n bohaai opgeskop dat die wag jou in Rudolf se kantoor moes toesluit. Ebersohn het jou later daar gaan haal. Daarna het julle eenvoudig verdwyn. Hoekom en waarheen is die groot vraag," opper Darius die belangrikste raaisel waarvan die antwoord moontlik die hele saak tot 'n punt sal dryf.

Jay-Jay word uiteindelik toegelaat om saam met sy ouers en Etienne de Waal terug te keer huis toe — nie sonder dat daar verskeie argumente tussen kaptein Bekker en die advokaat was oor die wetlike aspekte van aanhouding vir ondervraging nie. Afgesien van die onsekerheid oor die verdwyning van die sokkerklub se geld is daar ook geen duidelike bewyse dat Jay-Jay hoegenaamd by enige misdaad betrokke was nie, hoewel hulle dit eens is dat daar 'n konneksie met die een of ander ernstige misdaad is, maar dat die presiese aard daarvan onbekend is. Jay-Jay se fisieke voorkoms bevestig eerder dat hy 'n slagoffer daarvan is.

Vir kaptein Bekker is dit minder aangenaam om kop te gee, maar hy besef dat net 'n dwaas sal volhard om op die vaaghede rondom Wouter Hanekom te konsentreer.

Enige ondervraging word buitendien bemoeilik deur die beweerde geheueverlies wat deur sigbare tekens van fisieke lyding gesteun word. Net so dwaas sal dit wees om Wouter Hanekom onbepaald aan te hou na wat vroeër met hom in die sel gebeur het. Die moontlike ernstige komplikasies van nog so 'n voorval kan sy aansien en integriteit as kaptein ernstig knou.

Wat vir hom nou net meer frustrerend is, is die besef dat hy met vier moordsake sit wat toenemend 'n duidelike verband met mekaar het, maar dat daar by hom klaarblyklike onvermoë is om tot die kern daarvan deur te dring.

Die ondersoek na die moord op Lydia Hanekom met die skaking van haar motor het nog niks opgelewer nie. Dan is daar die Dlamini-saak met die moord op Rudolf Hanekom wat hom ook nog 'n klomp hoofbrekens besorg. Nog meer geheimsinnigheid omhul Jaco Ebersohn se dood. Nou sit hy boonop met die gebeure van gisteraand. G'n wonder dat hy voel soos iemand wat 'n skaakspel speel sonder dat hy die reëls ken nie.

Miskien was die grootste enkele fout wat hy tot dusver gemaak het om nie meer spesifiek op Farmakor te konsentreer nie. Hy vermoed immers al 'n paar dae dat hy daar moet begin soek na die onbekende faktor. Die volgende ding wat hy moet doen, is om doktor Darius Hanekom op kantoor te besoek sodat hy 'n nuwe evaluasie van Farmakor se aktiwiteite en betrokkenheid by sokker kan doen.

Toe Jay-Jay-hulle later by die gebou uitstap, is dit duidelik dat die groep mense wat in die straat saamdrom intussen aangegroei het. Almal wag klaarblyklik op die jongste nuus en bevestiging dat Wouter Hanekom aangekla gaan word na wat met Oscar gebeur het. Jay-Jay word deur enkeles herken omdat hulle hom dikwels saam met Oscar by die Belmont-sokkerklub gesien het. Dit is soos 'n vuur van protes wat aangesteek word toe dit vir hulle duidelik word dat hy vrygelaat is. Daar is 'n stormloop om hom in die hande te kry en hy, sy ouers en hulle vriende moet hulle haas om in hulle motor te kom.

"Dit is duidelik dat iets drasties sal moet gebeur voor hierdie hele besigheid hand uit ruk," sê Darius. "Jy sal jou lewe nie seker wees voordat die volle waarheid bekend is nie."

"Wel, voorlopig is die saak in die polisie se hande," sê Estelle Hanekom met 'n geruster gemoed. "Jy kan nou saam met ons huis toe kom sodat jy tot rus kan kom."

Jay-Jay kyk met deernis na die vrou langs hom. Hy kan verstaan waarom sy wil hê dat hy moet huis toe kom. Ten spyte van sy ontberings, is sy bly dat hy vir die eerste keer na Lydia se dood weer feitlik normaal voorkom en na 'n mens met selfrespek lyk. Hulle moes te lank sonder hom in hulle daaglikse bestaan klaarkom.

Hoewel Jay-Jay nie werklik daarvoor kans sien nie, gee hy tog ter wille van hulle toe. Van hulle huis af probeer hy verskeie kere met Ems en Antoni in verbinding tree om hulle van sy vrylating te vertel en te sê waar hy hom bevind, maar kry by geeneen van hulle antwoord nie. Dit laat hom met kommer en ongeduld wonder waar hulle is.

Die rede waarom Jay-Jay se pogings om met Antoni-hulle kontak te maak, vrugteloos is, is omdat hulle by Oscar in die hospitaal se hoësorgeenheid is. Antoni het sy selfoon in die motor gelos sodat sy nuusredateur hom nie kan steur nie.

Hulle besoek betrap Oscar onkant. Dis duidelik dat hy ongemaklik en angstig voel daaroor. Hy sou klaarblyklik verkies het om hulle nie te sien nie. Antoni weet by voorbaat dat dit nie maklik gaan wees om Oscar te oorreed om met hulle te praat nie. Hy voel nie gerus oor die verskyning van vreemde mense in sy lewe nie. Miskien is hy selfs 'n bietjie paranoïes, maar dis verstaanbaar na die aanslag op sy lewe.

Antoni probeer hom op sy gemak stel. "Ons is vriende van Wouter Hanekom, Oscar. Jy onthou mos ons was saam met hom by die Hanekoms se gastehuis toe daar 'n aanslag op jou lewe was."

"Ek weet wie jy is," sê Oscar met 'n klank van pyn in sy stem. "Jy's 'n koerantman. Wie is sy?" Sy oë kyk reguit in Ems s'n.

"Ek's 'n vriendin van Wouter," antwoord sy self.

Oscar kyk ongelowig na Ems. "Man, daai ou het wragtie verander. Na Lydia het ek nie gedink hy het dit meer in hom nie."

"Sy help nog al die pad vir Wouter Hanekom," verduidelik Antoni. "Dis hoekom ons hier is. Wouter is in die gemors."

"Wat het van Wouter geword?" wil Oscar weet.

"Hy word vir ondervraging aangehou," sê Ems.

Oscar maak die verkeerde afleiding. "Hulle is mal! Is g'n hy wat my wou doodmaak nie!" Daar kom 'n pyntrek op sy gesig.

"Oscar, jy weet tog hulle het hom nie net daarvoor gesoek nie. Daar's julle klubgeld waarmee hy verdwyn het. En die moord op Jaco Ebersohn," antwoord Antoni om Oscar se aandag op Jay-Jay se dilemma te vestig.

"Dis waarom ons hoop jý kan óns help sodat ons hóm kan

help. Vertel ons alles wat jy weet," versoek Ems met 'n ernstige uitdrukking op haar gesig.

Sy sien hoe die Swazi stip na haar kyk, maar kan nie agterkom presies waar hy haar plaas of wat hy van haar betrokkenheid in die hele drama dink nie.

"Kyk, ons weet waar jy by Farmakor ingepas het. Dat jy vir Rudolf Hanekom met iets gehelp het. Wouter het ons vertel waaroor julle gepraat het toe jy met die mes gegooi is. Vertel ons wat dit is wat jy vir Rudolf uitgevind het," spoor Antoni hom aan.

Oscar kyk weg. Dit lyk nie of hy seker is dat hy met nog mense oor die besigheid wil praat nie. Dan begin hy tog praat. "Yusuf, daai Nigeriër wat daar by ons werk? Vandat hy daar gekom het nadat ek vir hom die werk gekry het, was hy altyd eenkant. Hy't nooit met ons ander gepraat nie. Met my net partymaal. Hy was skoon anders as wanneer hy by die sokkerklub uitgehelp het. Met Joshua Louw van die laboratorium het hy altyd praatjies gehad. Altyd eenkant waar 'n mens nie kon hoor wat hulle sê nie. Partymaal het dit gelyk asof hulle stry ook. Dit was nogal vir ons ander snaaks dat hy met Joshua vriende was. Joshua het altyd gelyk of hy nie lekker in die kop was nie. Slim, ja. En hy kon werk. Baie nagte tot laat."

Oscar bly weer stil en maak sy oë toe. Dis duidelik dat hy nie goed voel nie. Sy kleur is te grys na Ems se sin. Die skade aan sy long bemoeilik sy asemhaling. Sy staan bekommerd nader en kyk na die lesings op die monitors. Dan vat sy sy hand en neem sy polsslag. Dis te vinnig en hy het 'n koors ook. Sy kyk na die drup en stel effe daaraan. As hy haar pasiënt was, het sy dadelik sy besoekers gevra om te loop.

Op daardie oomblik kom die suster wat na Oscar omsien, by die afskorting in. Sy doen haar eie ondersoek en is nes Ems nie tevrede met sy toestand nie.

"Ek dink u moet liewer gaan en later weer kom," sê sy. "Hy het rus nodig."

Ems en Antoni kyk na mekaar. Dit beteken dat hulle nie nou al die inligting by Oscar kan kry waarop hulle gehoop het nie. Selfsugtig kan hulle ook nie wees nie. Antoni haal sy skouers op en hulle maak aanstaltes om te loop. Die suster skik Oscar se kussings om hom gemakliker te laat lê. Daarna kontroleer sy die ventilator wat hom met sy beskadigde long moet help.

Hy vat haar aan die arm en sy oë pleit in hare. "Asseblief ... hulle moet nie nou al loop nie," sê hy. "Ek moet eers klaar met hulle praat."

Die suster kyk onseker van hom na Ems en Antoni. Sy wil nie kanse waag wat komplikasies kan veroorsaak nie. "Asseblief?" vra Oscar weer.

"Ek sal hom dophou," beloof Ems "Ek is ook 'n verpleegsuster."

Daar is dadelik 'n uitdrukking van verligting op haar gesig. Sy glimlag toegewend. "Nou goed dan. Jy ken die dril."

Toe die suster uit die afskorting stap, wink Oscar hulle nader en begin weer praat. "Yusuf het saam met Joshua in die lab begin laat werk. Nie op sy gewone plek by packing nie. Toe vra Rudolf my ek moet een aand laat bly en wegkruip om hulle dop te hou. Hy't my 'n kamera ook gegee om alles wat hulle doen, af te neem."

"Waaraan het hulle in die laboratorium gewerk?" vra Antoni.

"Dis wat ek nie kon verstaan nie. Hulle het kremetart met die hand gepak. Dis wat ons in die dag met die masjiene gedoen het. Ons het altyd bulk gepak vir uitvoer."

"Kremetart?" vra Ems verbaas.

"Gaan aan," spoor Antoni die man aan. Hy voel nou seker dat sy vermoede altyd reg was.

"Later die aand, na twaalfuur, hoor ek toe Joshua sê vir Yusuf hy moet opgaan boontoe. Dis tyd. Ek is agterna om te gaan kyk wat hy doen. Hy's met die trap op na die dak toe. Daar het ligte op die dak gebrand. Yusuf het nie lank daar gestaan en wag nie, toe kom daar 'n helikopter."

"Het die helikopter op die dak geland?" vra Antoni.

Oscar skud sy kop. "Hy't net laag genoeg gesak om 'n executive case met 'n tou te laat sak. Yusuf het dit los gemaak en die helikopter het weer padgegee."

"Het jy foto's geneem?" vra Ems.

"Van die hele ding. Yusuf is weer af lab toe en ek is agterna. Joshua het die case oopgemaak. Dit was vol gepak met sakke met goed in wat nes kremetart gelyk het. Dis die goed wat hulle in die bulk tussen die ander kremetart gepak het. Soos ek hulle dopgehou het, het my kop vir my gesê, dis nie kremetart daai nie. Dis drugs. Ek het gewag tot hulle klaar gemaak het en geloop het. Toe loop haal ek een van daai pakke uit die bulk uit."

"Hoe groot was die pak?" onderbreek Antoni vir Oscar.

"As ons bulk vir uitvoer pak, dan pak ons dit vyfkilopakke," antwoord Oscar.

Antoni fluit hoorbaar. Dit trek die suster se aandag en sy kom weer nader. Ems beduie vir haar dat alles in orde is.

"Wat het jy met die pak gemaak?" vra Antoni.

"In Rudolf se kantoor gaan wegsteek. Saam met die kamera. Hy't altyd vir my die spaarsleutel van sy kantoor onder die plantbak gelos. Die volgende dag het ek dit vir hom gegee. Ek weet nie wat hy daarmee gemaak het nie. Die volgende middag moes ek weer by Rudolf 'n draai maak. Dis toe dat ek hom dood gekry het."

"Hoe kan 'n mens in die nag by Farmakor inkom?" vra Antoni.

"Nie maklik nie," antwoord Oscar. "Die plek is omhein. Dis elektriese draad daai. Hulle sluit die hekke snags. In die nag pas Ormond Security die plek op."

"Ons moet daar probeer inkom. Ek wil gaan kyk of daar iets in Rudolf se kantoor agtergebly het wat as bewyse gebruik kan word. Hulle moes uitgevind het van Rudolf se ondersoek, en die bewyse. Daarom is hy vermoor," redeneer Antoni.

"Jy's reg," stem Ems saam. "Wat meer is: as dié Joshua Louw die moordenaar is, kon hy dit nie betyds kry nie. Jy het te vinnig op hom afgekom na die moord. Dis waarom hy jou kwansuis as die moordenaar betrap het."

"Joshua Louw is 'n artist met messe. Dis hy wat my gisteraand met die mes gegooi het. Ek het hom in sy oë gekyk. Dit was hy. Wouter se vrou is ook met 'n mes doodgemaak. Nes Rudolf," sê Oscar.

"En Jaco Ebersohn. En die huishoudster van die gastehuis," voeg Ems by.

"Ek begin dink dat Jay-Jay-hulle . . . Wouter-hulle . . . se verdwyning en wat met hulle gebeur het, ook iets met Joshua-hulle se dinge by Farmakor te doen het. Het jy alles wat jy nou vir ons vertel het, ook vir Wouter vertel toe hy aan jou saak begin werk het?" wil Antoni weet.

"Alles, maar hy het niks daaroor neergeskryf nie. Dis dié dat ek gedink het hy glo my nie," antwoord Oscar.

"Jy gaan dalk nie hou van wat ek jou nou gaan vra nie, Oscar," sê Antoni versigtig. "Dink jy Matthew kan iets hiermee te doen hê?"

"Nee, hel!" reageer Oscar onthuts. "Nie uncle Matt nie. Nooit! Wat laat jou so iets vra?"

"Ek het net gewonder," antwoord Antoni nadenkend. "Omdat Joshua Louw geweet het waar jy en Wouter gisteraand sou wees."

"Ek weet daar is party ouens wat nie skoon is in sokker nie. Soos in enige sport, maar nie uncle Matt en Belmont nie. Aikôna! Julle moenie eers met iemand anders hard daaroor praat nie. Julle sal dat die sokkerwêreld mal word."

"Dit was net 'n gedagte, Oscar," probeer Antoni hom kalmeer. "Ek hoop sowaar daar is nie rêrig iets verkeerd nie. As daar is, is Matthew waarskynlik nie eers daarvan bewus nie."

Die gesprek met Oscar is afgehandel. Hulle het al die inligting wat belangrik is, gekry. Ems en Antoni maak aanstaltes om te loop. Antoni vat Oscar se hand. "Moenie jou oor die ding lê en verknies nie, Oscar. Alles sal regkom. Word jy net gesond. Ek wil jou nog binnekort in 'n wedstryd sien speel."

"Ek ook," voeg Ems by voor sy omdraai en voor Antoni uitstap. Na 'n paar treë steek sy vas en draai terug. "Daar is iets wat ons vergeet het, Oscar. Watter kantoor was Rudolf s'n?"

DIE ONBEKENDE FAKTOR

"Derde vloer. Nes jy by die hysbak uitkom, loop jy in sy sekretaresse se kantoor in."

Sy waai vir laas vir hom en stap dan saam met Antoni uit die hoësorgeenheid.

13

Verslaggewers en fotograwe probeer die hele middag om toegang tot die Hanekoms se huis in Waterkloofrif te kry. Die wat nie daar is nie, laat die telefoon onophoudelik lui. Almal dring aan op 'n onderhoud met Jay-Jay.

Twee taxi's vol sokkerondersteuners daag ook later op — almal bewonderaars van Oscar, en wat bewus is daarvan dat Jay-Jay vrygelaat is. Iets waaroor hulle erg onthuts is en wat hulle luidrugtig te kenne gee. Yusuf is die voorbok tussen die oproeriges. Nes in die samedromming by die polisiestasie vroeër.

Sy doel hiermee is om toenemend druk op Darius Hanekom en sy seun uit te oefen, sodat hulle sonder verdere tydverspilling die heroïen waarop Rudolf beslag gelê het, aan hulle sal terugbesorg. Tyd is vir hom en Joshua Louw nou van kardinale belang. Die spreekwoordelike valbyl hang oor hulle koppe as hulle nie hul leier se eiendom terugkry nie. En so 'n valbyl het net een betekenis vir 'n goed georganiseerde en deeglike man wat geen foute duld nie.

Die hele besigheid ontstel Estelle só dat Darius noodgedwonge die polisie moet inroep om die orde te kom herstel. Na 'n hele ruk se geredekawel, vertrek die twee taxi's en die verslaggewers sodat daar weer rus en vrede by die Hanekoms is. Toe die laaste motor vertrek, behalwe die polisie wat nog versuim, skud Darius sy kop onbegrypend.

"Ek wens hierdie hele besigheid kan opgeklaar word. Die afgelope maande se gebeure slaan my totaal dronk. Net so min kan ek verstaan dat daar onder my neus by Farmakor iets aan die gang is waarvan ek nie 'n benul het nie."

"Miskien moes jy en Rudolf destyds vir Bekker van die

staanspoor af oor julle vermoede ingelig het." Daar is 'n waarneembare verwyt in Estelle se woorde.

"Dit was alles net 'n vermoede, Estelle. Ons kon geen inligting aan die polisie gee wat 'n ondersoek kon regverdig nie. Buitendien was dit die plan om Bekker in te roep as Rudolf op iets sou afkom."

"Moet Pa-hulle net nie begin met allerhande verwyte en selfverwyte nie," keer Jay-Jay vinnig. "Die man of mense wat hiervoor verantwoordelik is, gaan hulle rieme nog lelik styfloop. Ek gaan nie rus voor die hele ding oopgekrap is nie!"

"Laat die polisie dit hanteer, Wouter. Dis nie iets waarby ek of jy verder betrokke kan wees nie." Darius hou nie van sy seun se driftigheid en wat dit voorspel nie. Dit veroorsaak 'n vrees in hom vir die moontlike gevolge.

Jay-Jay voel geïrriteer. Dit voel vir hom asof sy pa 'n kokon van beskerming om hom wil bou. "Verstaan Pa dan nie? Ek ís betrokke. Of ek nou wil wees of nie. Dis nie nou meer net 'n poging om my geheue te herwin nie. Dis 'n oorlog teen genadelose mense en die ultimatums wat hulle stel."

"Magtig, Wouter! Dit het te ver gegaan vir jou om dit te hanteer. Dink aan Lydia . . . aan Rudolf . . . aan jou vriend. Nugter weet hoeveel ander is al genadeloos tereggestel!"

Jay-Jay verstaan sy pa se argumente, maar daar is dinge wat sy pa nie verstaan nie.

Dit begin vir hom voel of 'n stormloop van gedagtes in sy brein buite beheer raak. Hy gryp sy kop vas asof die druk vir hom skielik te veel word. "Om vredeswil, Pa! Laat my met rus! Ek moet 'n einde hieraan maak! Niemand anders kan nie!

"Ek moet vir Antoni en Ems in die hande kry," sê Jay-Jay, storm na die telefoon toe en begin Antoni se selfoonnommer vir die soveelste keer skakel.

'n Verheugde Ems en Antoni verspeel nie tyd toe hulle Jay-Jay se oproep beantwoord en verneem dat hy vrygelaat is nie.

Hulle bereik die Hanekoms se huis teen skemer. Hulle aankoms is nie ongesiens nie. Joshua Louw hou al die hele middag die aktiwiteite by die Hanekoms se huis noukeurig dop, terwyl hy aan sy eie plan werk om sake tot 'n punt te dryf. Hy sal nou drastieser moet optree, want hy hou nie van die spel wat Wouter Hanekom speel nie. Hy weet dit kan vir hom nog meer probleme by die majoor skep, maar hy is onder toenemende druk: selfdruk omdat hy in sy eie doelwitte moet slaag; druk van die majoor met die ultimatums wat hy stel, waarvan hy nou al lankal keelvol is. En onder sulke omstandighede kan hy die spel nie meer volgens die majoor se reëls speel nie.

Nadat Ems en Antoni by die Hanekoms se huis binnegelaat is, stel Jay-Jay hulle aan sy ouers bekend en verduidelik dat albei hom al heelwat bygestaan het in sy soektog om antwoorde te vind op al die raaisels uit sy verlede. Teenoor Ems is Darius geredelik vriendelik en hy hou van haar spontaneïteit. So ook Estelle, wat dadelik bewus is van 'n warmte wat tussen haar seun en die meisie bestaan. Dit laat haar dadelik wonder hoe hy sal reageer en teenoor haar sal optree wanneer hy sy geheue herwin en die werklikheid oor Lydia hom weer ten volle tref.

Teenoor Antoni is Darius aanvanklik terughoudend omdat hy die verslaggewer herken en ook bewus is van sy reputasie in ondersoekende joernalistiek. Die man se geneigdheid om ongemaklike vrae te vra wat nie altyd maklik is om te beantwoord nie, is algemeen bekend. Daarom is hy nie so seker wat om van Antoni te verwag nie. Hy weet nie hoe die verslaggewer sy oningeligtheid oor die onderduimsheid in sy eie maatskappy gaan vertolk nie. Hy weet ook nie watse implikasies Antoni se verslaggewing vir sy aansien na buite sal hê nie. Ter wille van sy seun is Darius nietemin bereid om gereserveerde samewerking te gee.

Darius en Estelle luister met toenemende verbystering na die inligting wat die drie jongmense reeds bekom het en die logiese afleidings wat daaruit volg.

"Dat die Nigeriër sonder die normale agtergrondevalusie by ons aangestel is, kan ek nog begryp," onderbreek Darius Jay-Jay-hulle se redenasies op 'n keer. "Maar Joshua Louw — hy is die mees onwaarskynlike skakelpersoon in so iets. Daar is niemand by Farmakor wat ek meer vertrou het as vir hom nie."

"Wat hom juis in die beste posisie geplaas het om by so iets betrokke te wees," sê Antoni. "Dié soort mense kry jy in alle gedaantes en karakters. Dit word daagliks toenemend bewys."

"Dit slaan my net dronk dat iets soos heroïen so maklik by ons land ingesmokkel kan word, en in Farmakor kan beland sonder dat die smokkelaars vasgetrek word," sê Darius verstom.

Dis Antoni wat die situasie verduidelik. "Oorsese dwelmpolisie beskou Suid-Afrika as 'n lewendige dwelmroete. Nigerië word beskou as die grootste verskaffer van heroïen, waarvan die grootste persentasie deesdae deur Suid-Afrika beweeg. Dit word toegeskryf aan ons goeie lugverbindings en bankstelsels, maar 'n laks grensbeheer en toegeeflike wette. Dis waarom die Amerikaanse DEA nou hier wil betrokke raak."

"En omdat Farmakor 'n ideale uitvoerroete het vir veral kremetart, het dit vermoedelik die ideale skakel in die roete geword. Wat is makliker as om heroïen of kokaïen in Farmakorverpakking in die besending te versteek?" brei Jay-Jay die argument verder uit.

"Die probleem is net om tasbare bewyse daarvan te vind. En dit gaan nie so maklik wees nie," sê Antoni weer.

"Dink julle Rodolf het dalk daardie bewyse gehad?" vra Darius.

"Ongetwyfeld," antwoord Jay-Jay, "as 'n mens aanvaar wat Oscar vir Antoni-hulle vertel het. Louw en Yusuf moes dit uitgevind het. Daarom is Rudolf vermoor, maar hulle het oorhaastig opgetree. Hulle was toe nog nie bewus daarvan dat Rudolf op van hulle voorraad beslag gelê het nie. Ek is nou ook seker dat my ontvoering en die verdwyning van daardie geld iets daarmee te doen het."

"Wat ons ook nog nie uitgevind het nie, is of hulle deel is van 'n plaaslike kartel, en hoe groot dit is. En in watter mate die Belmont-sokkerklub betrokke is," dra Ems ook haar deel by.

"Daarom wil julle nog dieper by die ding betrokke raak deur julle eie ondersoek af te handel?" vra Darius.

"Ons het nie 'n keuse nie, Pa," antwoord Jay-Jay. "Ons sal moet uitvind wat Rudolf gehad het."

"Ek hou niks hiervan nie," protesteer Estelle. "Ek dink dis tyd dat julle vir kaptein Bekker volledig inlig oor dit wat julle weet, sodat hy en sy mense verder aan die saak kan werk."

"Dit is die korrekte ding om te doen, ja," gee Jay-Jay toe. "Maar eintlik het ons nog niks wat ons vir hom kan gee vir vinnige optrede nie. Al wat ons nou wil doen, is om vannag by Farmakor in te kom om Rudolf se kantoor deur te gaan. As ons iets belangrik kry, oorhandig ons dit net so aan kaptein Bekker."

"Dit gaan 'n probleem wees," sê Darius. "Die hele sekuriteitstelsel word saans deurgeskakel na Ormond-sekuriteit toe wanneer hulle nagwag opdaag. Die reëling is dat niemand na sesuur saans op die terrein toegelaat word nie. Dis nou behalwe diegene wat normale werksure bly om werk af te handel. Enige beplande nagtelike besoek moet vooraf gedurende die dag met hulle uitgeklaar word. Hulle is nogal baie streng oor die maatreël. Dis waarom hulle as die beste sekuriteitsmaatskappy beskou word en deur omtrent almal in daardie omgewing gebruik word."

"Dit lyk na 'n dilemma," sê Antoni teleurgestel.

"Ons moet net eenvoudig daar inkom, Pa. Vannag nog!" beklemtoon Jay-Jay die belangrikheid van die saak.

"Om direk met die nagwag te praat, sal beslis nie help nie," laat Darius hulle duidelik verstaan. "Hy het sy instruksies en sal nie daarvan afwyk nie. Tom Ferreira wat die maatskappy beheer, is glo onverbiddelik streng. Hy doen self die keuring van al sy mense om te verseker dat daar geen swak skakel is nie. Sekuriteit en veiligheid word by hulle ingedril."

"Daar moet eenvoudig 'n manier wees waarop ons vannag nog by Farmakor kan inkom, Doktor," volhard Antoni.

Darius kyk vir 'n oomblik deurdringend na Antoni voor hy sê: "Daar is net een moontlike uitweg: ek kan vir Tom Ferreira bel en hoor of hy sal reël dat julle toegelaat word."

"Natuurlik, ja! Doen dit!" moedig Jay-Jay sy pa aan. "Hy kan tog seker nie só onverbiddelik wees nie. Genugtig! Pa is darem mos die baas van Farmakor!"

Darius staan sonder verdere kommentaar op en gaan uit om

die oproep te gaan maak. Na 'n ruk keer hy terug. Daar is 'n strak uitdrukking op sy gesig. "Tom Ferreira is vir 'n paar dae uitstedig saam met 'n groep buitelandse besoekers. Ek het 'n hele argument met sy tweede in bevel gehad voor hy traag ingewillig het om met die nagwag te reël dat julle toegang verkry."

Hy gee 'n relaas van die man se argumente dat meneer Ferreira nie hou van sulke buitengewone versoeke nie omdat dit inmeng met die orde van sy goeie dissipline. As hy eers een maal toegee, word dit later gereeld van hom verlang, en dit kan veroorsaak dat sy kwaliteitdiens en kredietwaardigheid skade ly. In elk geval is dit vir Jay-Jay-hulle nou moontlik om te gaan doen wat hulle wil doen.

Darius maan egter dat hulle dit net in gedagte moet hou dat iemand anders nou in Rudolf se kantoor sit. Hulle moet dus nie aanvaar dat daar noodwendig enigiets van Rudolf se ondersoek gevind sal word nie.

Op Antoni se vraag of al Rudolf se goed uit die kantoor verwyder is, antwoord Darius: "Net dit wat sy persoonlike eiendom was. Dit is nog net so in 'n kartondoos in sy kamer verpak. Die res van die goed wat oor Farmakor-sake handel, word deur sy opvolger gebruik."

"Sal Pa-hulle omgee as ons Rudolf se persoonlike goed deursoek?" vra Jay-Jay.

"Geensins. Gaan voort. Dit staan onder in sy hangkas. Dis in een van Farmakor se dose." Ter wille van Jay-Jay se geheueverlies beduie hy watter een Rudolf se kamer was.

"Julle moet net nie te lank daarmee besig wees nie, Wouter," maan Estelle. "Die aandete sal binnekort gereed wees."

Wouter beloof en hy en Antoni gaan na Rudolf se kamer. Ems bly by Estelle om hand by te sit waar sy kan.

Jay-Jay vind die kartondoos waarvan sy pa gepraat het. Dis groter as wat hy verwag het en hy skuif dit tot langs die bed. Hy en Antoni gaan sit op die bed om die doos item vir item uit te pak. Daar is heelwat persoonlike goed. Geraamde foto's en sertifikate. Boeke en tydskrifte oor verskeie ekonomiese onderwerpe en rekenaarstelsels. Lessenaarornamente. Dagboeke van drie onlangse finansiële jare en 'n persoonlike telefoonnommerlys. Daar is niks wat enigsins na sy privaat ondersoek verwys nie.

Hulle pak alles weer netjies terug, maar Jay-Jay hou die telefoonnommerlys en jongste dagboek uit om later te bestudeer.

Toe hulle weer in die sitkamer is, oorhandig Darius 'n bossie sleutels van Rudolf aan Jay-Jay. "Rudolf se kantoorsleutels wat hy gebruik het," verduidelik hy.

Soos gereël, word Jay-Jay-hulle om 22:00 by Farmakor binnegelaat deur 'n nagwag wat nie baie vriendelik is nie.

Hulle steur hulle nie aan sy knorrigheid nie en doen die vereiste inskrywing in die besoekersregister. Met die hysbak ry hulle op na die derde vloer toe soos Darius aan hulle beduie het. Toe die hysbak se deur agter hulle toeskuif en in beweging kom, reik die nagwag na die telefoon en lig die gehoorstuk op. Dan skakel hy 'n nommer volgens die opdrag wat hy gekry het.

Op die derde vloer stap Jay-Jay-hulle uit die hysbak en deur die sekretaressestasie tot by die kantoor wat Rudolf s'n was. Jay-Jay haal die bos sleutels wat sy pa aan hom gegee het uit en huiwer voor hy die deur oopsluit. Dan buk hy by die plantbak naby die deur, lig dit effe op en steek sy hand daaronder in. Hy kry die sleutel waarvan Oscar vir Antoni en Ems vertel het en hy gebruik dit om die deur oop te sluit. Die ander sleutels druk hy weer in sy sak. Hulle stap die kantoor binne en hy druk die deur agter hulle toe.

Dis 'n netjiese, ruim kantoor wat die senioriteit van die gebruiker weerspieël. Die lessenaar met 'n L-stuk en stoele is vertikaal met die kantoorlengtevenster geplaas. 'n Rekenaar staan op die L-stuk met die telefoon direk langsaan.

Voor die venster hang vrolike, kleurryke gordyne wat 'n positiewe uitwerking op die kantoor se atmosfeer het. Teen elke muur hang 'n paar indrukwekkende skilderye, behalwe teen die muur reg teenoor die lessenaar, waar 'n boekrak vol boeke en ornamente staan. Die onderste deel van die boekrak is met kaste met skuifdeure ingerig. Dit is duidelik dat die persoon wat die kantoor gebruik, 'n ordelike en sistematiese werker is.

Daar is 'n tasbare stilte tussen die drie mense wat langs mekaar in die middel van die vertrek staan.

Hulle staar al drie na die lessenaar en stoel, bewus daarvan dat Rudolf nog kort gelede daar koelbloedig vermoor is. Alles is waarskynlik nog dieselfde, behalwe miskien die stoel wat vervang sou wees.

Ems ril en verbreek eerste die stilte. "Waarna soek ons en waar begin ons?"

"Na enigiets wat vir ons iets van Rudolf se ondersoek kan sê," antwoord Antoni en gaan sit agter die lessenaar. Hy swaai die stoel só dat hy gemaklik voor die rekenaar sit. Dan skakel hy die rekenaar aan en begin soek na 'n manier om op die interne netwerk in te kom.

Jay-Jay gaan staan langs hom by die lessenaar en begin die laaie een vir een deursoek. Nie dat hy verwag om iets te vind nie, want alles wat aan Rudolf behoort het, is waarskynlik verwyder en in die kartondoos gepak wat huis toe gestuur is. Ems begin die boekrak stelselmatig deursoek.

"Kan jy op die netwerk inkom?" vra Jay-Jay toe hy die laaie sonder sukses deurgesoek het.

"Ek probeer," sê Antoni. "Maar sonder Rudolf se kodewoord is dit hopeloos. Dink bietjie aan 'n paar kodewoorde."

Jay-Jay dink diep na. "Wat van Farmakor?"

"Werk nie. Het al probeer," brom Antoni onderlangs en noem 'n paar kodewoorde wat hy al sonder sukses probeer het.

"My ouers se name," stel Jay-Jay voor. Antoni sleutel dit in. Toegang geweier. Jay-Jay stel sy eie naam voor. Rudolf s'n. Lydia s'n. Hy bly 'n ruk lank nadenkend stil, en Antoni sleutel nog 'n paar kodewoorde in wat moontlik met Farmakor kan verband hou.

"Wag eers!" stop Jay-Jay hom. "Ek dink nou aan iets."
"Wat?"

"Rudolf was die finansiële ou by Farmakor. Hy sou 'n kodewoord gehad het wat hom toegang tot daardie lêer gegee het."

"Reg, ja," stem Antoni saam.

Dan sug Jay-Jay weer moedeloos. "Maar as hy inligting oor 'n geheime ondersoek versamel het, sou hy dit mos nie op daardie lêer gedoen het nie. Hy moes 'n ander kodewoord daarvoor gehad het."

"A! Belangrike punt," gee Antoni toe.

Hulle soek na kodewoorde wat met die ondersoek kan verband hou. Die een na die ander word verwerp. Terwyl hulle volhard om op die netwerk in te breek, is Ems besig om die boekrak se kassies deur te gaan. Die een kassie is gevul met koeldrank en glase. Die volgende het 'n reeks leergebinde finansiële state wat Farmakor se hele geskiedenis weerspieël. Sy begin die jaarstate deursoek.

Op daardie oomblik bars die kantoor se deur oop. Dit gebeur so skielik dat hulle al drie van skok vries net waar hulle is. Hulle het twee besoekers gekry en nie een van hulle twyfel daaraan dat dit Joshua Louw en Yusuf is nie. Joshua is geklee in 'n denimbroek en leerbaadjie nes die aand toe hy vir Ems aangerand het. Sy andersins deurmekaar hare wat hom gewoonlik die misleidende, verstrooide voorkoms gee, is glad teen sy kop gekam asof dit met olie platgestryk is.

Hy is die een wat na die grootste bedreiging lyk. Daar is 'n harde en ongenaakbare uitdrukking op sy gesig. Sy mond is 'n dun, saamgeperste lyn sonder 'n glimlag en sy donker oë het 'n deurdringende, kil uitdrukking wat geen twyfel laat dat hy ongevoelig en wreedaardig kan wees nie. Hy het nie 'n vuurwapen by hom nie. Net 'n mes wat onbetwisbaar vlymskerp moet wees.

Jay-Jay en die ander twee kyk strak en afwagtend na die indringers. Jay-Jay veral, staar stip na die man in die leerbaadjie wat waarskuwend met die mes staan en speel. Die man se beeld dring diep in sy geheue in. Hy kan nie met sekerheid sê dat hy hom herken nie, maar daar is 'n onaangename aanvoeling dat hy die man al tevore gesien het, dat hy met hom te doen gehad het. Dis 'n assosiasie met angs, vrees en lyding.

Joshua maak 'n vinnige beweging met die een arm. Yusuf beweeg ligvoets soos 'n kat tot by Ems. Voor Ems daaraan kan dink om haar teë te sit, sluit Yusuf se arms soos staalbande om haar en pen haar arms teen haar lyf vas. Hy lig haar effens van die vloer af sodat net haar tone grond raak. Dan beweeg hy terug tot by Joshua. Joshua se onheilspellende, onderlangse lag is die eerste geluid wat gemaak word.

"Los haar!" beveel Jay-Jay met 'n vaste stem wat nie die gevoel wat hy het, verraai nie. "Moenie soos 'n lafaard agter haar wegkruip nie!" Jay-Jay beweeg vinnig om die lessenaar om aan te dui dat hy nie maklik gaan toelaat dat Joshua haar in sy spel gebruik nie.

Joshua se hand skiet uit. Hy trek Ems hardhandig voor hom in. Dan druk hy die mes teen haar keel.

Jay-Jay steek in sy spore vas toe hy merk dat daar reeds 'n strepie bloed teen Ems se keel af sypel.

"Luister, Hanekom," sê Joshua met 'n ondertoon van boosheid in sy stem. "Jy behoort te weet dat dit nie vir my nodig is om agter 'n vrou weg te kruip nie. Jy weet dat ek 'n wil en 'n krag het wat my nie laat breek nie. Niks en niemand is my gelyke nie. Die feeks is maar net 'n middel tot 'n doel. Sorg jý dat ek kry wat ek wil hê, en sy sal veilig wees.

"Ek sien julle werk daaraan. Goed so. Julle behoort binne vier en twintig uur die taak afgehandel te hê. Julle móét dit afgehandel hê. Anders hou ons begrafnis. Jy weet mos hoe word dit gedoen: lewend in 'n toegespykerde kis. O ja! Vergeet tog maar daarvan om vir Bekker te bel. As ek agterkom die polisie se lugvleuel is agter ons aan, sal sy 'n lugduik doen. Sien julle!"

Met dié dreigende woorde beweeg hy en Yusuf agteruit tot buite die kantoor. Dan word die deur toegedruk en van buite af gesluit. Jay-Jay bestorm die deur met 'n amper waansinnige vrees en woede en slaan met sy vuiste daarteen. Antoni moet hom gaan vasgryp en hom skud voor hy tot bedaring kom.

"Dis hopeloos, Jay-Jay! Ons kan nou niks doen om haar te help nie!"

"Ons moet iets doen! Bel vir Bekker! Hulle moet die vark aankeer!" skree Jay-Jay op Antoni.

"Dit gaan nie help nie, Jay-Jay! Hulle gaan weg wees voor Bekker iets kan doen. Buitendien het jy gehoor wat met Ems gaan gebeur as hulle deur die polisie se lugvleuel gevolg word. Dit beteken dat hulle self per helikopter gaan padgee. Die man is 'n psigopaat. Hy sal nie skroom om sy dreigement uit te voer nie."

Jay-Jay besef dat Antoni reg is. Joshua het al bewys dat hy geen respek vir 'n ander se lewe het nie. Ems is op die oomblik in sy hande en dit beteken dat hy tot enigiets in staat kan wees.

"Daardie man gaan vir Ems deur die hel sleep, Antoni. Sy sal daarna nooit weer 'n normale mens wees nie!"

"Luister, Jay-Jay! Luister daar buite," vestig Antoni sy aandag op iets waarvan hy tot dusver onbewus was.

Jay-Jay raak stil en spits sy aandag toe op 'n geluid wat geleidelik harder word. Dit kom nader aan die gebou en huiwer dan bokant die gebou sonder om stil te word. Dan besef hy dat dit 'n helikopter is. Antoni is reg. Joshua Louw en Yusuf gaan met Ems in 'n helikopter padgee. Daar is niks wat hy en Antoni kan doen om dit te verhoed, of om hulle te volg nie. Die helikopter se dreuning hang nog 'n paar minute bokant die gebou en dan begin dit weer wegbeweeg.

Jay-Jay se knieë knak onder hom en hy sak soos 'n verslane mens teen die deur op die vloer neer. Al waarvan hy bewus is, is die helikopter se dreuning wat al hoe vaer en vaer word totdat dit heeltemal stil is.

"Sy is weg," sê hy verslae. "Hy het haar saam met hom gevat. Die liewe Vader help haar!"

"Jy het iets omtrent hom onthou, nè?" vra Antoni.

"Enkele flitse van iets wat ek nie weer wil beleef nie," antwoord Jay-Jay.

Daar volg 'n lang stilte in die kantoor. Net Antoni se gewerskaf met die rekenaar op soek na die regte kodewoord is hoorbaar. Jay-Jay hou hom strak dop terwyl sy gedagtes tussendeur meer gekonsentreerd soek na 'n deurbraak tot die verlede, 'n deurbraak wat hom meer sal laat onthou as die insidente van marteling.

Antoni kyk in 'n stadium op en staak waarmee hy besig is. Dis vir hom duidelik dat Jay-Jay iewers in 'n put is oor Ems se ontvoering en dat dit hom nie behoorlik kan laat funksioneer nie. "Kom, ou! Ons het 'n kodewoord nodig om hier in te breek Dis al hoe ons vir Ems sal kan help."

Jay-Jay kom orent en drentel na die lessenaar toe. "Daai vuilgoed is al hoe lank met sy bedrywighede besig," sê hy. "Hy het 'n helikopter tot sy beskikking wat ongehinderd kom en gaan. Hoe is dit moontlik dat niemand nog oor die helikopter se bedrywighede agterdogtig geraak het nie? Iemand in die omgewing moet hom tog hoor of sien."

"Dit is nogal 'n punt. Moontlik is mense net ongeërg, of gewoond daaraan om 'n helikopter hier rond te sien," redeneer Antoni. "Deesdae is polisiehelikopters wat snags oor Pretoria vlieg, ook nie meer so vreemd nie. Daarby is Ormond 'n topsekuriteitsfirma en is daar goeie samewerking tussen hulle en die polisie."

"Ek haat dit wanneer jy sulke logiese redenasies het. Hoe vorder jy?"

"Ek vorder nie. Gee my 'n kodewoord."

"As daar ooit 'n kodewoord ís. Ek begin dink dat Rudolf 'n ander metode gebruik het om sy inligting te stoor."

"Hierdie is steeds die beste, veiligste manier waar niemand sommer toegang sou kon verkry nie. Glo my. Enige ander manier sou 'n risiko wees. Jou broer het geweet watter risiko's daar is. Hy sou nie 'n hele ondersoek gedoen het sonder om al die inligting op sy rekenaar te stoor nie."

"As jy so sê," gee Jay-Jay toe.

Hulle werk onverpoos om 'n kodewoord te vind. Jay-Jay konsentreer hard. Hy dink aan hulle gesprek met sy pa van vanmiddag, en die moontlikheid dat Farmakor 'n deurgangroete vir heroïen kan wees. Indien dit die geval is, kan dit alleen gedoen word deur van produkuitvoere gebruik te maak. Daar is verskeie chemiese produkte. En kremetart, waarvoor daar 'n redelike uitvoermark is. Veral na Taiwan.

"Kremetart," sê hy nog half ingedagte. "Probeer kremetart."

Antoni sleutel die woord in. Asof hulle nie kan glo wat hulle sien nie, staar hulle na die rekenaarskerm. Hulle het deur die blokkasie gedring. Rudolf se geheime ondersoeklêer is oop.

14

Jay-Jay klouter bo-op die lessenaar om saam met Antoni deur die verslag op die skerm te lees. Die verslag is in 'n dagboekformaat geskryf soos wat Rudolf se ondersoek gevorder het. Dit begin 'n paar dae na Lydia se dood. Hy het 'n vermoede gehad dat haar dood die gevolg was van iets waarop sy in die laboratorium afgekom het en wat sy dringend met hom wou bespreek.

Hy het besluit om op sy eie ondersoek te doen oor die aktiwiteite van die laboratorium; hoe dit aangesluit het by die bestuurs- en doelwitbeplanning. Dit was sy voorneme om die aangeleentheid voorlopig dig te hou totdat hy definitiewe, antwoorde sou hê. Eenersyds om te verhoed dat iets uitlek wat die boosdoeners op hulle hoede kon stel. Andersyds om nie sy pa op hol te jaag met iets wat vaag en onseker was nie, en veral ook om te verhoed dat Wouter, wat nog emosioneel onstabiel was na Lydia se dood, onverantwoordelik optree.

Omdat hy alleen gewerk het, was dit 'n tydsame proses. Hy het nie die wetenskaplike kennis gehad om die laboratorium se aktiwiteite en navorsing wat oor produkte gedoen word, te monitor nie. Hy het dus heeltemal in die duister getas in sy soektog na iets ongerymd in die laboratorium. Die enigste oplossing was om een van die laboratoriumtegnici te werf om hom van inligting te voorsien. Dit op sigself het weer 'n probleem geskep, omdat hy nie een van hulle behalwe Joshua Louw persoonlik geken het nie en dus nie geweet het wie hy genoeg kon vertrou nie.

Die eerste stap in sy plan was dus om die laboratorium se maandverslae aan die bestuur met 'n fynkam deur te gaan sonder om juis te weet waarna hy op die uitkyk moes wees. Hy het begin om dit met ander afdelings se maandverslae te vergelyk.

Hy het toe afgekom op 'n verskil in die produksievolumes van kremetart, wat minder beloop het as dit wat uitgevoer word. Aanvanklik was die verskille klein, maar dit het geleidelik toegeneem. Die aankope van die rou produk het ook nie met Farmakor se produksievolumes ooreengestem nie. Hierna het hy die rekeninge van oorsese kliënte nagegaan en gevind dat die hoeveelhede van besendings nie met bestellings en fakture ooreengekom het nie.

Daar was ook korrespondensie van kliënte wat gekla het dat die volumes van besendings nie ooreengestem het met die dokumentasie wat aan hulle gelewer is nie. Die afleiding wat hy hieruit gemaak het, was dat Farmakor op 'n slinkse wyse as 'n roete in die dwelmhandelgebruik word.

Die oorspronklike dokumente wat die feite staaf, het hy alles in die omslag van die 1991/92-jaarverslag versteek sodat dit nie deur die verkeerde persone ontdek kon word nie. Veral omdat hy nie meer seker was wie hy kon vertrou en wie nie. Buitendien kon hy in daardie stadium ook nog geen stappe doen voor hy nie meer konkrete bewyse gehad het nie. Dít het hom weer te staan gebring voor die feit dat hy 'n medewerker sou moes vind óf in die laboratorium, óf by versending.

'n Paar dae later het Oscar Dlamini se persoonlike aansoek om borgskap op sy tafel beland.

Toe Rudolf besef het dat Oscar by verpakking en versending werk, het hy alles oor die jongman probeer uitvind. Hy het alles wat daar in sy personeellêer was, nagegaan.

Hy het ook met Wouter se hulp, wat toe al deur middel van Jaco Ebersohn by sokker betrokke geraak het, meer oor Oscar se agtergrond uitgevind. Die positiewe terugvoering wat hy gekry het, was voldoende om hom te oortuig dat Oscar die aangewese persoon was om hom te help om die bewyse te vind waarna hy gesoek het.

Oscar was eers huiwerig, maar na die belofte dat daar gunstige aandag gegee sou word aan sy aansoek om borgskap, het hy ingewillig. Dit was dan ook nie lank nie of hy kon bevestig dat alles nie pluis was by die laboratorium en verpakking en versending nie.

Wat veral opvallend was, was die amper broederlike kontak tussen Joshua Louw en Yusuf, én dié twee se nauurse werk wat hoofsaaklik die herverpakking van kremetart behels het.

Oscar het een pak kremetart omgeruil om vir Rudolf te bring, saam met die foto's wat hy geneem het.

Hierna het Rudolf 'n onafhanklike toets van 'n bietjie van die pak se inhoud deur 'n kennis by die Universiteit van Pretoria laat doen. Die terugvoering was dat dit suiwer heroïen was. Rudolf se aanvanklike vermoede is dus bevestig. Hy het toe self een nag, ná Joshua en Yusuf se vertrek, in die laboratorium gaan snuffel en op nog twee pakke heroïen, wat met onopsigtelike, maar tog onderskeibare etikette gemerk was, afgekom en dit verwyder.

Toe hy die foto's wat Oscar geneem het, laat ontwikkel het, het hy 'n ander ontstellende ontdekking gedoen. Op die foto van die helikopter wat iets op die dak afgelaai het, was dit duidelik sigbaar dat dit Ormond-sekuriteit se helikopter was. Rudolf het besef dat die dwelmbedrywigheid baie wyer strek en dat dit nie net tot Farmakor beperk was nie. Hy het ook besef dat sy ondersoek nie bloot intern afgehandel kon word nie. Hy sou dit ook nie meer alleen verder kon voer nie. Hy sou die inligting wat hy tot dusver versamel het, aan die polisie moes oorhandig sodat hulle hul eie ondersoek kon doen. Die volgende dag sou Rudolf die saak met sy pa bespreek het sodat hulle saam kon besluit oor verdere optrede.

"Nou weet ons minstens hoe elke deel van die legkaart inmekaar begin pas," lewer Antoni kommentaar toe hulle die verslag klaar gelees het.

"Ek kan ook nou begryp waarom Ormond-sekuriteit sulke streng sekuriteitsmaatreëls het," sê Jay-Jay en gaan soek tussen die jaarverslae na dié van 1991/92.

"Wat ek baie graag sal wil weet, is wat Rudolf met die vyftien kilogram heroïen gemaak het."

Jay-Jay vind die betrokke verslag en keer daarmee terug na die lessenaar toe. Toe hy dit oopmaak, is alles daar waarvan Rudolf in sy verslag geskryf het. Ook die foto's wat Oscar geneem het en waarop dit onder andere baie duidelik is dat die helikopter aan Ormond-sekuriteit behoort. Al wat hulle nog moet doen, is om 'n uitdruk te maak van Rudolf se lêer, en Antoni doen die nodige.

Terwyl die drukker die verslag druk, sê hy: "Oor een ding was Rudolf beslis nie verkeerd nie."

"Wat?"

"Dat die besigheid baie wyer strek as net Farmakor. Ek het 'n gevoel as 'n mens die ding verder oopkrap, gaan jy op 'n hele katnes afkom."

"Ons het nie tyd om katneste oop te krap nie, Antoni. Ons moet vir die mense gee wat hulle wil hê. Anders ... nugter weet wat hulle met Ems kan aanvang. Die moontlikheid laat my sidder as ek net aan my eie omstandighede dink."

"Natuurlik is jy reg. Ons sal 'n strategie moet uitwerk, maar kry ons eers hier uit. Hulle het die deur van buite af gesluit."

"Dis nie 'n probleem nie," verseker Jay-Jay hom toe hy Rudolf se bos sleutels uit sy sak haal en na die deur toe stap.

Dis egter nie so maklik as wat hy gedink het nie. Joshuahulle het die ander sleutel in die slot gelos. En dis een van daardie moeilike slotte waarvan die sleutel nie maklik van die ander kant af uitgedruk kan word nie. Terwyl Jay-Jay buierig sukkel om die ander sleutel met 'n oopgebuigde skuifspeld uit te wikkel, probeer Antoni die wag by ontvangs op die telefoon se binnelyn bereik. Toe hy uiteindelik antwoord en vir hulle die deur kom oopsluit, is dit reeds na middernag toe hulle onder by die gebou uitstap.

Ems is nie die soort mens wat maklik paniekerig en histeries raak nie. In haar lewe het sy al genoeg ervaar waardeur sy geleer het om koelkop te bly in enige situasie wat in 'n krisis kan ontaard. Veral wanneer 'n mens by 'n punt kom waar jy maklik beheer oor jou innerlike krag en kalmte kan verloor.

Daarom dink sy nie op hierdie stadium aan enige metode om aan haar ontvoerders te ontsnap sodra die helikopter iewers land nie.

Sy sal die situasie evalueer wanneer hulle hul bestemming bereik het en sy meer te wete gekom het van die omgewing waar hulle hul bevind. Dis ook veiliger vir haar om so bedaard as moontlik te bly en saam te werk, want behalwe haar vorige ervaring met Joshua, kom sy toenemend agter dat daar iets diabolies in sy hele samestelling is. Iets wat blykbaar vererger word deur die dwelms wat hy openlik gebruik.

Selfs Yusuf het 'n probleem om hom in toom te hou sodat hy nie gewelddadig met haar raak nie. Dat Yusuf se geduld met hom opraak, is ook duidelik, maar hy openbaar self ook 'n vrees vir Joshua Louw.

Wat Ems tot dusver reeds wys geword het, is dat Joshua Louw en Yusuf, in opdrag van iemand belangriker as hulle, hulle bedrywighede by Farmakor onmiddellik moes staak en met alle moontlike bewyse teen hulle moes padgee. Verder ook dat die helikopter die Gauteng-gebied verlaat het en op pad is na 'n bestemming iewers in die Laeveld van Mpumalanga.

Uiteindelik hoor sy dat die vlieënier radiokontak maak met 'n grondbasis. Hy sê dat hulle besig is om in te kom vir 'n landing en hy versoek dat die helikopterblad verlig word. Kort daarna land die helikopter. Na die landing word Ems sonder ontsag uit die helikopter gedwing. Teen die agtergrond van skerp ligte sien sy die silhoeëtte van figure wat nader beweeg om vrag van die helikopter af te laai.

Joshua en Yusuf dwing haar van die helikopter af in die rigting van 'n verligte tweeverdiepinghuis. Van wat sy in die terreinbeligting van die onmiddellike omgewing kan aflei, is die plek iewers in boswêreld geleë. Hulle beweeg deur die tuin oor 'n groot grasperk. Alles lyk netjies en goed versorg. Selfs van buite af in die beperkte beligting lyk die huis na 'n plek van rykdom en weelde.

Hulle loop met 'n trap op na die stoep toe. Ems merk dadelik dat die huis 'n grasdak het. Hulle stap by die voordeur in 'n portaal in wat met Afrika-kuns en plante versier is. Uit die portaal stap hulle in 'n ruim vertrek in, wat sonder meubels soos 'n saal sou vertoon. Die vloer het verskillende vlakke waar die meubels volgens 'n oopplanstelsel gerangskik is. Elke deel het sy eie besondere karakter, en dit bevestig dat dit ingerig is deur iemand met goeie smaak.

Wat sy ook nog opmerk, is dat daar 'n groep mans om 'n groot ovaal tafel in die verste deel van die ruim vertrek vergader is. Al wat hoorbaar is, is die geroesemoes van hulle stemme. Niks van wat hulle bespreek, kan gehoor word nie.

Die twee mans by haar vorder net tot in die middel van die onderste vloervlak. Dan gaan hulle staan — botstil en sonder om 'n woord te sê. Hulle staan geruime tyd so voordat een van die mans by die tafel orent kom en nader gestap kom. Hy is in wit geklee en het iets in sy een hand wat na 'n offisierstaf lyk. Op die rand van die vlak waar hy hom bevind, steek hy vas. Sy houding is soos die van 'n militaris. Ems sien dat hy reeds in sy laat middeljare en besonder aantreklik is. Sy voorkoms getuig van perfeksionisme en netheid.

Sonder om 'n woord te sê, staar hy om die beurt deurvorsend na Joshua en Yusuf. Vir Ems lyk dit asof hy diep in elkeen se siel in kyk en hulle stroop van elke bietjie selfvertroue wat hulle het. Joshua bly uitdrukkingloos voor hom staar, maar Yusuf verraai dat hy ontsenu word.

Toe die man in wit na haar kyk, merk Ems dat daar 'n verandering in die uitdrukking in sy oë kom. Dit word vriendelik, sag, amper verwelkomend. Dis die oë van 'n man wat van vroue hou, maar hulle ook altyd met waardigheid en agting sal behandel. Die ware heer by wie enige vrou veilig sal voel — in absolute teenstelling met Joshua Louw. Hierdie man is iemand wat sy nie maklik met enige vorm van misdaad sal verbind nie.

Daar is onmiddellik weer 'n gesindheidsverandering by hom waarneembaar toe hy die twee mans aanspreek.

"Menere!" Hy klink kortaf, asof hy 'n bevel gee.

"Naand, Majoor!" koor die twee mans weerskante van Ems.

"Ek veronderstel alles het sonder inmenging verloop?" vra die man in wit.

"Sonder voorval, Majoor," antwoord Joshua.

"Waarom het julle dan die jong dame by julle?"

Joshua klink bot toe hy antwoord. "Dis Ems van Niekerk, 'n vriendin van Hanekom, Majoor. Om sy samewerking te verseker. Hy het tot môreaand tyd om u eiendom te lewer."

Daar is amper 'n onverskilligheid by Joshua. Ems kom agter dat Yusuf net die teenoorgestelde openbaar — 'n heilige vrees en ontsag vir die majoor. Die man in wit drag met sy indrukwekkende voorkoms moet 'n baie sterk en dominerende gesag oor sy mense hê.

Die majoor het geen kommentaar op Joshua se verduideliking nie. Vir 'n oomblik kyk hy weer stip na Ems. Dan sê hy met 'n galante buiging aan haar: "Welkom op Eldorado, juffrou Van Niekerk. Ons al u verblyf so aangenaam moontlik maak."

Dan wend hy hom weer tot Joshua. "Vat haar boontoe en laat sy haarself in die spesiale gastekamer tuismaak. En behandel haar soos 'n gewaardeerde gas." Sy laaste woord het 'n waarskuwende ondertoon daarin.

"Spreek my oor 'n halfuur in die kontrolekamer," voeg hy by toe hy omdraai en terugstap na sy gaste toe.

Ems word met die trap opgeneem na die boonste verdieping toe. Daar is verskeie vertrekke waarvan die deure toe is. Yusuf maak een van die deure oop, en Joshua nooi haar met 'n spottende, galante buiging om binne te gaan. Dis 'n netjies gemeubileerde kamer met 'n dubbelbed daarin.

"Maak u tuis, u hoogheid," sê Joshua snedig. "Geniet gerus die koninklike behandeling. Dis maar net tydelik van aard. Môre sal ek weer die gesag oor jou hê."

"Is jy spyt jy kan nie jou manlikheid demonstreer waarmee jy so spog nie?" vra sy uitdagend.

Yusuf kry 'n koue gevoel toe hy sien hoe Joshua se kake bult. Hy gaan staan wydsbeen voor Ems. Hy wil nie hê sy moet Joshua tart nie. Die man is nie die soort mens met wie jy speletjies speel nie. Hy is te gevaarlik. "Moenie die lewe vir ons almal moeilik maak nie!" pleit hy byna.

Die manier waarop hy na haar kyk, laat Ems besluit om liewer nie nog iets uitdagend te sê nie. Dit kan dalk net die vonk in die kruitvat wees, wat sy nie kan bekostig as sy later wil probeer wegkom nie. Sy kyk daarom net met blitsende oë na die twee mans en gaan sit op die bed.

Asof hy weet wat in haar kop aangaan, kom buig Joshua oor haar en beduie na 'n TV-kamera bokant die deur. "Moenie probeer wegkom nie, liefie. Daai oë is die hele plek vol. En buite is daar leeus wat nie gereeld kos kry nie."

Yusuf jaag hom aan omdat hy vrees dat Joshua iets onbesonne kan aanvang; hy is bang dat die majoor dalk reeds in die kontrolekamer vir hulle wag en alles op die monitor kan sien.

Toe die twee mans by die kamer se deur uitstap, kyk Joshua terug en huiwer 'n oomblik voor hy die deur toetrek. Sy oë brand met begeerte oor haar liggaam terwyl sy tong suggestief soos die van 'n slang in en uit deur sy lippe flits. Ems kyk onverskrokke na hom terug en weier om haar van stryk te laat bring. "Slaap lekker, liefie. Môre is jy weer myne." Dan trek hy die deur toe.

In Eldorado se kontrolekamer, waar verskeie monitors toon wat in die vertrekke aangaan, heers daar 'n onverbiddelike dissiplinêre atmosfeer na die majoor se binnekoms. Daar is nou geen teken van die galante gasheer wat aan vroue in die algemeen en sy sakekennisse bekend is nie. Hy kyk vlugtig na die monitor waarop Ems sigbaar is. Die strak uitdrukking op sy gesig verander nie. Dan draai hy hom na Joshua en Yusuf. Hy sê vir eers niks, staar net met woede in sy oë na hulle.

Die volgende oomblik klap hy Joshua so skielik en met soveel geweld dat sy kop agteroor ruk. Dit voel vir Joshua of sy nek op twee plekke kraak. Dit ontketen 'n onmenslike woede teenoor die majoor in hom. Sy optrede knak die kameel se rug, stook die opstand en verset wat al lankal in hom broei. Dit ontketen daardie koelbloedigheid in hom waarmee hy 'n medemens soos 'n dier kan slag. Joshua plaas homself onder druk om nie daaraan toe te gee nie, maar hy weet sy dag sal nog kom om vergelding te eis. Hy het genoeg gehad van die majoor se militêre, outoritêre optrede, asof hy elke siel wat 'n verbintenis met hom het, besit. En niemand besit vir Joshua Louw nie. Niemand behandel hom soos vuilgoed nie. Niemand haal woede en frustrasie op sy liggaam uit nie.

Dit het hy vroeg al in sy lewe besluit. Daarom leef hy sy lewe met 'n strewe en 'n visie van sy eie. Dit gaan hom nie meer lank neem om dit te bereik nie. Hy is nog besig om hom orent te strek met die minste aanduiding van sy ware gevoelens, toe die majoor Yusuf klap wat eenkant toe probeer koes.

"Idiote!" skel Tom Ferreira. "Hoeveel dwaashede sal julle nog aanvang wat die risiko's vir ons vererger? Julle opdrag was kort en saaklik: ontruim Farmakor vinnig en sonder ophef. Sonder om Ormond bloot te stel. Maar nee, toe sleep julle die meisiekind saam! Kan julle dan niks skoon en sonder komplikasies doen nie?"

"Dit was die beste manier om Wouter Hanekom te dwing om vinniger te reageer," verduidelik Joshua bot.

"Nou hoekom haar hierheen bring? Verduiwels, man! Jy weet wie almal hier is. Jy weet dat ons met baie belangrike onderhandelings besig is. Kan jy nie vir jouself dink wat die gevolge kan wees as die mense blootgestel word nie?"

Dis weer Joshua wat antwoord. "Ons was besig om te ontruim. Daar was nie 'n ander uitweg nie."

"Niemand, Joshua Louw, niemand neem op eie houtjie besluite nie. Ormond behoort aan my. Ek het dit van ondergang gered en opgebou. Daarom neem ek alle besluite. As jy enige ontwikkelbare idees het, bespreek jy dit eers met my. Dis deur jou voortvarende oorhaastigheid dat ons nie presies weet waar ons met die Hanekoms staan nie. Nie net het daar van my handelsware verdwyn nie, maar ons het ook nie 'n benul wat Rudolf Hanekom uitgevind het en wat hy met daardie inligting gemaak het nie. Julle weet ek eis die hoogste lojaliteit, anders kan daar geen sukses wees nie. Daarom sal ek nie toelaat dat

Ormond deur kortsigtigheid aan onnodige risiko's blootgestel word nie. Is dit duidelik?"

Beide Joshua en Yusuf mompel onderlangs dat dit duidelik is. Die twee wagte voor die monitors sit penorent en bewegingloos soos poppe voor hulle en staar terwyl hulle van elke woord bewus is. Hulle is te bang om 'n beweging te maak wat die majoor se aandag op hulle sal vestig. Hulle is maar te deeglik bewus van die man in wit se plofbaarheid en genadelose dissipline. Hy verskoon geen foute nie. Die een of ander tyd laat hy jou daarvoor betaal.

"Totdat die helikopter môre teruggaan Pretoria toe, bly julle in julle kwartiere. Julle keer saam terug. Julle gaan maak julle halwe werk klaar. Doen dit dié keer vinnig en skoon soos julle opgelei is. Sonder spore wat hierheen lei. En as julle nog stommiteite soos die afgelope tyd aanvang, laat julle my geen keuse nie. Ek sal 'n drastiese voorbeeld van julle moet maak. Maak dat julle voor my oë wegkom!"

Joshua en Yusuf talm nie 'n sekonde langer in die majoor se teenwoordigheid nie.

Toe die kontrolekamer se deur agter hulle toegaan, draai Tom Ferreira terug na die monitors. Hy staar lank na die beeld van Ems in haar kamer. Daar is 'n deernis in hom vir haar. Hy wens hulle het haar nie hierheen gebring en haar aan sy genade blootgestel nie. Vir vroue het hy nog altyd agting gehad en hulle soos 'n ware heer behandel. Nou word hy geforseer om die lot oor die meisie se voortbestaan te werp.

Toe Tom omdraai om uit te stap, is dit met ernstige kommer in sy gemoed. Daar is by hom geen twyfel meer nie. Joshua is self 'n dwelmgebruiker. Dit verklaar die toenemende antagonisme en aggressie wat hy openbaar.

Die man is deesdae so onvoorspelbaar dat dit vir hom voel asof hy besig is om beheer oor hom te verloor. Daarvan getuig sy optrede in die laaste tyd. En dit kan hy nie bekostig nie. Hy durf geen vorm van rebellie teen sy gesag duld nie. Dit is nie bevorderlik vir sy beeld in die organisasie nie. Daarby veroorsaak dit te veel blootstelling. Veral terwyl hy nog besig is om buitelandse kontak op te bou. Sodra sy buitelandse besoekers weer vertrek het, sal hy ernstig aandag aan die opknapping van Joshua se dissipline moet gee.

15

Terug by die Hanekoms se huis skets Jay-Jay en Antoni om die beurt die verloop van gebeure sedert hulle by Farmakor aangekom het. Estelle is hewig ontsteld om te verneem van Ems se ontvoering. Dit vul haar met allerhande vrese vir die meisie se veiligheid. Veral by herinnering aan wat met haar skoondogter en oudste seun gebeur het.

Jay-Jay oorhandig aan sy pa die omslag van die 1991/92-jaarverslag waarin Rudolf die besonderhede van sy ondersoek en Oscar se foto's versteek het.

Toe Darius al die bewyse sien, skud hy sy kop in ongeloof. "Hoe kon dit alles gebeur het sonder dat ons van enigiets bewus was? Dis bykans ondenkbaar!"

"Hulle was uitgeslape, doktor Hanekom. Hulle het presies geweet hoe om te werk te gaan omdat hulle die opset en al die prosedures goed geken het. En u moenie vergeet nie: Joshua Louw met sy misleidende voorkoms was die hoof van die laboratorium. Hy kon 'n perfekte verslag aan u en u bestuur voorlê," probeer Antoni 'n verbysterde Darius se opbouende skuldgevoelens temper.

Dit is vir die trotse en nougesette chemiese doktor weinig vertroosting. Daar was 'n swak skakel in Farmakor se interne sekuriteit waardeur hy hom laat mislei het. Die gevolge daarvan was die moorde wat sy gesin so direk geraak het.

Jay-Jay het 'n aanvoeling vir sy pa se wroeging. Hy probeer Darius se gedagtegang met 'n spesifieke vraagstuk onderbreek.

"Oscar Dlamini het gepraat van 'n pak heroïen wat hy verwyder het en vir Rudolf gegee het. Rudolf maak ook melding daarvan in sy verslag en noem ook dat hy nog twee pakke verwyder het — altesaam vyftien kilogram."

"Dis 'n enorme hoeveelheid dwelms," sê Darius. "Ek sidder bloot by die gedagte aan wat die totale hoeveelheid is wat deur Farmakor uitgevoer is. En wat die gevolge vir my kon gewees het as die polisie toegeslaan het. Nie dat die skade minder ernstig gaan wees wanneer die hele besigheid oopgevlek word nie."

"Wat is die waarde van so 'n klomp dwelms?" vra Estelle, wat tot dusver stilswyend in haar eie verslaentheid was.

Dis Antoni wat antwoord: " 'n Verbysterende klomp geld as 'n mens in gedagte hou dat die straatwaarde van suiwer heroïen maklik oor die tweeduisend rand per gram kan beloop."

"Liewe genugtig! As dit waar is, dan is die waarde van die hoeveelheid wat Rudolf verwyder het by 'n dertig miljoen rand. G'n wonder die mense is bereid om moord te pleeg nie," is Darius se kommentaar.

"Dit is waarom dit so belangrik is om uit te vind wat Rudolf daarmee gedoen het," sê Jay-Jay. "Joshua Louw en sy trawante is tot enigiets in staat om dit in die hande te kry. Ems se ontvoering is 'n bewys daarvan. Waarskynlik is dit om dieselfde rede dat hulle vir my en Jaco Ebersohn ontvoer het. Die dreigemente wat reeds teen ons gemaak is, bevestig net dat hulle nie gaan aanvaar dat ons nie weet waar dit is nie."

"Na Rudolf se dood en Oscar se arrestasie vir moord, het jy en Jaco onwrikbaar aan Oscar se onskuld geglo. Julle het tydig en ontydig by Farmakor kom krap en vrae vra. Dit het later so 'n irritasie geword dat ek julle moes belet om die terrein te betree. Tot daardie laaste middag voor julle verdwyning. Jy was wie weet hoe lank in Rudolf se kantoor toegesluit. En toe Jaco opgedaag het om jou te kom haal, was julle nog 'n geruime tyd daar voor julle vertrek het. Wat julle daar aangevang het, weet nugter," verduidelik Darius.

"Ek wens net ek kon onthou wat daardie middag gebeur het, en of ons enige leidrade gevind het," sê Jay-Jay. "Dalk het ons selfs uitgevind wat Rudolf met die heroïen gemaak het. Is daar hoegenaamd niks waaraan Pa kan dink nie? Waar Rudolf moontlik so iets sou kon wegsteek sonder dat iemand dit daar sou gaan soek nie?"

Darius skud sy kop ontkennend. "Ek het nie 'n benul nie. Soos julle self in sy verslag kon sien, was hy van plan om my die volgende dag volledig in te lig, maar toe is hy vermoor. Al voorstel wat ek kan maak, is dat julle met Rudolf se sekretaresse van destyds praat. Daar is min aktiwiteite van 'n bestuurder waarvan sy sekretaresse onbewus is."

"Dis 'n goeie voorstel," stem Antoni saam. "Ek het al sulke roetes gevolg wanneer ek inligting wou hê."

"H'm ja. Dis hoekom ek julle verslaggewers nie maklik vertrou nie," skerts Darius vir 'n verandering ligweg.

"Ek het genoeg gehoor om van nagmerries te kry," kla Estelle. "En as ek my mening kan lug: oorhandig dit wat julle reeds het aan kaptein Bekker, sodat hy en sy mense verder aan die saak kan werk."

"Dis nie so eenvoudig nie, Ma," skerm Jay-Jay. "As dit bloot oor die inligting gegaan het, is dit goed en wel. Veral as dit hulle sou kon help om toe te slaan, maar hoe, en waar? Joshua Louwhulle het padgegee. En hulle het vir Ems saam met hulle. Hy het dit baie duidelik gestel dat ons net tot vanaand tyd het om die heroïen te oorhandig. Doen ons dit nie, sal sy daaronder ly."

"Ek dink tog jou ma is reg, Wouter," stem Darius saam met sy vrou. "Wat julle verdere planne ook al is, dit behoort in samewerking met kaptein Bekker te wees. Dit het tyd geword vir polisieoptrede."

Hulle redeneer nog 'n ruk lank oor die noodsaaklikheid van polisiebetrokkenheid op hierdie stadium. Die twee jongmans moet later toegee dat indien iets skeef loop sonder dat die polisie behoorlik ingelig was, dit vir hulle albei ernstige gevolge kan hê. Uiteindelik besluit hulle om die saak voorlopig daar te laat en die deel van die nag wat nog oor is, 'n bietjie slaap te probeer kry.

Antoni word genooi om hom sommer in Jay-Jay se kamer tuis te maak terwyl Jay-Jay in Rudolf se kamer sal slaap.

Net toe Jay-Jay in die bed wil klim, sien hy Rudolf se dagboek en telefoonnommerlys, wat hy uitgehou het toe hy en Antoni die kartondoos met Rudolf se persoonlike besittings deurgegaan het. Hy gaan sit kruisbeen daarmee op die bed, begin bladsy vir bladsy omblaai en bestudeer elke inskrywing. Hy kom by 'n bladsy waar al die afsprake doodgetrek is. Boaan staan daar geskryf: *Begrafnis — Lydia*. Jay-Jay staar daarna met 'n gewaarwording wat hy nie kan plaas nie. Dan blaai hy verder.

By die vierde datum daarná is daar geen afsprake ingeskryf nie. Die bladsy is egter vol dik strepe en krullerige tekeninge wat bevestig dat Rudolf lank en diep ingedagte was oor iets wat hom erg gepla het. Twee sinne wat tussen al die gekrap geskryf staan, maak dit ook duidelik waaroor sy worsteling was. *Psigiater — Wouter gaan deur hel.* 'n Entjie ondertoe staan daar: *Lydia wou my dringend in verband met lab spreek — waaroor?*

'n Paar weke verder in die dagboek is daar 'n inskrywing: *Interne ondersoek — self.* Dan tussen hakkies *(KREMETART)*.

Jay-Jay besef dat dit op die dag moes gewees het toe Rudolf die geheime lêer op die rekenaar moes geopen het en toe die kodewoord neergeskryf het.

Daarna volg verskeie inskrywings van afsprake met Oscar. By een datum daarna staan daar *1991/92* geskryf, en dan tussen hakkies *(ARGIEF: 11-17-23)*. Jay-Jay frons en wonder wat dit sou beteken. Hy besluit om in die oggend aandag daaraan te gee.

Op die dag van Rudolf se dood is daar afsprake ingeskryf wat hy eers met Joshua Louw en direk daarna weer met Oscar sou gehad het. Dit kan verklaar waarom Joshua kwansuis vir Oscar betrap het. Toe Oscar vir sy afspraak opgedaag het, moes dit gewees het kort nadat Joshua die moord gepleeg het en nog in die omgewing was. Dit strook met wat Oscar aan Ems en Antoni vertel het.

Na die bestudering van die dagboek klim Jay-Jay in die bed om te probeer slaap, maar sy gedagtes bly met die aand se gebeure en die nuwe feite spook. Sy laaste gedagtes voor hy aan die slaap raak, is aan Ems en dit waaraan sy moontlik in Joshua se geselskap blootgestel is.

Vroegoggend ry Jay-Jay saam met sy pa na Farmakor toe terwyl Antoni met sy eie motor agterna kom. Darius is die hele ent pad stil. Hy is moeg. Nie net het hy nie goed geslaap nie, maar die gebeure van die afgelope maande begin ook 'n tol eis. Hoe meer hy hoor, hoe meer voel hy verantwoordelik vir die gebeure. Hy voel dat hy moontlik deur 'n gebrekkige bestuurstyl die geleentheid geskep het dat so iets onder sy neus kon plaasvind. Die skade wat in dié proses aan Farmakor aangerig is, sal eers bepaal kan word sodra alles openbaar gemaak word. Eers daarna sal orde uit die wanorde geskep kan word. Wat vir eers die belangrikste is, is dat daar so gou moontlik samewerking met die polisie moet wees sodat die hele saak tot 'n punt gedryf kan word.

Hulle het dan ook skaars by Darius se kantoor ingestap, toe bel hy kaptein Bekker. Die kaptein is ook reeds op kantoor en is verras om so vroeg van Darius te hoor.

Darius lig hom kortliks oor Ems se ontvoering in. Hy meld ook dat Jay-Jay en Antoni op belangrike feite afgekom het, wat betrekking op sy ondersoek kan hê, en wat nie oor die telefoon bespreek kan word nie. Hieroor is die kaptein nie heeltemal verras nie, maar toe Darius sê dit is dalk wenslik dat hy iemand van die Narkotikaburo saambring, besef hy dat dit iets groter kan wees as wat selfs hy verwag het.

Na die oproep wil Jay-Jay van sy pa weet wat van Rudolf se sekretaresse geword het. Terwyl hulle vir kaptein Bekker wag, wil hy by haar probeer uitvind hoe goed sy op die hoogte was van wat Rudolf gedoen het. Dalk kan sy hulle van die ontbrekende inligting voorsien. Darius bevestig dat sy nog in haar ou pos is by die man wat Rudolf se plek ingeneem het.

Op die derde verdieping is 'n vriendelike Linda Verster aangenaam verras toe Jay-Jay by haar werkstasie instap.

"Wouter! Jou ou sondaar!" verwelkom sy hom en soengroet hom sommer.

Jay-Jay voel ietwat verleë oor die meisie se spontaneïteit. Hoofsaaklik is dit maar net weer soos in ander situasies waar hy niemand uit die verlede kan onthou nie. Hy probeer dit egter so gewoon as moontlik laat verbygaan.

"Jammer dat ek nou eers by jou 'n draai maak. Die polisie hou my besig en ek soek nog na 'n paar van my breinselle wat ek verloor het," skerts hy ligweg.

Sy lag gemaklik. "Ek het gehoor, ja. Dis dié dat ek so gerus voel dat niemand van ons twee se geheime sal uitvind nie."

Dis sy beurt om onderlangs te lag. Dan raak hy ernstig. "Sê my, Linda, die dag toe ek hier was en so 'n bohaai opgeskop het —"

"Toe ons jou moes laat toesluit totdat jy tot bedaring gekom het," val sy hom in die rede. "Jy was so lekker geswaai, jy wou net hê hulle moes my saam met jou toesluit."

"Hoeveel skandes het ek aangejaag waarvan ek nog nie gehoor het nie?"

"Ag!" troos sy, "jy het darem nie regtig soveel skandes gemaak nie. Jy was net ongelukkig en seergemaak en erg omgekrap deur jou pa. Dit was maar 'n moeilike tyd. Gelukkig verstaan ek julle Hanekoms."

"Kan jy onthou of ek 'n briewetas by my gehad het en wat ek daarmee gedoen het?" vra hy.

"Onthou jy daarvan?" vra sy verbaas.

"Nie regtig nie. Uit wat ek tot dusver van my gedrag van destyds gehoor het, het ek afgelei dat ek dit die hele tyd by my moes gehad het. Wat ek daarmee aangevang het, is vir almal 'n raaisel."

Sy giggel onderlangs. "Jy't dit vir my gegee om dit vir jou te bêre. Jy't nog gesê dis pornovideo's en niemand mag daarvan weet nie. Ek was verplig om by my eie lewe daaroor te sweer."

"Is dit nog waar jy dit gebêre het?" vra hy met 'n gevoel van opgewondenheid in hom.

"As ek iets moet wegsteek, doen ek dit goed, my vriend."

"Sê my eerlik: het jy gekyk wat in die tas was?"

"Nee," antwoord sy sonder huiwering. "Jy't mos vir my gesê dis porno's. Daarmee was dit mos duidelik dat jy nie wou hê . . . " Sy bly 'n oomblik stil toe die waarheid tot haar deurdring. Haar oë staar groot van verbystering na hom. "Wouter, moenie vir my sê dis daardie klomp geld wat saam met jou verdwyn het nie!" roep sy dan gedemp uit.

"Ek hoop so," sê hy. "Dit sal een raaisel opklaar."

"Wat bedoel jy?" vra sy met 'n ernstige uitdrukking op haar gesig.

Jay-Jay slaan Rudolf se dagboek op die plek oop waar daar ARGIEF: 11-17-23 geskryf staan. Hy wys dit vir haar. "Wat beteken dit wat Rudolf hier in sy dagboek geskryf het?"

"Dis die kode van die argiefkluis se slot. Elke finansiële jaar se dokumente en state word daar gebêre. Na vyf jaar word dit vernietig," antwoord sy. "Rudolf kon die kode nooit onthou nie omdat ek meestal die kluis oopsluit wanneer dit nodig is. Hy het daardie aand laat gewerk en vir my gevra om die kode vir hom te gee. Hy was besig om ou dokumente na te gaan vir een of ander verslag."

"Dis daardie verslag wat sy dood veroorsaak het," brom Jay-Jay onderlangs.

"Is jy ernstig?" vra sy met 'n uitdrukking van ongeloof op haar gesig.

Hy knik bevestigend. "Kan jy my daarheen vat?"

"Ja. Dis juis waar ek jou tas ook versteek het. Kom saam," sê sy en loop voor hom uit in die gang af tot by 'n swaar kluisdeur.

Hy staan haar en dophou terwyl sy oopsluit en die kombinasieslot draai tot dit hoorbaar in plek vasklik. Hy help haar om die swaar deur oop te swaai. Linda skakel die lig aan en hulle stap 'n groterige vertrek binne.

Jay-Jay trek die kluisdeur weer agter hulle toe sodat nuuskierige oë nie dalk sien waarmee hulle besig is nie. Hy is juis nie seker of daar dalk nog van Joshua se trawante by Farmakor werk nie. Binne-in die kluis is daar tweemeterhoë staalrakke met skuifdeure wat op spore uitmekaar gerol kan word. Elke rak is aan die volgende met 'n slot vasgesluit. Aan die slotkant is elke rak met die betrokke finansiële jaar se datum gemerk.

Linda stap reguit na die 1991/92-rak toe en sluit die slot oop. "Kom help 'n bietjie hier," sê sy. "Dis nogal harde werk om die voorste klomp weg te skuif."

Hy help haar en hulle trek die rakke uit mekaar. Dan stap sy tussen die rakke in en sluit weer een van die skuifdeure oop en skuif dit op. Sy buk af na die onderste rak toe en skuif 'n klomp boogknipleërs opsy. Dan kom sy met 'n dokumentetas orent. "Dis hy dié. Jou pornovideo's," sê sy met 'n onnutsige glimlag.

Die dokumentetas se knippe het kombinasieslotte, en omdat nie een van hulle weet wat die kombinasie is nie, breek Jay-Jay die slotte met die kluisdeur se sleutel oop. Toe hy uiteindelik die deksel oplig, staar hulle albei verstom na die rye kontantnote in die tas asof hulle nog nooit soveel geld bymekaar gesien het nie. Jay-Jay maak die tas weer toe toe 'n ander gedagte skielik by hom opkom.

"Hoekom het jy dit in hierdie finansiële jaar se rak kom versteek?"

"Niemand doen werklik meer naslaanwerk oor negentien een en negentig-twee en negentig nie. Daarom is dit veiliger. Rudolf het ook een keer vir my gevra om iets vir hom in die rak te kom bêre. Dis hoekom ek eintlik weer hierdie rak gebruik het."

Jay-Jay kyk met verskerpte belangstelling na haar. "Waar het jy Rudolf se goed gebêre?"

"In die rak langsaan." Sy volg dieselfde prosedure as met die tas. "Jy sal dit net self moet uithaal. Dis so 'n bietjie gewigtig," sê sy en staan opsy.

Jay-Jay gee die tas vir haar en gaan op sy hurke sit. Daar is 'n groterige kartondoos, wat netjies in sterk bruinpapier soos 'n geskenkpak toegedraai is. Hy trek die kartondoos uit en skeur die papier af. Die kartondoos self is met breë kleefband verseël. Dié trek Jay-Jay ook af en toe hy die flappe oopvou, vind hy presies dit wat hy daar verwag het: Drie vyfkilogrampakke kremetart.

"Kremetart?" vra Linda onbegrypend. "Hoekom het Rudolf ... ek verstaan nie."

"Dit my liewe Linda, is nie kremetart nie. Dis heroïen. Die hele oorsaak van al ons ellende."

"Heroïen? Dis mos onmoontlik! Rudolf sou nie by so iets betrokke gewees het nie."

"Rudolf het die hele ding oopgevlek. Dis hoekom hy met sy lewe daarvoor betaal het. Ongelukkig kan ek nie nou die hele storie aan jou verduidelik nie. Daar's te veel detail, maar jy sal nog alles hoor. Moet net onder geen omstandighede vir enigiemand vertel wat ons nou hier gevind het nie. Ek vat dit saam met my na my pa se kantoor toe."

Net voor sonop word Ems wakker, toe die kamer waar sy aangehou word, se deur oopgaan. Sy lig haar kop en sien dat dit 'n netjies geklede Sotho-vrou met 'n moederlike voorkoms is wat die kamer binnekom. Sy dra 'n skinkbord met koffie, en 'n handdoek met alle ander benodighede vir 'n oggendstort. Sy sit die skinkbord op die bedkassie neer, en die res op die voetenent van die bed.

"Dankie," sê Ems met 'n krakerige stem en sit orent.

"Die badkamer is langsaan. Regs uit by die deur in die gang af. Juffrou kan maar gaan bad of stort," sê die vrou.

"Hoe kan ek hier wegkom?" waag Ems om te vra.

"Daar is nie 'n manier nie," antwoord die vrou. "En Juffrou moet liewer ook nie probeer nie. Dis nie net gevaarlike wêreld die nie; die mense sal jou ook kry en terugbring. Dan gaan hulle jou laat swaarkry."

"Waar is die plek?"

"Dis beter dat ek nie sê nie. En nou mag ek nie meer met Juffrou praat nie. Drink die koffie nou maar en gaan bad. Dit sal Juffrou beter laat voel."

Op die ingewing van die oomblik vra Ems: "Die twee mans wat laas hier was — wat het met hulle gebeur?"

"Ek weet niks," antwoord die vrou bot en kyk vinnig weg. "Wanneer Juffrou klaar is, kan Juffrou links uit by deur met die gang af stap. Op die punt van die gang is 'n dubbelglasdeur. Dit loop op die balkon uit. Dis waar Juffrou saam met die majoor en die ander sal brekfis."

Sonder om vir Ems die geleentheid te gee om nog vrae te vra, draai die vrou om en stap by die kamer uit. Toe die deur agter haar toegaan, laat Ems haar kop op haar hande sak. Sy kam met haar vingers deur haar hare. Sy voel ergerlik en gefrustreer deur die situasie waarin sy haar bevind. Na 'n rukkie kyk sy na die skinkbord. Sy kry lus vir die koffie, vat dit en neem 'n sluk daarvan. Dis warm en smaak aangenaam.

Sy staan van die bed af op en gaan staan voor die venster om na buite te kyk. Die hele venster het tralies voor asof die vertrek spesiaal ingerig is om iemand hier gevange te kan hou. Dit laat haar wonder of Jay-Jay en Jaco ook hier aangehou was.

Van die buitewêreld kan sy nie veel sien nie omdat die grasdak so laag hang dat dit haar uitsig versper. Wat sy wel kan sien, is 'n deel van die tuin wat netjies uitgelê en goed versorg is. Verder gee die kontoere van die tuin vir haar die indruk dat die huis teen 'n heuwel of berghang geleë is. Sy sien 'n man in Ormond-drag met 'n hond aan 'n leiband in die tuin beweeg. Dis duidelik 'n wag wat aan diens is. Sy drink haar koffie klaar en gaan soek daarna na die badkamer.

Toe Ems klaar gestort het, voel sy liggaamlik beter, maar dit het geen verandering aan haar bui gebring nie. Sy stap met parmantige treë met die gang af na die balkon toe, met 'n voorneme dat sy nie gaan toelaat dat sy geïntimideer word nie.

Die majoor en sy gaste wag reeds by 'n gedekte tafel op die balkon vir haar.

Soos gisteraand is hy weer in wit geklee. Dié keer minder formeel. Hy kom dadelik galant orent en glimlag vir haar. Dit laat hom meer aantreklik lyk as met hul eerste ontmoeting gisteraand. Sy houding is ontspanne en hy klink selfs gemoedelik en minder bot.

"A, juffrou Van Niekerk! Dis aangenaam om jou te sien. Kom sit asseblief," nooi hy met 'n uitgestrekte arm, wat na 'n oop sitplek links van hom beduie. Hy stel homself aan haar bekend as Tom Ferreira. Daarna sy vyf ander gaste as sakekennisse uit Taiwan, Duitsland, Frankryk, Amerika en Nigerië. Almal erken die bekendstelling met openlike belangstelling in haar teenwoordigheid. Ems bly egter styf en terughoudend toe sy plaasneem en Tom na haar gaan sit.

"Lemoensap?" vra Tom en skink die glas voor haar vol sonder dat sy bevestigend antwoord.

Sy mompel nietemin "Dankie" en begin van die sap drink.

'n Kelner maak op daardie oomblik sy verskyning asof dit presies vooraf so gereël is. Hy oorhandig 'n ontbytspyskaart aan elkeen om die tafel. Dit laat Ems besef hoe goed georganiseer en gedissplineer die majoor se huishouding en omgewing is.

Ems is nie honger nie. Haar onvergenoegdheid demp haar eetlus, maar sy besef dat sy iets sal moet eet as sy haar kragte wil behou vir die onverwagte wat moontlik vandag vir haar wag. Daarom bestel sy wors en eiers en gebakte tamatie en roosterbrood, met 'n koppie koffie daarby. Die majoor en sy gaste plaas elk hul eie bestelling.

Die ontbyt verloop daarna redelik ontspanne, en die ander gaste gee heelwat aandag aan haar. Die majoor se oë waarsku haar telkens om versigtig te wees met haar woordkeuse wanneer sy op vrae reageer.

Dis vir haar nie moeilik om te raai wat die gevolge vir haar kan wees as hy nie van haar antwoorde hou nie.

Na ontbyt hou hy haar vir 'n oomblik terug toe die ander gaste verskoning maak en die tafel verlaat. "Dit was baie verstandig van jou om nie te laat blyk wat jou omstandighede is nie," sê hy tevrede. "Dit kon die sensitiewe onderhandelinge waarmee ons besig is, 'n knou gegee het. Hulle mag nie weet dat daar op die oomblik vir my so 'n effense lastige krisis is nie."

Sonder om dadelik daarop te antwoord, draai sy haar skuins op haar stoel en staar na die toneel voor haar. Dis indrukwekkend. Waar die plek ook al is, dit is in 'n vallei tussen berge geleë, met 'n uitsig wat rustigheid en vrede weerspieël. Die kalmte van 'n boswêreld wat die rustelose en onstuimige bestaan van die moderne wêreld totaal afsny.

"Dis een van die mooiste plekke wat ek nog gesien het," sê sy dan. "Dit laat 'n mens voel dat jy vir ewig hier sou kon vertoef sonder 'n behoefte om die wêreld daar buite te beleef."

Hy glimlag selftevrede. "Dis presies waarom ek Eldorado hier kom vestig het."

"Maar dit behoort nie 'n plek te wees waar enige mens gevange gehou word nie. Die koue werklikheid daarvan verbreek die illusie van volmaaktheid. Dit skep 'n onaangename bewustheid van bedreiging en onheil."

"Moenie dat jou omstandighede van verlede nag jou oordeel beïnvloed nie. Dis misleidend."

"Werklik?" vra sy sarkasties.

Die majoor haal sy skouers op en staan van die tafel af op om aan te dui dat die gesprek tussen hulle afgehandel is. "Jy is vry om in en om die huis rond te beweeg. Moet net nie waag om te ver weg te dwaal nie."

Hy beduie in die rigting van die beboste omgewing wat Eldorado omring. Sy stem is dodelik ernstig toe hy voortgaan: "Dis nie hiervandaan sigbaar nie, maar 'n ent die bosse in is daar 'n rivier wat wemel van die krokodille. En 'n ent verder is daar 'n sterk geëlektrifiseerde heining wat reg rondom Eldorado strek — bloot omdat daar baie loslopende wilde diere is. As jy so dwaas sou wees om te probeer wegkom, sal die een of ander wilde dier jou verskeur, of jy kan in die rivier tussen die krokodille beland. Dit het ongelukkig al met nagtelike indringers gebeur. Ek sou nie wou sien dat so iets met jou gebeur nie."

Ems ril ligweg toe sy aan die gevaarlike blootstelling dink. Dan vra sy voor hy loop: "Wat gebeur met my wanneer Wouter Hanekom dit lewer wat Joshua wil hê? Of selfs as hy dit nie kan lewer nie?"

"Moet nou nie dat ons negatief daaroor raak nie. Kom ons aanvaar dat alles vir almal se beswil goed sal verloop. Nou sal jy my moet verskoon. My ander gaste vereis my aandag. Moontlik sien ons mekaar weer gedurende die dag." Hy maak 'n ligte buiging vir Ems voor hy by die glasdeur instap.

Buitekant die slaapkwartier staan Joshua en Yusuf en opkyk na die balkon toe, waar die majoor pas by die glasdeur ingestap het. Joshua staan roerloos met sy hande agter sy rug en 'n strak uitdrukking op sy gesig. Daar is iets in sy oë en sy houding wat Yusuf onrustig maak. Soos dit is, het hy bedenkinge oor Joshua. Veral na die man se gedrag van gisteraand na die onderonsie met die majoor. Hy het op die bed in die slaapkwartier gelê, vol stomende wrewel oor die majoor se optrede. Hy het tot watter tyd in die nag op Afrikaans met homself gelê en praat. Iets wat Yusuf geïrriteer het omdat hy nie 'n woord daarvan kon verstaan nie.

Nou is hy boonop vanoggend in hierdie snaakse bui van hom. Wanneer hy só is, is hy op sy gevaarlikste.

Yusuf is oortuig daarvan dat Joshua oor iets broei wat hy nie met hom wil bespreek nie. Hulle werk immers al lank genoeg saam om alles te deel. Waarom nou dié gedrag van hom?

Aan die anderkant was hy ook nog nooit seker wat om volgende van Joshua te verwag nie. Dis waarom hy nog nie heeltemal ontslae kon raak van sy vrees vir die man nie.

16

Die twee mans wat saam met kaptein Bekker en sersant Makgatho by Darius aangemeld word, is inspekteur Len Rousseau van die Suid-Afrikaanse Narkotikaburo en Jeff Warren van Amerika se Drug Enforcement Agency. Inspekteur Rousseau verduidelik op Engels dat meneer Warren juis op besoek in Suid-Afrika is om die moontlikheid te ondersoek om plaaslik 'n kantoor vir die DEA te open. Die hoofdoel is om in samewerking met die Narkotikaburo die maklike deurroete vir dwelmhandel deur Suid-Afrika te ondersoek en gemeenskaplike oplossings te vind om dit te beveg, byvoorbeeld om verbeterde doeanekontrole en grensbeheer te ontwikkel.

Darius neem sy besoekers na die raadsaal toe waar daar meer spasie is en waar Jay-Jay en Antoni reeds vir hulle sit en wag. Tussen hulle op die tafel staan die geopende tas en kartondoos met Rudolf se verslag en bewysstukke daarby. Nie een van die besoekers sê dadelik 'n woord nie. Hulle is terdeë bewus van die ontsaglike geldwaarde van die heroïen en die banknote wat voor hulle lê, en waarvoor mense bereid is om moord te pleeg.

Inspekteur Rousseau veral is bewus van die feit dat hierdie nie alles net die werk is van 'n klein groepie mense nie. Dis groter as dit. Dit moet 'n sindikaat wees. Moontlik kartelle wat hul oorsprong in Nigerië het en waarteen die Amerikaanse DEA tot dusver so 'n sterk aksie vanuit Kaïro loods. Dit bevestig ook weer dat Jeff Warren se besoek nie tydiger kon gewees het nie.

Kaptein Bekker begryp nou waarom Darius aangedring het daarop dat hy iemand van die Narkotikaburo saambring. Enige verdere optrede sal van nou af in samewerking met die

Narkotikaburo moet geskied. Dis nie nou meer net 'n saak waarin hy die verdwyning van mense, geld en moord moet ondersoek nie.

Sersant Peter Makgatho is die eerste een wat reageer. "Dit is groot. Dit is baie groot."

"Hoe het jy geweet waar om dit te kry?" wil kaptein Bekker ter wille van die Amerikaner op Engels van Jay-Jay weet.

Hy verduidelik presies hoe hy na die versteekte items gelei is. "Maar," voeg hy by, "juffrou Verster het nie 'n benul gehad wat dit is wat sy moes bewaar nie. Sy was nie eers bewus van my broer se ondersoek nie. As sy geweet het, sou sy sekerlik lankal met inligting vorendag gekom het."

"Ja. Dit is nogal een ding wat my dronkslaan," sê kaptein Bekker. "Waarom het u broer die ondersoek in die geheim gedoen terwyl hy dit aan die polisie kon oorlaat? Hy kon sy eie dood daardeur verhoed het."

Darius antwoord daarop. "Dit klink miskien onlogies, maar dis vir my nogal verstaanbaar. Hy kon die polisie nie betrek nie omdat hy geen konkrete bewyse gehad het om voor te lê nie. Dit kon die personeel onnodig op hol jaag en 'n algemene verdagmakery veroorsaak. Wat die geld betref: dit het geen verbintenis met die heroïensaak nie."

"Jammer om dit te moet sê, maar as ons in die ondersoek geken is, kon baie van u probleme voorkom gewees het," lewer Len Rousseau kommentaar. "Soos dit is, is ons al geruime tyd besig om die moontlikheid van 'n plaaslike sindikaat te ondersoek. En ek moet erken dat ons nie heeltemal verras is nie."

Darius is onkant betrap. "Beteken dit dat julle al die tyd bewus was van wat hier by Farmakor gebeur?"

"Nie ten volle nie, maar ons het ons vermoedens gehad."

"As dit dan die geval is, waarom het u nie vroeër opgetree of my ten minste ingelig nie?" vra Darius onthuts.

"Ek is jammer, doktor Hanekom. Dit was net nie moontlik om vroeër op te tree nie. Dit is net nie genoeg om te weet dat 'n bepaalde roete bestaan nie. As ons 'n roete afsny, word daar maar net weer 'n volgende roete geskep."

"U redenasie is nie vir my aanvaarbaar nie, Inspekteur. Ek dink nog u en u mense moes openlik met my gewees het!" sê Darius steeds ontevrede.

"Ons kon nie met u praat nie, Doktor, omdat ons nie geweet het in watter mate uself betrokke is nie. Dan was dit darem tog ook u seun se verantwoordelikheid om vir u en vir ons omtrent sy vermoedens in te lig."

"Dit is vir my moeilik om te verstaan waarom u nie kon optree nie," ondersteun Jay-Jay sy pa se argument. "Die mense het Farmakor se internasionale verbintenis misbruik."

"Kan ek reageer?" vra die man van DEA.

Inspekteur Rousseau knik instemmend. "Gaan gerus voort."

"Soos u seker weet, is dwelmhandel internasionaal geweldig uitgebrei en intensief. Ons praat van 'n bedryf wat miljarde dollars beloop. Ek hoef seker nie te verduidelik hoe skrikwekkend die gevolge daarvan is nie. In die VSA praat ons van 'n dwelmoorlog wat oor dekades strek. Hoe hard jy ook al probeer, jy slaag nooit daarin om die bedryf te vernietig nie. Die beste waarop jy kan hoop, is om dit 'n gevoelige knou te gee. En hoe harder jy probeer, hoe harder veg die dwelmkartelle terug. Hulle ontwikkel gereeld nuwe metodes om in hulle doelwitte te slaag. Dis bitter moeilik om altyd by te hou by hulle ontwikkeling. Ons bevind ons juis nou in 'n situasie waar die post-apartheidsera in u land uitstekende geleenthede bied vir die dwelmbase.

"Ons doelwit is dus om nie net 'n roete af te sny nie, maar om die grootkoppe uit te skakel. Miskien sal u beter begryp as ek sê daar is 'n sterk aanduiding dat daar op die oomblik iewers in Suid-Afrika 'n konferensie van verteenwoordigers van kartelle is."

"Die probleem is net dat ons nog nie presies weet waar dit is nie," voeg Len Rousseau by.

Dit laat Jay-Jay reageer. "Toe ek en Jaco Ebersohn verdwyn het, moes dit na iewers in die Laeveld gewees het. Nadat ek my bewussyn in die motor herwin het en niks van wat vooraf gebeur het, kon onthou nie, het ek reguit met die pad aangery en by Middelburg uitgekom. As ek en Jaco daarheen ontvoer is, moet daar iewers 'n basis of iets wees. Waarskynlik is die helikopter gisteraand na Ems se ontvoering ook reguit daarheen."

"Miskien kan sersant Makgatho vir ons laat nagaan of daar 'n vlugplan vir gisteraand se vlug óf enige vorige vlug ingedien is. En indien wel, wat die bestemming was," stel kaptein Bekker voor.

"Dis 'n goeie idee," stem Len Rousseau saam.

Onmiddellik hierna maak sersant Magatho verskoning om die nodige navraag te doen.

"Inspekteur, hoe het u uitgevind dat Farmakor 'n skakel in die ketting is?" stuur Antoni die gesprek in 'n bepaalde rigting.

"Ek het eendag 'n besoek gehad van Matthew Masemola," begin die inspekteur verduidelik.

"Van die Belmont-sokkerklub?" val Jay-Jay hom verbaas in die rede.

Len Rousseau knik bevestigend. Hy gaan voort: "Die man was bekommerd oor iets wat nie vir hom pluis gelyk het by die klub nie. Daar het eendag uit die bloute 'n Nigeriër by die klub opgedaag. Matthew het 'n vermoede gehad dat die man onwettig in die land is. Wat hom die meeste van die man gehinder het, is dat hy bevriend geraak het met van die klub se jonger spelers. Sy invloed onder hulle het te sterk begin word. En dit was nie goed vir hulle dissipline nie.

"Hy het hom veral dikwels met hulle beste doelskieter, Oscar Dlamini, se oefenprogram ingemeng. Die jongman het selfs vir die Nigeriër 'n werk by Farmakor gekry, waar hulle saam sou werk. Nie lank nie of jong bendegroepe het by die klub begin rondhang. Hy't begin vermoed dat daar iewers dwelms in die prentjie is. Om vir Matthew te help en 'n bietjie dieper op die saak in te gaan, het ons toe een van ons beste manne ingestuur. Hy het al lank vir ons onder 'n dekmantel gewerk en het die vermoë gehad om hom in enige omgewing tuis te maak."

"Jaco Ebersohn?" vra Jay-Jay, wat sy eie afleidings begin maak.

Len Rousseau antwoord weer bevestigend. "Jaco was oortuig daarvan dat jou vrou se dood nie 'n toevallige insident was nie. En om meer daaroor en oor Farmakor se betrokkenheid te probeer uitvind, het hy met jou bevriend geraak in 'n poging om nader aan Farmakor te kom. Jy was egter nie in 'n toestand om hom enigsins van hulp te wees nie. Dis ongelukkig eers na die moord op jou broer en kort voor julle verdwyning dat hy blykbaar sy deurbraak gekry het.

"Die dag van julle verdwyning het hy my juis geskakel met die nuus dat daar dalk 'n deurbraak is waarvoor ons lankal wag. Julle het daardie aand 'n afspraak met Yusuf, die Nigeriër, by Belmont-sokkerklub, gehad. Jaco het beloof om my later meer breedvoerig in te lig. Dieselfde aand het julle verdwyn, en ons het besef dat julle in 'n lokval gelei is om van julle ontslae te raak. Hulle moes van Jaco se dekmantel uitgevind het."

Antoni se gedagtes werk weer in 'n volgende rigting. "Ons weet dat Ormond seker die beste sekuriteitsmaatskappy in Gauteng is. Ons weet ook dat een van hulle helikopters snags hier aflewerings gedoen het. Wat ek wil weet, is: hoe skoon is Ormond werklik? Presies wat is hulle agtergrond en veral dié van Tom Ferreira?"

" 'n Mens sal dit moet nagaan," antwoord kaptein Bekker. "Al wat ek wel weet, is dat hulle 'n uitstekende rekord het en baie goed met die polisie saamwerk."

Darius het meer inligting en verduidelik: "Toe ons besluit het om van 'n sekuriteitsmaatskappy se dienste gebruik te maak, het ons verskeie maatskappye vir tenders gevra. Na ontvangs van die tenders het ons 'n goeie profielvergelyking opgestel. Ormond het die beste vertoon. Tom Ferreira was eers 'n majoor in die Suid-Afrikaanse Lugmag. Sowat drie jaar gelede het hy met 'n pakket uit die Lugmag getree.

"Sy pakketgeld het hy in Ormond gesteek, wat toe maar 'n sukkelende onderneming met 'n swak rekord was. Hy het Ormond met feitlik militêre presisie reggeruk, wat 'n wye verskeidenheid sekuriteitsdienste met groot sukses begin lewer het. Met verloop van tyd is drie helikopters en 'n twaalfsitplekvliegtuig aangekoop.

"Sy vliegtuig word veral gereeld gebruik om buitelandse besoekers in Suider-Afrika te vervoer, met Ormond-sekuriteitswagte aan boord om hulle te beskerm. Daarom is dit moeilik om te glo dat 'n man wat so sterk aan iets gebou het, by 'n internasionale smokkelnetwerk betrokke sou raak."

"Juis daarom plaas dit hom in 'n uitstekende posisie, want hy handhaaf ook goeie betrekkinge met die polisie. Hy het sy brood aan twee kante gebotter," lewer Jeff Warren kommentaar.

"Wat nou verder, Inspekteur?" vra Jay-Jay toe sersant Makgatho terugkeer en 'n faks aan kaptein Bekker oorhandig.

"Ons kan maar net wag totdat hulle met jou kontak maak," antwoord die inspekteur Jay-Jay se vraag.

"Ons het dit!" roep kaptein Bekker opgewonde uit nadat hy die faks klaar gelees het. "Daar was geen vlugroete vir gisteraand ingedien nie, maar Tom Ferreira het die afgelope week self drie vlugte onderneem. Tussen Lanseria en die Lydenburgomgewing. En raai wat? Die majoor het 'n wildsplaas tussen Lydenburg en Graskop. Eldorado is die plek se naam. Op die oomblik onthaal hy 'n groep buitelandse gaste daar."

"Die konferensie van dwelmkartelle," kom dit ingenome van Len Rousseau. Uiteindelik is hier 'n deurbraak waarmee 'n groot slag geslaan kan word.

Ems maak van haar vryheid van beweging gebruik om die huis waarin sy aangehou word, te verken. Sy is beïndruk deur alles wat sy teëkom. Geen geld of moeite is ontsien om die plek gemaklik en weelderig in te rig nie.

Wat sy ook baie gou agterkom, is dat daar verskeie videokameras in die huis aangebring is en wat duidelik vir sekuriteitsredes daar is. Nou verstaan sy waarom sy toegelaat word om vrylik rond te beweeg.

Direk langs die ruim voorvertrek is daar nog 'n vertrek wat opsigtelik vir doeleindes van ontspanning ingerig is. Buiten 'n kroeg direk langs die deur waardeur sy binnegaan, is daar 'n snoekertafel, 'n kaartspeeltafel, basiese toerusting vir fiksheidsoefeninge, en 'n kuierhoekie met rottangstoele en 'n TV-stel. Die hele vertrek is met tropiese plante versier. Die een muur is heeltemal van glas — voorsien van 'n skuifpaneel — en bied 'n onbelemmerde uitsig op 'n netjies versorgde, ommuurde tuin.

Net regs van die kroeg is 'n deur wat na die tuin lei. Die skuifpaneel verdeel 'n swembad wat deels binnenshuis en deels buitenshuis is.

Ems gaan hurk by die swembad en skep van die water met 'n bakhand op en laat dit deur haar vingers loop. Die water is louwarm. Dit laat haar wonder of dit 'n verhitte swembad is en of die swembad deur 'n warmbron gevoed word. Sy bly so sit, terwyl sy deur die glasmuur na die tuin daar buite kyk.

Na wat sy tot dusver gesien het, lyk die plek vir haar eerder soos 'n rus- of ontspanningsoord as 'n tuiste. 'n Plek waar gaste gereeld vir 'n naweek of langer onthaal word. Of dis 'n plek waar konferensies gehou word — as sy moet oordeel na die vergadering wat hulle gisteraand met hulle aankoms onderbreek het. Dit sal ook verklaar waarom sy tot dusver nog niemand teëgekom het wat bevestig dat hier 'n gesin woon nie. In die lig van die omstandighede wat haar op Eldorado laat beland het, is dit duidelik dat die plek vir 'n bepaalde doel ingerig is.

Nog onder die indruk van die geld wat bestee is en die moeite wat gedoen is om Eldorado in te rig, stap sy terug na die deur waardeur sy binnegekom het. In die voorvertrek loop sy haar in Tom Ferreira en sy gaste vas wat op pad is buitetoe.

"A, juffrou Van Niekerk!" sê die majoor joviaal asof sy 'n spesiale gas is.

Ems kry egter die idee dat dit bloot vir die vertoon en ter wille van sy gaste is. "Stap gerus saam met ons. Dan kan jy sommer ook sien hoe goed Eldorado ingerig is."

Ems forseer 'n glimlag op haar gesig. Hy kom na haar toe en trek haar een arm liggies en galant deur syne sodat sy ingehaak by hom kan loop. Daarna lei hy sy gaste deur die mooi tuin na 'n groterige gebou wat met klip uit die omgewing gebou is, en wat soos die huis 'n grasdak het.

Voor die gebou is daar 'n oop ruimte wat soos 'n militêre paradegrond uitgelê is en wat 'n hindernisoefenbaan en 'n skietbaan insluit.

Aan die een kant van die gebou is 'n helikopterskuur met 'n helihawe waar iemand besig is om 'n helikopter vluggereed te kry. Aan die ander kant is hokke waarin roofdiere aangehou word. Nie ver daarvandaan nie begin 'n digte bos wat die hele terrein omring.

"Dit, menere, is die opleidingsentrum waar Ormond-sekuriteit se sekuriteitspersoneel opgelei word," verduidelik die majoor.

" 'n Mens kry die indruk dat u personeel volgens streng militêre beginsels opgelei word, Majoor," laat die Duitser van hom hoor.

"Soos 'n geheime, privaat leër," voeg die Fransman by. "As ek in u land se regering was, sou ek my daaroor gekwel het."

Tom Ferreira lag met 'n trotse tevredenheid. "Die opleiding stel inderdaad streng fisieke en geestelike eise aan die kandidate. Ormond-sekuriteit lewer verskeie gespesialiseerde dienste, menere. My personeel pas nie net geboue op nie. Daar word ook waardevolle vrag vervoer wat beveilig moet word. En dan voorsien ons natuurlik ook veiligheidswagte aan baie belangrike persone. Diegene wat van Ormond-sekuriteit se dienste gebruik maak, verwag net die beste. Ons kan dus geen foute bekostig nie en dit word ook nie geduld nie. Daarom word 'n strawwe ses maande kursus hier aangebied. Ek moet natuurlik ook byvoeg dat die personeel wat hierdie kursus voltooi en die finale toets slaag, met die beste ter wêreld vergelyk kan word.

"Die beste presteerders word natuurlik in die spesiale groep opgeneem wat u en my vennootskap sal bedryf. Hulle lojaliteit is sonder weerga," spog die majoor met 'n hinderlike nagedagte aan Joshua, die heel beste presteerder oor wie se lojaliteit hy deesdae bekommerd is.

"Ek sou graag u program van opleiding wou sien, Majoor. Het u enige studente op die oomblik in opleiding?" wil die Amerikaner weet.

"Ongelukkig nie. Die laaste span het onlangs klaar gemaak. Die volgende span kom oor 'n maand hierheen. Maar ek sal u nie teleurstel nie. Ek het 'n volledige video-opname waarna u kan kyk. Stap gerus saam."

Tom Ferreira begelei hulle deur die hele gebou, waar die slaapkwartier, eetkamer, gimnasium en lesingkamer ingerig is. Die besoekers is beïndruk deur wat hulle sien, en dis vir Ems duidelik dat hulle agting vir en vertroue in Tom Ferreira 'n graad hoër gestyg het.

In die lesingkamer nooi hy almal om te gaan sit. Dan trek hy die blindings voor die vensters toe en skakel 'n TV-stel aan. Uit 'n rak vol video's kies hy een.

"Hierdie video word gebruik om 'n nuwe span kort na hulle aankoms te oriënteer," verduidelik die majoor. "Hulle moet presies weet wat vir hulle wag voor hulle met die opleiding begin. Dan kry hulle 'n laaste geleentheid om te besluit of hulle kans sien om voort te gaan, en of hulle wil onttrek."

"Kry u gevalle waar iemand hom onttrek?" wil iemand weet.

"Nie dikwels nie. Die mense wat hierheen kom, is gewoonlik reeds geharde manne en vroue. Hulle bedenkinge en selfvertroue stabiliseer gewoonlik gou." Met dié woorde druk hy die video in die masjien en kom sit op die stoel langs Ems.

Die video begin met 'n inleiding van 'n kursus wat aanvanklik ooreenstem met 'n tipiese militêre dissipline en presisie om fiksheid, uithouvermoë, selfdissipline en psigologiese weerbaarheid te skep.

Die tweede fase van die opleiding is egter iets totaal anders. Volgens die majoor se verduideliking is dit 'n totale afbreekproses van 'n oormaat selfvertroue en sekerheid wat in 'n onbeheerbare waaghalsigheid kan ontaard, met katastrofiese gevolge.

Wanneer die rekrute besef dat hulle na die eerste fase van die opleiding eintlik nog ongedissiplineer en weerloos is, begin die tweede fase van heropbou totdat hulle onverskrokke en doelgerig is vir die take wat aan hulle opgedra mag word, met die versekering dat hulle dan altyd suksesvol sal optree. Dit is die wese van Ormond-sekuriteit.

Ems worstel deur dié dele van die vertoning wat vir haar plek-plek aan barbaarsheid grens. Soos wanneer die rekrute saam met aggressiewe wilde diere in 'n hok geplaas word om hulle graad van vindingrykheid om te oorleef te toets. Of waar hulle met 'n roeiboot die rivier vol krokodille moet trotseer. Dis 'n amperse resies met die ongediertes tot op 'n sanderige eiland in die rivier en terug. Iets wat haar met tye 'n siek gevoel gee.

Die uitwerking van die soms rillingwekkende eise wat aan die rekrute gestel word, en waardeur hulle gedwing word, is met tye duidelik op sommige se gesigte waarneembaar. Daarom is dit ook nie 'n verrassing dat van hulle ineenstort nie. Tog dryf iets hulle om hulleself weer reg te ruk en nie oor te gee nie. Om tot die einde toe te volhard. Ten slotte wys die video hoe die studente in die formele uniformdrag van Ormond-sekuriteit tydens 'n parade hulle graderingsertifikate ontvang.

Na 'n bespreking van die video lei Tom Ferreira sy gaste uit die opleidingsentrum. Hy sorg dat Ems steeds naby hom is. Miskien om te verhoed dat sy in 'n gesprek met van die besoekers betrokke raak en kan laat val dat sy inderdaad 'n gyselaar is as gevolg van wanoptrede. Iets wat nie bevorderlik sal wees vir die beeld wat Tom voorhou nie.

By 'n volgende buitegebou, wat niks groter as 'n standaardmotorhuis is nie, gaan hulle na binne. Die gebou bevat basiese gereedskap vir die instandhouding van die terrein, en 'n paar sakke bemestingstowwe.

Daar is ook 'n werkstafel vol motorgereedskap, olie en onderdele wat vir die diens van voertuie gebruik word.

In die middel van die vloer is 'n diensput vir die voertuie. Tom lei hulle met 'n houttrap af in die diensput in. Toe hulle almal binne die diensput staan, draai hy hom terug na die trap en druk 'n versteekte hefboom wat die houttrap laat oplig. Die muur van die diensput wat agter die trap versteek was, skuif ook weg om 'n deuropening na 'n kort gang te laat sigbaar word. Hy wink hulle om hom te volg. Binne eindig die gang op 'n platform met 'n kantoor langsaan. Die kantoor het groot glasvensters om soos die platform, 'n uitsig te bied op 'n ondergrondse laboratorium en werksarea met die grootte van 'n skuur. Van die platform af lei 'n betontrap na onder.

Die kelder is helder verlig deur fluoressentbuise. 'n Werksbank en sorteertafel strek aan die een kant teen die hele lengte van die muur, met rakke waarop verskillende grootte pakkette ná verpakking geberg word. By die tafels is groepe werkers besig om in absolute stilte die verwerking, sortering en verpakking van dagga, mandrax, heroïen en ander dwelms te doen.

Tom verseker sy besoekers verlaas: "U kan dus sien, menere, dat ons goed geleë en toegerus is met net die beste sekuriteitsmaatreëls. Al wat gedoen sal moet word, is om 'n paar veranderings aan te bring om u verhoogde uitvoerproduksie te kan akkommodeer. 'n Beter roete kan u beswaarlik elders vind. Die sukses van die beperkte hantering wat ons tot dusver vir u gedoen het, bevestig dit ook reeds."

Tom se nuwe vennote is weereens beïndruk deur en hoogs in hulle skik met wat aan hulle voorgehou word met die oog op die sukses van hulle toekomstige verbintenis met die majoor. Dis net die Amerikaner wat steeds versigtig bly ten opsigte van polisieoptrede wat nie onderskat kan word nie. Uit eie ondervinding het georganiseerde misdaad hom al vele lesse geleer.

"U kan nie bekostig om te selfversekerd te word en die DEA onderskat nie. Hulle maak van vernuftige mense gebruik. Soos dit is, is dit bekend dat hulle beoog om 'n kantoor in u land te vestig om saam met die Suid-Afrikaanse Narkotikaburo te werk."

"Ek is bewus daarvan," antwoord Tom Ferreira met die berigte wat in die jongste tyd gereeld in die pers verskyn het in gedagte. "Nogtans het ek vertroue dat ons met doelgerigte beplanning dié soort struikelblokke kan oorkom."

Hierna gaan hulle terug na die huis toe waar Tom Ferreira hom tot Ems wend en vra dat sy hom en sy gaste sal verskoon. Hy sal dit egter waardeer indien sy later vir middagete by hulle sal aansluit. Weer kry Ems die gevoel dat dié vriendelikheid slegs 'n vertoon vir sy gaste is.

Ems is dankbaar en verlig dat sy uiteindelik van die groepie mans af kan wegkom. Sy gaan dadelik op na die kamer toe waar sy veronderstel is om 'n gevangene te wees. Sy gaan sit op die bed en laat haar kop op haar hande sak. Daar is soveel spanning in haar dat sy 'n hoofpyn daarvan het. Nie net omdat sy voortdurend 'n spel van voorgee moet speel nie, maar ook omdat sy nie seker is presies wat om van Tom Ferreira te verwag nie. Na alles wat sy gesien en beleef het, bevind sy haar in 'n delikate situasie, met min hoop om weer vrygelaat te word. Dis ondenkbaar dat die majoor haar sal laat gaan met die kennis wat sy oor sy bedrywighede opgedoen het. Sy is 'n te gevaarlike getuie, wat kan veroorsaak dat sy totale projek gekelder word.

Die lang verwagte oproep word uiteindelik deur Darius se sekretaresse na die raadsaal toe deurgeskakel. Darius beantwoord die oproep en skakel dit onmiddellik oor op konferensieontvangs sodat almal die gesprek kan hoor. Dis Joshua Louw wat met Jay-Jay wil praat. Die man is kortaf en het duidelik nie lus vir 'n uitgerekte gesprek nie.

"Het jy gekry waarna ons soek?"

"Ja. Drie pakkies," antwoord Jay-Jay ewe kortaf. Dan wil hy weet: "Waar is juffrou Van Niekerk? Hoe gaan dit met haar?"

"Sy leef, maar dit hang van jou af wat met haar gaan gebeur," antwoord Joshua.

"Ek wil met haar praat!" eis Jay-Jay.

"Jy sal haar wel vanaand sien. Ás jy mooi saamwerk."

"Ek wil nou met haar praat, of ek sny die oproep af!" eis Jay-Jay bars. Hy hoor net die reeds bekende, aanstootlike lag onderlangs.

"Jy is nie in 'n posisie om eise te stel nie, Hanekom!"bulder

Joshua. "Óf jy gee jou samewerking, óf die meisiekind kry spesiale afwerking!"

Jay-Jay weet maar te goed wat hy daarmee bedoel. Hy besef dat hy in 'n baie swak onderhandelingsposisie is. "Wat moet ek doen?" vra hy.

"Dis beter. As jy inskiklik is, kan ons baie goed saamwerk. Luister nou baie mooi! Daar is 'n wedstryd by die Belmontsokkerklub vanaand. Sorg dat jy daar is. Kry vir jou 'n sitplek op die hoofpaviljoen naby die veld. Reg langs die tonnel."

"En dan?"

"Dan wag jy!"

"Waarvoor? Vir wie? Hoe gaan daar met my kontak gemaak word?"

"Jy sal weet. Jy sal nie hoef te raai nie. Jy sal dadelik doen wat van jou verwag word."

"Wat is dit?"

"Jy sal weet. O ja! Nog iets! Kom tog alleen, my vriend. Moenie dat die polisie jou eskort nie. Dit kan net 'n onnodige gemors by Belmont afgee, wat die hel op almal se koppe sal afbring."

Jay-Jay lees 'n nota wat Jeff Warren intussen geskryf het en na hom toe oorgeskuif het. Dan sê hy: "Miskien het dit tyd geword dat ons direk met jou baas onderhandel."

Joshua skaterlag byna. Dis met minagting wat hy vervolg: "Baas? Wie't gesê ek het 'n baas? In my wêreld is daar net een baas." Sonder om nog iets te sê, of te groet, verbreek hy kontak.

Len Rousseau lig vir Jeff Warren in waaroor die gesprek gegaan het omdat dit op Afrikaans was.

"Ek het goed na sy stem geluister," sê die man van die DEA. "En die ondertone wat ek waargeneem het, tesame met jou verduideliking, voorspel niks goed nie."

"Wat bedoel jy?" vra Len Rousseau.

"Daardie man is baie meer gespanne as wat julle besef. Ek sou sê dat hy óf onder geweldige druk van sy base is, óf hulle het beheer oor hom verloor, sonder dat hulle dit self besef. Waarskynlik laasgenoemde, as hy, soos ek vermoed, self reeds 'n dwelmgebruiker is. Hy redeneer reeds soos iemand wat totale beheer wil verkry voor sy base iets agterkom en hom kan stuit. Daarvoor het hy min tyd tot sy beskikking. Dit maak hom gevaarlik en tot enigiets in staat."

"En uit dit wat ons tot dusver van hom geleer het, is dit duidelik dat hy onder normale omstandighede reeds uiters gevaarlik is," beklemtoon Antoni die man se ontleding van Joshua Louw se gemoedstoestand.

"Ek hou nie daarvan dat Wouter verder blootgestel word nie," maak Darius beswaar. Hy vrees vir sy seun se lewe. Na Rudolf en Lydia se dood in hierdie hele diaboliese netwerk, sien hy nie kans om Wouter ook dalk te verloor nie.

"U seun is die enigste skakel wat ons op die oomblik met die man het, Doktor," probeer Len Rousseau hulle delikate situasie skets. "As hy nie kan saamwerk nie, is ons hele saak verlore."

"Hoe seker is ons dat die man wel by die stadion gaan opdaag?" vra Antoni weer. "Hy is sekerlik nie onnosel nie. Waarskynlik vermoed hy dat julle op hierdie oproep ingeluister het. Sy waarskuwing dat Wouter julle nie betrek nie, bevestig dat hy julle daar verwag."

"Dit is 'n sterk moontlikheid wat ons nie kan ignoreer nie," gee Len Rousseau toe. "Vir die moontlikheid sal ons ook voorsiening maak."

"Al weet julle nie waar hy hom op die oomblik bevind nie?" Antoni is nog nie so seker van 'n geslaagde operasie nie.

Dit lyk of Len hom ietwat vir Antoni se vraag vervies. "Ons mense sal oral op die uitkyk vir hom wees," antwoord hy vinnig en vervolg: "Aan die anderkant is hy baie gretig om die heroïen in die hande te kry. So gretig dat hy waaghalsig sal raak. Dis daardie waaghalsigheid van hom waarop ons voorbereid moet wees en moet uitbuit."

"Gaan julle die werklike heroïen aan hom oorhandig indien hy kontak maak?" vra Jay-Jay omdat hy dié afleiding maak en so 'n moontlikheid hom verbaas.

"Dit kan nie anders nie. Hy sal onmiddellik weet as hy verkul is. Buitendien moet ons hom met die heroïen in sy besit betrap om 'n saak teen hom te kan laat slaag," antwoord Len.

"Kan julle nie een van julle opgeleide mense in Wouter se plek gebruik nie?" vra Darius nog steeds vol bedenkinge en angstigheid.

Len Rousseau skud sy kop ontkennend. "Ek kan begryp wat dit vir u moet beteken dat u seun blootgestel word. Ons probleem is dat Joshua Louw u seun ken en baie gou gaan agterkom wanneer iemand anders sy plek ingeneem het. Ek moet nogtans toegee dat dit van u seun afhang of hy wil saamwerk. Hy weet teen dié tyd watter risiko's daaraan verbonde is, en ek sal hom nie kan dwing nie."

"Ek wil . . . ek móét hierdie ding deursien, Pa," laat Jay-Jay sy standpunt hoor. "Ek kan Ems nie aan daardie man se genade oorlaat nie. Nie met die spookbeelde van my geheue wat stelselmatig en broksgewys begin terugkeer nie."

Darius besef dat sy teenargumente niks aan die onvermydelike gaan verander nie. Daarom gee hy maar gedwonge toe.

"Ek hoop net julle mense is voorbereid op wat gaan volg."

"U kan daarvan verseker wees, Doktor. Wat ook al vanaand by die sokkerstadion gaan gebeur, ons sal daarvoor gereed wees. Ons sal altyd naby u seun wees," beloof Len Rousseau.

"Wat van sy dreigement oor julle teenwoordigheid? Gaan julle dit blindelings ignoreer?" wil Darius weet.

"Beslis nie, maar ons sal aan 'n strategie werk sodat hy nie sal kan wegkom nie," verseker Len hom weer. Dan wend hy hom tot Jay-Jay. "Terloops, is daar 'n selfoon wat jy met jou kan saamneem? Dit sal help as ons met jou kan kommunikeer wanneer dit nodig is."

"Jy kan myne gebruik," sê Darius en oorhandig dit aan Jay-Jay. Hy sê niks verder nie, maar hy het steeds sy kommer en bedenkinge.

Lank nadat sy seun en die ander reeds vertrek het, sit Darius nog en tob oor die moeras waarin sy voorheen geordende lewe nou vasgevang is. Hoe gaan hy dit aan sy vrou verduidelik indien sake vanaand skeef loop? Hoe sal hy haar vanaand in die oë kan kyk terwyl hy die hele tyd bewus is van wat besig is om te gebeur? Wat gaan dit aan hulle verhouding doen? Hulle toekoms saam? Soos dit is, het sy die afgelope maande se gebeure moeilik verwerk. Dis asof alles haar voor haar tyd oud gemaak het.

Hy het reeds soveel skuldgevoelens omdat alles gebeur het terwyl hy veronderstel was om in beheer te wees; om die mense wat vir hom werk, reg te bestuur. Om genoeg mensekennis te hê om te kon weet hoe hulle by Farmakor behoort in te pas. Dit is vir hom moeilik om te aanvaar dat daar so 'n sterk persoonlikheidsbedrog in Joshua Louw kan wees. Die koddige en verstrooide wetenskaplike wat hardwerkend en lojaal voorgekom het, blyk plotseling 'n sistematiese misdadiger en 'n koelbloedige moordenaar te wees.

Darius besef dat daar 'n lang wag vir hom voorlê voordat hy sal weet wat die resultaat van die polisieoptrede is. Hy sien nie kans om die hele tyd hier op kantoor te sit en wag vir enige berigte nie. Miskien moet hy maar huis toe gaan en Estelle op 'n subtiele wyse gaan voorberei op dit wat voorlê. As dit hoegenaamd moontlik sal wees om onder die omstandighede subtiel te wees.

Hy tel die gehoorstuk op om op sy direkte lyn huis toe te bel en vir haar te sê dat hy vroeër huis toe kom. Dalk is daar iets wat sy soos gewoonlik wil hê hy vir haar langs die pad moet kry.

Die telefoon lui geruime tyd en hy begin wonder waarom Estelle soveel langer as gewoonlik neem om te antwoord. Dan word die gehoorstuk aan die ander kant opgelig sonder dat daar gepraat word. Al wat Darius kan hoor, is 'n swaar, hortende asemhaling. Hy weet sommer dat daar iets by die huis verkeerd is.

"Estelle? . . . Estelle, wat makeer, vrou? Praat met my!"

Dan is daar reaksie in die koue afgemete stem van Joshua Louw wat hom aanmoedig om huis toe te kom en te kom kyk wat met Estelle gebeur het.

DIE ONBEKENDE FAKTOR

Darius voel hoe hy in die greep van 'n ysige vrees vasgevang word. Sy eerste reaksie nadat die lyn aan Joshua se kant doodgegaan het, is om kaptein Bekker te bel, maar gedagtig aan wat kan gebeur as hulle skielik op sy huis probeer toeslaan, weerhou hy hom daarvan.

17

In die Hanekom-woning lag Joshua daardie aanstootlike lag van hom toe hy die telefoon se gehoorstuk met 'n afgemete beweging terugplaas. Dan draai hy hom om en kyk reguit na Estelle waar sy op 'n stoel vasgebind sit. Sy gelag hou terstond op. Die uitdrukking op sy gesig verstrak.

Estelle kyk asof onbevrees terug na die man toe wat dit so lank reggekry het om verskeie mense te bluf. Die man wat sy nou weet, haar skoondogter en een seun vermoor het. Die man wat ook verantwoordelik is daarvoor dat Wouter as 'n totale vreemdeling van die onbekende af teruggekeer het. So vreesbevange as wat sy op die oomblik onder die omstandighede is, gaan sy hom nie die tevredenheid gee om dit waar te neem nie. Die afgelope maande het sy geestelike swaarkry leer ken soos sy in haar hele lewe nie ervaar het nie. Wat hy nou van plan is om met haar aan te vang, kan niks in vergelyking daarmee wees nie.

"Doktor is op pad," hoor sy sy aankondiging met 'n amper toonlose stem.

Dan draai hy weg van haar af en gaan staan met sy hande agter sy rug voor die venster, waar die middagson se strale van die swembad af in die huis in weerkaats. Dit gee Joshua se gesig die voorkoms van 'n houtgekerfde Afrika-masker: die gewoonlik pluimende hare glad gestryk teen sy kop; die oë met 'n onpeilbare uitdrukking daarin, wat uit die holtes onder die hoë oogbanke voor hom uitstaar asof hy deur 'n vierde dimensie na 'n onbekende wêreld staar.

Van waar Yusuf sit, hou hy Joshua met 'n ongemaklike gevoel in hom dop. Daar het 'n verandering by hom ingetree. Joshua Louw is nie dieselfde mens wat hy 'n paar maande gelede leer ken het nie. Sy optrede die afgelope tyd, vandag veral, strook nie met die majoor se dissipline en opdragte nie. Dis asof hy besig is om een kant toe weg te breek, soos een wat beplan om sy eie ding te doen. Hy wens hy het geweet wat in die man se kop aangaan, maar hy praat skaars met hom. Hy kan nie agterkom wat hy eintlik in die skild voer nie.

Joshua draai weg van die venster af en kom by Yusuf verbygestap in die rigting van die gang. Hulle oë ontmoet vlugtig.

Yusuf ril. Joshua se oë het die staar van die dood daarin. Dis 'n uitdrukking wat hy al dikwels in daardie donker, broeiende oë gesien het. Soos onlangs nog op Eldorado, toe hy Wouter Hanekom en Jaco Ebersohn met 'n sadistiese behae gemartel het om uit te vind wat van die verlore heroïen geword het. Tot op daardie laaste dag van die jagtog deur die bos met losgelate, uitgehongerde wilde diere. Sonder dat hy self enige vrees vir die diere getoon het. Dit was asof bloeddorstigheid en waansin al emosies in hom was. Dit was asof hy nog mens, nog dier, was toe hy die twee vlugtende, naakte mans met die bloeiende liggame ingehaal het om die een te slag en die ander vry te laat om hom na die heroïen toe te lei.

Yusuf kyk in die rigting van die gang waar hy die gastebadkamer se deur hoor toegaan. Hy weet dat Joshua daarheen is om dwelms te gebruik en dat hy 'n hele rukkie gaan weg wees. Dalk moet hy nou van die geleentheid gebruik maak waarvoor hy nog die hele tyd wag: hy wil met die majoor kontak maak en hom inlig oor wat besig is om te gebeur, en hom vertel van die vermoedens wat hy het. As hy dit nie doen nie, kan dinge lelik skeef loop en kan die majoor hom ook daarvoor verantwoordelik hou. Hy staan op van sy sitplek af en loop dan reguit na die telefoon toe. Dan skakel hy Eldorado se nommer.

In die gastebadkamer krimp Joshua ineen toe die dwelms wat hy pas geneem het, met 'n skroeiende sensasie deur sy liggaam trek.

Dis soos 'n elektriese skok wat hy tot in sy brein ervaar, wat sy hele wese met 'n nuwe lewe vul. Dit maak hom, soos hy glo, geestelik sterker en vul hom met groter intellek en weerbaarheid. Dit plaas hom in totale beheer. Hy ís in beheer — soos 'n groot ghoeroe wat alles en almal, elke situasie, in die palm van sy hand het om daarmee te maak wat hy wil. Die nuwe wêreld wag daar buite vir hom. Dis sy skepping. Syne om te neem. Syne om te geniet. Sonder die inmenging van die majoor of die polisie. Hulle het gedink hy is onnosel, maar alles verloop presies volgens plan. Hy begin met stikgeluide onderlangs lag. Hy weet die polisie was by Darius Hanekom. Dit was nie moeilik om dit uit te vind nie. Almal in Farmakor het dit geweet. Ook die Ormond-sekuriteitswag wat hulle toegelaat het.

En soos hy die polisie ken, sou hulle na die gesprek tussen hom en Wouter geluister het. Daarom sal almal wat hom in die hande wil kry, vanaand by die Belmont-sokkerklub wees — terwyl hy iewers anders sal wees.

Joshua strek sy liggaam reguit, buk dan by die wasbak en was sy gesig met koue water. Daarna stap hy terug na die sitkamer toe waar Yusuf weer terug op sy sitplek is en Darius intussen reeds opgedaag het. Hy is baie verontwaardig oor die behandeling wat sy vrou gekry het.

Joshua ignoreer Darius se tirade en stap weer na die telefoon toe. Dié keer bel hy die leier van die bende straathandelaars wat gereeld by die Belmont-sokkerklub bymekaargekom het. Dis dieselfde groep wat hy gister vir die aanstigting van oproerigheid oor Oscar gebruik het. Sy opdrag is kort en kragtig: hulle moet met hul minibus na die Hanekom-huis toe kom om hulle op te laai.

Jay-Jay en Antoni is die hele middag saam met Len Rousseau in die operasionele kontrolekamer besig om saam met 'n gekombineerde span van sy en kaptein Bekker se mense 'n modus operandi vir die aand op te stel — 'n strategie wat hulle met alles tot hulle beskikking wil laat slaag.

Len verwag nie dat Joshua se kontakpersoon Jay-Jay sal nader voor die wedstryd al 'n ruk aan die gang is nie. Daarom gee hy ter wille van veiligheid opdrag dat Jay-Jay sy plek nie inneem voor die wedstryd begin nie.

Al die lede van die polisie sal per roepradio met kaptein Bekker in verbinding wees sodat daar geen verwarrende kommunikasie sal wees nie. En ook sodat daar onmiddellik op enige van sy instruksies gereageer kan word.

Waaroor Len onverbiddellik uitgesproke is, is dat niemand se wapen opsigtelik vertoon sal word, of sonder bevel gebruik sal word nie. Hy wil nie hê dat daar misverstande ontstaan wat tot onnodige paniek en tragedies kan lei nie. Ten slotte waarsku hy dat ten spyte van al die streng voorsorgmaatreëls wat getref word, daar nie die geringste voorspelbaarheid omtrent die hele saak is nie. Daarom moet elke lid wat betrokke gaan wees op die onverwagte voorbereid wees.

Hy beklemtoon ook dat die plek waar Jay-Jay sal wees die kritieke konsentrasiepunt sal wees. Kaptein Bekker is reeds vanuit 'n helikopter besig om lug-tot-grond-observasie van die stadion te doen. Dit word eerstens gedoen om die grondspan te koördineer met die vee van die stadion om enige moontlike verdagte objekte te identifiseer en te verwyder. In die tweede plek om bepaalde kontrolepunte vir vanaand se optrede af te baken.

Len sal met 'n uitgesoekte span van die Narkotikaburo, en vergesel van Jeff Warren en Antoni, per helikopter na Eldorado vertrek. Die plasingbesonderhede is uit vlugplanne verkry en verwerk ten einde die korrekte roete te bepaal. Die doel is om op Eldorado toe te slaan voordat enige inligting oor die Belmont-situasie Tom Ferreira kan bereik.

Na kaptein Bekker se terugkeer word die hele beplanning van die aand se optrede weer deurgewerk om seker te maak dat geen geringe besonderheid buite rekening gelaat is nie.

Kaptein Bekker voeg 'n belangrike stukkie inligting in verband met die Lanseria-lughawe by, en hulle merk dit vir bykomende observasie. Dis die lughawe waarvandaan Ormondsekuriteit al hulle vlugte onderneem. Grensposte en lughawens word op bystand geplaas vir ingeval Tom Ferreira en enigiemand saam met hom uit die land probeer wegkom. Len en Jeff veral, wil nie die risiko loop dat die verteenwoordigers van die verskillende kartelle deur hulle vingers glip nie. Dit kan baie maande se harde werk in duie laat stort.

Laatmiddag vertrek kaptein Bekker en sy span in privaat drag na die Belmont-sokkerklub sodat daar voor die tyd onopsigtelik plasings gedoen kan word. Hulle wil ook verdere observasie van die stadion en omgewing doen. Niks kan aan die toeval oorgelaat word nie.

Inspekteur Rousseau en sy span vertrek 'n uur of wat later na Lanseria om uit te vind of daar enige vlugbeplanning vir Ormond-sekuriteit se helikopters en vliegtuig gedoen is. Daar is ook gereël dat die polisiehelikopters hulle later daar oppik vir hulle vlug na Eldorado.

Soos afgespreek, vertrek Jay-Jay teen sononder alleen met die sak heroïen sodat hy kort na die aanvang van die wedstryd by die sokkerstadion sal opdaag. Hy word gevolg deur polisiemanne in privaat motors, wat op verskeie stadiums sal plekke ruil om die indruk te skep dat hy in 'n normale verkeersvloei beweeg. Hy ry met Rudolf se motor, wat hy nog tot sy beskikking het. Hy dwing homself om teen 'n normale togsnelheid saam met die verkeer te beweeg sodat die polisiemotors hom op 'n gemaklike afstand kan volg. Hy volg die roete na Mabopane, wat deur Pretoria-wes by die sementfabriek verbyloop in die rigting van Pretoria-Noord. Hoewel dit nie meer spitstyd is nie, is die verkeer nog maar druk. Dit word veral oorheers deur minibustaxi's wat op pad is Mabopane toe.

Jay-Jay probeer op die verkeer konsentreer, maar is kwalik bewus van die motors voor en om hom. Alles word vir hom nes 'n bewegende kaleidoskoop. Hy is erg gespanne. Hy vrees vir die onverwagte. Hy vrees dat Joshua Louw sal agterkom dat 'n lokval vir hom gestel is, en wat die gevolge daarvan kan wees.

Hy vrees dít waaraan Ems moontlik intussen blootgestel word. Al die vrese bou stelselmatig op totdat dit soos 'n sweer aan sy liggaam oopbars. Sweet pers oor sy hele liggaam uit. Dit laat sy klere oral aan hom vaskleef. Hy kan aanvoel dat daar enige oomblik iets moet gebeur. Dit voel asof hy op 'n bom sit, en die geringste beweging wat hy maak, kan dit laat afgaan.

Die oormaat bewustheid daarvan veroorsaak dat 'n bewerasie deur sy liggaam trek. Hy verloor beheer oor sy denke, oor die werklikheid. Hy verloor kontak met dit wat om hom gebeur.

Die motors se gedreun word 'n gedruis wat hom wegvoer deur 'n kosmos van verwarrende klanke en lig vol bewegende skadu's. Sy brein worstel om daaruit sin te maak; om die impulse van ervaring en geheue bymekaar te bring; om die stukke van 'n legkaart te pas totdat die voltooide geheel daarvan verstaanbaar is. Hy, die mens, Wouter Hanekom. Die gebeure wat sy lewe radikaal beïnvloed het; die pad wat hy gedwing is om te loop tot waar hy hom nou bevind. Dit wat was en dit wat is.

Die selfoon wat Darius vir hom gegee het, begin lui en ruk hom tot die werklikheid terug. Hy reik daarna op die sitplek langs hom. Dit kan net kaptein Bekker wees, dink hy nog toe hy die knoppie druk en dit beantwoord.

Dis egter Darius self wat van 'n ander selfoon af met 'n ongewone, skor stem met hom praat. Hy is gedwing om bekend te maak dat hy 'n selfoon by hom het en om met hom kontak te maak. Jay-Jay kom dadelik agter dat daar spanning in sy pa se stem is.

Dit is vir Jay-Jay so 'n skok dat hy amper in die verkeer stop toe Darius verduidelik dat hy en Estelle deur Joshua Louw en 'n bendegroep in 'n minibus gyselaar gehou word. Hulle is na 'n onbekende bestemming onderweg. Jay-Jay dink dadelik aan Eldorado en wat alles met hom en Jaco gebeur het. Die gedagte aan wat moontlik vir hulle wag, laat hom sidder.

Dan neem Joshua die gesprek oor. Daar is die reeds bekende aanstootlike lag en 'n selfvoldane ondertoon in sy stem toe hy spog hoe hy met die hulp van 'n bende die polisie uitoorlê het. Uit wat Joshua alles sê, is dit vir Jay-Jay duidelik dat Joshua goed op die hoogte is van waar hy hom op die oomblik bevind.

Die feit dat hy selfs die polisie se volgmotor kan identifiseer, is vir Jay-Jay 'n bevestiging dat hulle iewers naby hom in die verkeer is. Dan het Joshua ook 'n ultimatum: Jay-Jay moet die polisie vinnig afskud as hy sy ouers weer lewend wil sien.

Hy kan dit doen deur die afrit na die mark en Technikonrand te neem. Daarna moet hy 'n roete deur Marabastad volg, wat hom op 'n roete na die Lanseria-lughawe sal bring. Hulle sal hom later daar ontmoet.

Om te verhoed dat Jay-Jay met die polisie kontak maak, word hy beveel om die selfoon by die motor se venster uit te gooi. Dit moet baie duidelik en sigbaar gedoen word. Onmiddellik daarna onderbreek Joshua kontak om te verhoed dat Jay-Jay die geleentheid kry om iets te sê. Soos hy beveel is, slinger Jay-Jay die selfoon by die venster uit.

Jay-Jay moet nou vinnig 'n besluit neem en aan 'n manier dink om die polisie te ontglip. Sy brein werk vinnig. Sy oë soek na die polisiemotor, na 'n gaping in die verkeer om van hulle af weg te kom.

Hulle is 'n paar voertuie agter hom in die regterbaan waarvandaan hulle hom goed in die oog kan hou. Verskeie minibusse snel vol passasiers weerskante van hom verby.

In die heel linkerkantste baan volg 'n konvooi bussies. Hulle bereik die afrit na die mark en Technikonrand. Dis hier waar hy blitsig handel en 'n opening tussen twee bussies gebruik om deur te glip na die afrit toe.

In sy truspieël sien Jay-Jay hoe die polisiemotor probeer deurkom, maar skielik is daar 'n blokkade van minibussies wat die toegang tot die afrit versper sodat die polisie nie kan deurkom nie. En in die bussie wat die blokkade veroorsaak, kan hy die angstige gesigte van sy ouers net onderskei. Onder by die robot draai hy regs en kort daarna kies hy 'n roete deur Marabastad terug in die rigting van die stad wat hom by die Johannesburgsnelweg sal uitbring.

Dis met 'n gefrustreerde gemoed oor al die verkeersoponthoud en kommer oor sy ouers se veiligheid dat Jay-Jay uiteindelik by die Lanseria-lughawe stilhou. Daar is nie baie voertuie op die parkeerterrein voor die gebou nie. Verder is daar ook geen noemenswaardige aktiwiteite wat aandui dat die lughawe bedrywig is nie. Die bussie wat hy daar verwag het, is ook nêrens te sien nie.

Jay-Jay klim met die drasak met heroïen uit die motor en stap by die lughawegebou in om binne te gaan rondkyk. Daar is nêrens enige teken van lewe nie.

Aan die agterkant van die aankoms-en-vertreksaal gaan staan hy voor die venster op die aanloopbane en uitkyk. Dit is al donker en die terrein se buiteligte brand al. Dit help weinig om hiervandaan te probeer vasstel watter vliegtuigskuur aan Ormond-sekuriteit behoort. Tog herken hy een van hulle helikopters wat 'n ent van die lughawegebou af dreunend vluggereed staan. Afgesien van 'n sekuriteitswag by die deur na die aanloopbaan is die lughawe verder so stil dat hy wonder of Len Rousseau en die ander al opgedaag het, en indien wel, waar hulle hulle bevind. Dis ook moontlik dat hulle alreeds vertrek het.

Uiteindelik sien Jay-Jay 'n voertuig se ligte stadig met 'n pad tussen die verskillende vliegtuigmaatskappye se skure deur aangery kom. Na 'n rukkie kan hy uitmaak dat dit 'n bussie is. Die bussie beweeg tot naby die helikopter en hou dan stil.

Jay-Jay stap by die deur na die aanloopbaan uit. Op navraag van die sekuriteitswag verduidelik hy dat hy op pad na die Ormond-helikopter is. Sonder 'n woord beduie die wag dat hy kan voortgaan.

Toe hy naby die helikopter kom, klim net Joshua en Yusuf uit die bussie. Yusuf gaan klim in die helikopter en Joshua kom na hom toe aangestap. Jay-Jay gaan op 'n afstand staan.

"Waar is my ouers?" wil Jay-Jay weet.

"In die bussie," antwoord Joshua met 'n kopknik in daardie rigting. "Hulle is veilig en sal niks oorkom solank alles glad verloop nie."

"Ek wil hulle sien!"

Joshua roep in die rigting van die bussie. Dan gaan die skuifdeur oop en albei Jay-Jay se ouers klim uit. Hulle word nie toegelaat om nader aan mekaar te beweeg of met mekaar te praat nie. Dan word Darius en sy vrou beveel om weer terug te klim in die bussie. Joshua hou sy hand uit vir die sak wat Jay-Jay by hom het.

Jay-Jay skud sy kop. "Wat van juffrou Van Niekerk?"

"Die sak eerste!" dring Joshua aan.

Jay-Jay huiwer. Hy weet hy kan die man nie vertrou nie.

Joshua besef dat hier 'n probleem kan ontstaan. As Hanekom moet weet dat die meisie nie hier is nie, gaan hy die sak met heroïen nie sommer net oorhandig nie, maar hy weet ook dat hy in beheer van die situasie is. Hy kyk betekenisvol terug na die bussie. "Die sak, Hanekom! Jy's nie in 'n posisie om ultimatums te stel nie."

Jay-Jay weet dat die man reg is. Daarom oorhandig hy die sak met 'n gevoel van onsekerheid aan Joshua.

Sy oë soek van 'n afstand af deur die donker figure by sy ouers in die bussie. Hy kan Ems nêrens sien nie.

Joshua loer na die inhoud. "Is dit die regte goed?" vra hy bot.

"Hoe moet ek weet?" vra Jay-Jay net so kortaf. "Ek is nie 'n kenner nie. Dis in elk geval nes ek dit gevind het."

"Jy sal bitter spyt wees as dit nie die regte goed is nie. Dit sal erger wees as wat die vorige keer met jou gebeur het."

"Moenie my tyd mors nie! Waar is Ems van Niekerk?"

Joshua klik sy tong spytig asof hy iets belangrik vergeet het. "Ek het sowaar vergeet om te sê. Sy's nog op Eldorado. Jy sal maar geduldig moet wees vir haar vrylating."

'n Woede pak Jay-Jay beet. Hy storm vorentoe, kop omlaag, nes 'n rugbyspeler in 'n losskrum in. Uit sy vorige ondervindings met Joshua weet hy hoe futiel dit kan wees, maar hy is nie bereid om Joshua met die heroïen te laat wegkom sonder Ems se vrylating of kennis van wat haar lot is nie.

Hy loop hom in 'n vuishou van Joshua vas, wat sy kop een kant toe laat ruk en hom ietwat van balans af gooi, maar hy herwin sy balans en bly op sy voete. Sy arms omsingel Joshua se lyf en hy kry die drasak met die een hand beet. Rousseau hou nog die hele tyd die situasie vanuit Ormond se vliegtuigskuur dop. Soos dit die plan was, het hulle Ormond se vlugskedules vir die aand kom nagaan. Daar was net een vir 'n vroeë helikoptervlug na Mosambiek ingedien. Dit was iets wat hom verras het omdat dit nog die hele tyd die verwagting was dat Joshua van plan was om na Eldorado terug te keer indien hy suksesvol by die Belmont-sokkerklub sou wees. Nou is hy onkant betrap by die besef dat Joshua hulle almal uitoorlê het. Ten spyte daarvan is hy nog in 'n posisie om die man met die heroïen in sy besit aan te keer.

Sy bevele aan sy manne is kort en bondig. Plotseling is daar 'n helder ligbaan op die worstelende Jay-Jay en Joshua. Dan kom Len Rousseau se stem duidelik herkenbaar oor 'n megafoon.

"Hou dit daar! Bly net waar julle is! Laat val die sak en steek julle hande in die lug!"

Sy bevel het eers geen uitwerking op die twee worstelende mans nie. Jay-Jay hou wat hy het en omdat hy nie sy hande kan gebruik nie, lê hy laag gemikte skop- en stamphoue met sy voete en knieë in. Jay-Jay voel die skok daarvan in sy bene, maar dis asof dit geen skade aanrig nie. Joshua het meer krag en momentum in sy bolyf as Jay-Jay. Wat dit moeiliker maak, is dat die sak se band in Jay-Jay se hande losbreek en Joshua 'n sterker houvas laat kry.

Dan volg Len se bevel weer, asook 'n waarskuwing dat daar geskiet sal word.

Die helikopter begin reeds opstyg om vinnig te kan padgee. Omdat Jay-Jay en Joshua redelik naby daaraan is, het die lugstroom wat dit veroorsaak 'n nadelige uitwerking op Jay-Jay se balans. Hy kry 'n voltreffervuishou van Joshua in die gesig en dit laat hom die laaste bietjie greep op die sak verloor.

Joshua steier in die rigting van die helikopter, gooi die sak na binne, waar dit deur Yusuf gevang word, en klouter halsoorkop na binne.

Jay-Jay sit hom agterna. Hy kry die opstygende helikopter aan die landingsraam beet, maar sy hande gly los en hy val met 'n harde slag skuiwend oor die sementblad. Jay-Jay voel hoe die vel van sy bene en arms geskuur word, maar dis net terloops. Hy lê teleurgestel en verdwaas en toekyk hoe die helikopter al hoe verder wegvlieg. Iewers naby hom hoor hy 'n paar rewolwerskote wat niks uitrig nie.

Toe hy orent kom en hom omdraai, sien hy vir Len Rousseau na hom toe aankom, terwyl hy bevele oor sy radio bulder. Daarna kry hy 'n boodskap deur na kaptein Bekker toe om hom kortliks oor die situasie in te lig. Geen verdere polisieoptrede word by die Belmont-sokkerklub vereis nie.

Van die polisiemanne wat saam met Len daar is, omsingel die bussie en laat almal uitklim. Daar is geen verset nie. Terwyl Jay-Jay sy ontstelde ouers na hom toe sien aankom, hoor hy Len Rousseau sê: "Hy sal nie wegkom nie. Hulle sal gedwing word om te land voor hulle die Mosambiekse grens oorsteek."

Terwyl Jay-Jay en sy ouers mekaar gerusstel dat daar geen ernstige nagevolge is nie, land die polisiehelikopters waarmee Len met sy manne op Eldorado wil gaan toeslaan. Jay-Jay dring daarop aan dat hy wil saam gaan en kry nie veel teenkanting van Len nie. Hoewel Darius en Estelle nog albei in 'n toestand van skok is, is Darius darem in staat om met Jay-Jay se motor terug te ry huis toe.

Uiteindelik is Jay-Jay saam met Len en sy manne en honde van die dwelm-eenheid onderweg na Eldorado toe volgens die roete wat Len-hulle uitgewerk het.

Op Eldorado heers 'n gesellige en informele atmosfeer in die ontspanningskamer. Waar Ems haar so onopsigtelik moontlik tussen die plante met 'n ligte drankie probeer afsonder, is sy bewus daarvan dat Tom Ferreira geen moeite ontsien het om die laaste aand vir sy gaste so aangenaam as moontlik te maak nie. Sy wou nie hier wees nie, maar Tom het dit so te sê 'n bevel gemaak dat sy teenwoordig moet wees. Haar teenwoordigheid is klaarblyklik nog steeds vir hom 'n belangrike faktor in sy poging om 'n front voor te hou dat alles in sy organisasie sonder struikelblokke verloop. Veral na die oproep wat hy vroeër ontvang het, wat hom klaarblyklik hewig ontstel het.

Ems bestudeer die meisies wat Tom spesiaal as gasvroue vir die aand met sy vliegtuig hierheen laat bring het. Elkeen is elegant en fyn afgerond. Elkeen is 'n toonbeeld van skoonheid, wat maklik in enige geselskap met hoë onderskeiding sal uitstaan.

Nie een is bloot net 'n ligsinnige prikkelpop vir 'n aand se ligte vermaak nie. Hulle is intelligent en kan onderhoudend oor maklik enige onderwerp gesels. Hulle weet ook hoe om die manlike ego te streel. Daarom is hulle slegs op 'n spesiale besprekingslys van 'n eksklusiewe gasvrouklub teen spesialistariewe beskikbaar.

Tom beskou sy nuwe vennote en hul gasvroue om die beurt met tevredenheid. Hulle lyk inderdaad ontspanne. Noudat hulle onderhandelinge en ooreenkomste suksesvol afgehandel is, is daar geen rede meer om styf en formeel te wees nie. Hy het hulle baie beïndruk met sy voorgestelde handelsroete oor Suid-Afrika, wat alle spore kan uitwis en vir hulle groter sukses met minder komplikasies inhou. Veral sy uitgebreide veiligheidsnetwerk en die intensiewe opleiding wat hy verskaf as dekmantel vir sy aktiwiteite, sodat selfs die polisie niks daar van kan agterkom nie, het groot lof ontvang. Daarom is daar van hulle wat die moontlikheid oorweeg om van hulle eie mense vir opleiding hierheen te stuur.

Daar is vir Tom Ferreira net een vlieg in die salf, wat na vanmiddag se oproep van Yusuf af 'n woede in hom ontketen het wat hy op die oomblik met sy joviale gasvryheid onderdruk: die verraad van Joshua Louw, die man wat hy tot onlangs nog as een van sy beste beskou het. Dis vir hom belangrik dat sy nuwe vennote nie nou daarvan moet uitvind nie.

Dis goed dat Yusuf hom ingelig het van sy vermoede dat Joshua met sy eie projek besig is. Dit het hom in staat gestel om vroegtydig bevestiging daarvan te kry. Joshua het een belangrike fout gemaak, naamlik om 'n geskeduleerde Ormond-vlug na Mosambiek te reël in die hoop dat hy die owerhede daarmee kan mislei.

Hy kon gelukkig daardie skedulering kanselleer, met 'n

duidelike opdrag dat daar van dié roete afgewyk moet word na Eldorado toe. Wat Joshua Louw betref, sal hy so gou en vinnig as moontlik dissiplinêr moet optree om van hom 'n geskikte voorbeeld te maak. Die vraag is net: watter vorm van effektiewe straf moet hy toepas? Dit sal iets moet wees wat sy kredietwaardigheid kan herstel indien iets hiervan uitlek. Daarvoor is hy selfs bereid om tot enige uiterste te gaan.

Om te verhoed dat die indruk geskep word dat hy oor iets staan en tob, begin Tom tussen sy gaste sirkuleer. Hy merk vir Ems waar sy haar afsonder en gaan haal haar om by hom aan te sluit.

"Ek is nie in 'n baie goeie bui nie," waarsku hy haar. "Moenie onnodig aandag op jou vestig nie. Ek wil nie geforseer word om verduidelikings te verskaf nie. Dit sal uiteindelik ook net in jou eie belang wees."

Voor sy kan vra wat hy daarmee bedoel, word hy eenkant toe geroep deur die kelner wat die bediening doen. Hy oorhandig 'n glas sodawater en gekapte ys aan Tom. Tom drink nooit iets anders wanneer hy gaste onthaal, of op 'n sake-ete is nie. In sulke omstandighede moet hy altyd helder van verstand wees om in beheer van homself en enige situasie te kan bly. 'n Benewelde brein kan nooit nugter besluite neem nie.

"Daar is 'n boodskap uit die kontrolekamer," sê die kelner onderlangs toe Tom die drankie met dank neem. "Die helikopter wat u verwag, kom in vir landing."

Tom knik erkennend. Net dan word die helikopter se dreuning hoorbaar bo die gesellige geroesemoes van stemme, en dit raak geleidelik stil. Alle oë kyk vraend nuuskierig na hom.

" 'n Helikoptervlug wat ek uit Gauteng verwag," verduidelik hy asof terloops. "Gaan gerus voort. Ek is binne minute terug." Sonder dat hy opdrag hoef te gee, beweeg die kelner na die gaste toe om die vereiste aandag aan hulle te gee sodat Tom 'n geleentheid kan kry om 'n onaangename taak te gaan afhandel.

Tom stap reguit na die kontrolekamer toe waar hy vir Joshua en Yusuf gaan inwag. Met 'n donker gemoed hou hy die helikopter dop waar dit in helder maanlig op die helihawe land.

Joshua is buierig omdat sy plan om met die vyftien kilogram heroïen oor die grens pad te gee, deur die mat geval het. Nadat hulle van die Lanseria-lughawe af opgestyg het, het die vlieënier sy vluginstruksies geïgnoreer en reguit Eldorado toe gevlieg. Glo op direkte instruksies van die majoor wat betyds ingegryp het omdat iemand vooraf alarm gemaak het.

Hoe dit kon gebeur het, verstaan hy nie, maar die majoor is beslis nie heldersiende nie. As hy uitvind wie dit is wat sy planne so in die wiele gery het, gaan hy onverbiddelik met hom klaarspeel.

Hy was lus om die vlieënier keelaf te sny toe hy sy instruksies geïgnoreer het. As hy of Yusuf die helikopter in vlug kon oorneem, dan het hy dit sowaar gedoen.

In die kontrolekamer word hy en Yusuf deur 'n woedende Tom Ferreira en twee senuagtige wagte ingewag. "Ek wil 'n verduideliking hê!" eis die majoor.

" 'n Verduideliking van wat?" vra Joshua kortaf. Die dwelms van die afgelope paar dae het sy sin vir redelikheid en behoedsaamheid afgestomp. Selfs sy verantwoordelikheid vir die huidige omstandighede is geen faktor nie. Die belangrikste kwessie vir hom is dat hy misluk het, en hy haat dit om te misluk. Wat die omstandighede ook al is.

"Daar skort deesdae iets met jou oordeelsvermoë. Jy raak te waaghalsig. Nes iemand wat weerbarstig is en hom nie meer aan reëls en regulasies wil steur nie. Ek het al begin bedenkinge kry oor jou lojaliteit. En dít terwyl ek jou as een van my beste manne beskou. Vanaand bevestig jy dit met jou planne om oor die grens te wou padgee. Verduidelik dit vir my."

"Die polisie is agter my aan. Dit was al manier waarop ek hulle kon afskud en hulle op 'n dwaalspoor kon bring. Anders het hulle my spoor reguit Eldorado toe gevat."

Sy verduideliking maak aanvanklik sin, maar Tom kan aan Joshua se uitspraak en aan sy starende oë agterkom dat hy sterk onder die invloed van dwelms is. En na wat Yusuf hom vertel het, word hy nie deur die verduideliking oortuig nie.

"Jy weet dat sulke optrede vooraf met my uitgeklaar moet word, Joshua. Ek het dit gisteraand nog beklemtoon. Daarby het Yusuf se berigte van jou optrede gister, en veral vandag, nie gestrook met my opdragte oor die saak nie. Dit klink eerder vir my of jy ons aan onnodige risiko's blootgestel het."

"Vuilgoed!" gil Joshua op Yusuf. "Dis jy wat alles beduiwel het! Vir jou gaan ek keelaf sny en soos 'n meerkat afslag!"

"Moenie vir my nog meer rede gee om jou vir goed uit te skakel nie!" waarsku die majoor. Dan wend hy hom tot Yusuf. "Wat was die situasie in Pretoria met julle vertrek?"

"Nie goed nie. Ek dink dis net 'n kwessie van tyd —"

Hy kom nie verder nie. Een van die wagte by die radio en monitors skiet soos 'n veer orent. "Alarm, Majoor!"

Tom gee onmiddellik sy aandag aan die wag. "Lig my in!" beveel hy.

"Sektor drie se observasietoring het ongeïdentifiseerde lugverkeer gemonitor, Majoor. Daar is geen reaksie op kontakversoeke nie."

"Idees!"

"Dit het geklink of dit polisiehelikopters kan wees, met Eldorado as doelwit."

Tom voel hoe sy ingewande saamtrek. "Hoe het hulle dit vasgestel?"

Die wag verduidelik verder. "Toe die monitor hulle die eerste keer opgetel het, was daar vlugtige kontak voor hulle stil geword het. Drie verskillende kodes is gebruik. Dit was beslis polisiekodes."

Tom swets. "Sien jy in watter gemors jou avontuur ons nou laat beland het? En dit boonop met ons buitelandse vennote hier. Jy is nie meer van enige nut vir die organisasie nie!"

Tyd om verder daarop uit te brei, is daar nie. Maatreëls sal nou getref moet word om enige moontlike polisieoptrede te fnuik. Hy kan nie nou 'n konfrontasie bekostig met sy buitelandse vennote hier nie. Gelukkig is sy dwelmaktiwiteite op Eldorado tot die ondergrondse laboratorium beperk, wat nie maklik opspoorbaar sal wees nie. Al wat hulle wel sal vind, is die opleidingsentrum. En daaroor het hy nie rede tot kommer nie.

Met jare se ervaring van militêre presisie en deeglike voorsorg vir 'n gebeurlikheid soos dié, begin die majoor se brein in werking kom. Eldorado moet nou so normaal as moontlik voorkom.

Sy volle professionele samewerking aan die polisie sal van deurslaggewende belang wees. So ver hy weet, is daar niks wat hulle teen hom kan bewys nie. As hy nou vir Joshua uitlewer, kan hy hulle dalk gerusstel en sê dat dit 'n individuele optrede is en dat hy self by niks duister betrokke is nie. Hy kan immers nie verantwoordelik gehou word vir die dwase optrede van 'n enkeling nie. Sy optrede moet dus 'n toonbeeld van korrektheid wees.

"Hoeveel tyd het ons tot ons beskikking?" vra hy.

"'n Maksimum van vyftien minute voor hulle landing."

"Aktiveer alarm vir nie-aggressiewe operasionele gereedheid!" gee hy opdrag.

Vir Joshua beveel hy om hom onmiddellik na die slaapkwartier te onttrek. Yusuf kry opdrag om die sak met heroïen onmiddellik na die laboratorium te neem.

Dan haas hy hom uit die kontrolekamer na sy gaste toe. Hulle moet onmiddellik sy persoonlike aandag kry om van blootstelling gevrywaar te word. Sy manne is deeglik opgelei om hulle plekke in te neem en op te tree soos van hulle verwag word.

Joshua gaan nie uit na die slaapkwartier soos hy beveel is nie. Hy volg Yusuf op 'n afstand na die laboratorium. Sy hoofdoel is nog steeds om met die heroïen uit die land pad te gee. En in die harwar wat nou gaan volg, gaan hy deeglik van die kans probeer gebruik maak.

Dis net toe Yusuf in die diensentrum se diensput grondvat, dat Joshua van bo af op hom afspring. Sy gebruiklike hantering van die jagmes is blitsig, akkuraat en geluidloos. Daarna sleep hy die sterwende liggaam met die nog rukkende spierbeweging in die stil laboratorium in. Niemand is teen die tyd meer hier aan diens nie. Hy sleep Yusuf se liggaam tussen twee rye rakke in en laat dit net so lê. Dan vat hy die sak, talm om nog pakke heroïen in die sak te sit. Met die gedagte dat hy vir homself nou 'n uitstekende inkomste in die buiteland verseker het, glip hy weer uit die laboratorium.

Hy is net betyds om in die skemerte van die terreinbeligting en maanlig tussen 'n paar bome in te verdwyn. Hy sien hoe Tom vir Ems en sy ander gaste tussen digte struike deur in die rigting van die dienssentrum lei, waar hy reken hulle veilig buite sig sal wees tot na die polisie se besoek.

Tom keer terug na die huis toe om verder aandag te gee aan die voorbereiding vir onbesproke optrede wanneer die polisie se helikopters land.

Joshua kyk Tom met 'n sardoniese glimlag agterna tot hy weer tussen die struike deur naby die huis verdwyn om deur die versteekte ingang in die tuinmuur na binne te gaan. Tom het nou onbewustelik vir hom twee geleenthede geskep. Ems van Niekerk kan vir hom sy paspoort vir 'n veilige deurtog tot oor die grens wees. En hy kan Tom Ferreira terugbetaal vir die beledigings en vernedering, deur die goeie guns wat hy van sy nuwe vennote gewen het, te beduiwel. Tom sal daarna nie maklik weer kan bou aan sy kamtige kredietwaardigheid nie.

Joshua laat die sak met heroïen net daar val en kry weer koers terug na die laboratorium toe. Hy grinnik toe hy die verskrikte meisies bymekaar sien saambondel. Die gebeure laat hulle vir die onbekende vrees. Veral nadat hulle boonop op Yusuf se lyk afgekom het. Die mans staan eenkant en koukus oor die onsekere gebeure wat dreig om sake vir hulle te laat skeef loop.

Die Amerikaner pluk onmiddellik 'n rewolwer uit toe hy Joshua se skielike verskyning as 'n bedreiging vertolk.

Joshua lag onderlangs en steek sy hande in die lug. "Wag nou!" keer hy amper gerusstellend. "Ek is nie 'n gevaar vir julle nie. Ek het net vir haar kom haal."

Alle oë draai na Ems, na wie hy met amper pleitende hande beduie.

Ems kyk van die een na die ander. "Moenie toelaat dat hy

my saam met hom neem nie. Die man is 'n moorddadige psigopaat. Julle kan seker wees dis hy wat die Nigeriër wat daar lê, doodgemaak het." Toe nie een van hulle op haar pleidooi reageer nie en skynbaar ongeërg toelaat dat Tom nader aan haar beweeg, sê sy verder: "Die majoor sal nie baie tevrede wees daarmee as hy uitvind julle het toegelaat dat hy my hier wegneem nie."

Joshua lag diep uit sy keel. "Die militaristiese Tom Ferreira. Besef julle hy het julle almal in die steek gelaat om sy eie bas te red?"

Hy wag 'n oomblik dat sy woorde by veral die buitelanders insink. "Ja, sowaar. Julle is hier so vas soos rotte in 'n val. Die majoor weet die polisie is op pad na Eldorado toe. En terwyl hulle toeslaan en julle hier in die laboratorium aankeer, gaan dit vir hom die geleentheid gee om weg te kom en oor die grens te verdwyn."

"Hoekom moet ons jou glo?" vra die Fransman.

"Dit kan my nie skeel of julle my glo of nie. Ek weet net dat Jeff Warren van die DEA agter julle aan is en dat hy saam met die mense van die Narkotikaburo op pad is hierheen."

"Hoe kom ons hier weg?" vra die Amerikaner met 'n hees klank in sy stem. Net die vermelding van Jeff Warren se naam is genoeg om hom te oortuig dat Joshua die waarheid praat. En op hierdie oomblik sal hy enigiets doen om pad te gee voor die man van die DEA hom hier vaskeer.

"Hoe moet ek weet? Ek vertel julle maar net wat ek weet. Elke ou moet maar vir homself sorg. Dis mos hoe dit werk," antwoord Joshua met iets soos sadistiese genot op sy gesig terwyl hy tot by Ems stap en haar ferm aan die boarm vat.

Vir die ander meisies sê hy: "Jammer, liefies, julle sal maar by dié ouens moet bly. Ek kan julle nie ook help om weg te kom nie."

Nie een maak 'n beweging om Joshua te stuit toe hy met Ems by die laboratorium uitstap nie. Buite tel Joshua die sak met heroïen op waar hy dit vroeër laat val het, en beweeg daarna tussen die bosse in aan die buitekant van die terrein.

Joshua het sy een arm om Ems se nek. Sy kan die lem van die mes in sy hand teen haar keel voel. Sy weet hoe genadeloos hy is en wat kan gebeur as sy probeer alarm maak. Sy besef ook dat al rede waarom hy haar saamneem, is maar weer om haar gyselaar te hou in 'n poging om homself te beveilig.

18

Op ongeveer dieselfde oomblik wat Joshua die laboratorium met Ems verlaat, land die polisiehelikopters op die betonblad voor die helikopterskuur van Eldorado. Die deure gaan feitlik onmiddellik oop en die polisiemanne en hulle honde spring dadelik uit om hulle gereedheidsposisie in te neem vir opdragte van die inspekteur.

Kort hierna ontmoet Len Rousseau en Jeff Warren die imponerende majoor Tom Ferreira met sy joviale persoonlikheid, wat hulle trots en waardig op die stoep van sy woning inwag. Antoni Willers bly op die agtergrond sodat hy 'n deeglike waarneming van gebeure kan doen. Dit word egter vir hom bemoeilik deur 'n halsstarrige en ongeduldige Jay-Jay wat dreig om onbeheers die grasdakhuis binne te storm om te gaan kyk in watter omstandighede Ems haar bevind. Antoni moet hom die hele tyd vermaan dat dit teenstrydig met Len se opdrag sal wees omdat dit hulle beplande optrede heeltemal kan beduiwel.

Jay-Jay hou hom daarom onder dwang in, maar dit is nie bevorderlik vir sy toenemende ongeduld nie. Hoewel hy die majoor self nog nie voorheen ontmoet het nie, hou hy die man fyn dop.

Daar is geen aanduiding in die uitdrukking op sy gesig dat hy onverhoeds betrap is, of dat hy ontsteld is oor die landing van die drie helikopters met polisiemanne en -honde nie. Vir Jay-Jay lyk dit eerder asof die majoor die besoek te wagte was, wat dus kan beteken dat die polisie later onverrigter sake weer sal moet vertrek. Dat daar van hulle verwagting om 'n groot slag te slaan, niks gaan kom nie, maar hy is nie bereid om sonder Ems te vertrek nie. Hy weet sy is hier. Hy was hier en hy het twee weke van hel hier deurgebring.

"Welkom op Eldorado, menere," begroet die majoor sy besoekers met 'n welluidende en gasvrye stem, en met al die selfvertroue van 'n man van sy status. "As ek iets gehad het om weg te steek, sou julle onverwagte besoek my ontstel het. Kom stap gerus saam binnetoe."

Jay-Jay voel of hy kan vuur spoeg oor die man se skynheiligheid. Len en sy kollega aanvaar sy uitnodiging.

Antoni volg hulle, maar bly steeds op die agtergrond om sy waarneming sonder enige inmenging te doen. Binne verkyk hy hom aan die weelde wat getuig van vriendelike warmte en goeie smaak. Dit is duidelik dat hier geen koste ontsien is nie en dit moet noodwendig by enige mens die vraag laat ontstaan waar al die geld vandaan kom om dit te kon doen. Ten spyte van Ormond-sekuriteit se suksesse die afgelope paar jaar, kon dit nie die enigste bron gewees het as al die uitbreidings in die maatskappy ook in ag geneem word nie.

"Kan ek u menere enige verversings aanbied?" nooi Tom Ferreira weer.

Die uitnodiging word nie aanvaar nie en Len Rousseau kom daarna direk tot die punt van die rede vir die besoek. "Majoor, dit spyt my dat ons op so 'n ongeleë tyd hier opdaag, maar soms is dit nodig wanneer ons met 'n ondersoek besig is."

"Natuurlik. Ek begryp. Wat is die aard van u ondersoek?"

"Dwelmhandel."

"In dié omgewing?"

"Daar is aanduidings dat 'n goed georganiseerde netwerk die een of ander basis in die omgewing het. Nou brei ons maar ons ondersoek oor hierdie area uit."

"Gelukkig maak ek my nie aan so iets skuldig nie. Eldorado is weliswaar 'n basis, maar vir die opleiding van Ormond-sekuriteit se personeel."

"Dan sal u seker nie omgee dat ons rondkyk nie?"

"Gaan gerus voort," nooi die majoor met 'n uitgestrekte arm.

Vir Antoni, wat die man die hele tyd stip dophou, is dit asof daar 'n skielike verdonkering in die majoor se skerp oë kom. Dan is daar ook 'n spier wat nou teen sy regterslaap begin spring — dalk die eerste aanduiding dat die majoor begin spanning toon. Antoni wonder of die inspekteur dit ook opgemerk het.

Jay-Jay het net op hierdie uitnodiging gewag en draf die trappe twee-twee op na die boonste verdieping toe. Hy onthou nou goed in watter kamer hy en Jaco gevange gehou is. Met 'n bonsende hart vol afwagting stamp hy die deur byna driftig oop. Dan staan hy teleurgestel op die drumpel en kyk deur die vertrek wat geen teken toon dat Ems daar was nie. Tog is daar iets van haar in die vertrek teenwoordig. Dalk die geur van haar parfuum. Hy keer teleurgestel terug na ondertoe terwyl van die polisiemanne die ander vertrekke deursoek.

Jay-Jay kom staan uitdagend voor Tom Ferreira en kyk hom reguit in die oë. "Waar is juffrou Van Niekerk?"

"As sy hier was, sou julle haar al gevind het," antwoord die majoor ontwykend.

"Sy's hier. Ek weet sy's hier. Waar hou julle haar aan?" dring Jay-Jay.

Len Rousseau vat Jay-Jay aan die skouer. "As sy nog hier is, sal ons haar kry. Ons het nog nie die terrein klaar deursoek nie."

Jay-Jay aanvaar die versekering met huiwering en begin rusteloos saam met die polisiemanne rondbeweeg in die hoop dat hulle op iets sal afkom. Deurentyd is hy bewus daarvan dat sy brein met iets in sy geheue spook wat net nie na die oppervlak wil kom nie. Hy het 'n aanvoeling dat dit iets belangrik moet wees en dat dit dalk Ems se afwesigheid kan verklaar.

Die deursoek van Eldorado se terrein lewer niks op nie. 'n Teleurgestelde Len Rousseau moet noodgedwonge toegee dat daar niks gevind kan word wat aandui dat die majoor by dwelmhandel betrokke is nie. Al waarvan hy wel deeglik bewus geraak het, is hoe goed Eldorado vir opleiding en sekuriteit toegerus is.

Dit is wat hy ook aan Jeff Warren noem toe hulle saam met die res van die span op pad terug is na die helikopters toe om onverrigter sake te vertrek. Hieroor is Jay-Jay nie gelukkig nie. Hy is nog oortuig daarvan dat Ems iewers op die terrein is. Daarom weier hy om saam met Len-hulle te vertrek.

Jeff Warren is ook nie gelukkig nie. Hy het self gehoop dat hulle hier op iets sal afkom wat 'n deurbraak sal wees. Hy het veral gehoop dat hulle een of meer van die wêreld se mees gesoekte kartellede hier sou aantref. En Jeff het geen twyfel dat hulle hier was nie. Halfpad onderweg na die helikopters toe steek hy skielik in sy spore vas en hou vir Len aan sy arm terug. Hy sê nie dadelik iets nie en kyk vir laas baie noukeurig oor Eldorado se helder verligte terrein.

"Wat skort?" vra Len. Ook hy beskou die terrein nou aandagtig om te sien of hulle nie iets misgekyk het nie.

"Dis te goed om te glo," antwoord Jeff. "Alles is net te perfek. Ek gee ook nie om of die man 'n lang militêre loopbaan gehad het nie. Niks is ooit so perfek nie."

"Goed. Ons vermoed die man is betrokke, maar hier is niks wat dit bewys nie," gee Len toe.

"Nie bogronds nie, maar wat van ondergronds? Dit sal nie die eerste keer wees dat dit gedoen word nie."

Dis dié woorde van Jeff Warren wat die ontwykende kennis in sy geheue helder tot Jay-Jay se brein laat deurding. "Die laboratorium!" sê hy skerp en seker. "Daar is 'n ondergrondse laboratorium. Dis wat my die hele tyd nog bly hinder. Toe ek en Jaco hier aangehou is, het ons dit een keer te sien gekry. Nie vir lank nie. Net vlugtig, want hulle het ons onder verdowing daar ingeneem vir 'n martelsessie."

"Kan jy onthou waar dit is?" vra Len opgewonde.

"Ongelukkig nie. Soos ek sê, ons was onder verdowing, maar ek onthou vaagweg dat ons deur iets soos 'n versinkte ingang geneem is."

Len beveel sy manne om van nuuts af te begin soek en veral op te let na tekens van uitgrawings van onlangs of selfs 'n ruk gelede — putte, die rioleringstelsel selfs.

Tom Ferreira, wat net begin tevrede voel het oor die afloop van die polisie se besoek, word dié keer onkant betrap. Hy het nie die skielike verandering van besluit verwag nie. Terwyl hy nog bly hoop dat hulle nie die kelder sal vind nie, is daar ook 'n realisme in hom wat hom laat besef dat sy uurglas besig is om leeg te loop.

Hy dink nou aan die enigste uitweg wat daar vir hom oorbly. Professionalisme, status, internasionale kredietwaardigheid, al die karaktereienskappe wat van hom 'n gerespekteerde persoonlikheid gemaak het, moet nou na die tweede plek verskuif. Ontvlugting en oorlewing is aspekte wat nou in die eerste plek inskuif. Dis wat die buitelanders ook maar onder sulke omstandighede doen. Elkeen sorg vir homself. Dis jammer dat hy hulle aan hulle lot sal moet oorlaat. Dis iets wat hy later sal kan verantwoord, dink hy.

Toe die Narkotika-prosessie met hulle honde nader aan die dienssentrum beweeg, gee hy vinnig opdragte aan sy eie wagte om tot aksie oor te gaan om die laboratorium te dek. Hy doen dit in 'n poging om genoeg versteuring te veroorsaak, wat hom die geleentheid sal gee om weg te kom.

Die opdrag word baie vinnig van die een wag na die volgende oorgedra totdat die volle sterkte van Eldorado se eenheid op gereedheidsgrondslag is.

Tom Ferreira glip intussen na die Ormond-helikopter toe. Hy het dit kwalik bereik toe daar by die diensstasie met die diensput alarm gemaak word. Onmiddellik daarna bars 'n skietery los, en hy weet dat die buitelanders hulle pad probeer oopveg buitetoe.

Tom weet dat al die aandag vir die oomblik op die laboratorium gekonsentreer sal wees. Dis daarom nou die enigste moontlike wegkomkans wat daar vir hom sal wees. Wanneer die konfrontasie tussen die polisie en sy manne ook losbars, sal dit vir hom nog 'n minuut of twee wen. Hy skakel dus al die skakelaars van die helikopter aan en stel die kontroles in. Die helikopter se enjin reageer dadelik met die kenmerkende singgeluid. Hy moet noodgedwonge wag vir die regte rewolusies voor hy kan opstyg.

Die volgende oomblik is daar 'n vinnige beweging agter

hom en die jagende asemhaling van twee mense. Hy wil nog omkyk na agtertoe toe hy die koue staal van 'n mes se lem teen sy nek voel. Onmiddellik weet hy wie dit is.

Joshua Louw lag onderlangs. Sy verwagting was toe nie verkeerd nie. Die majoor het 'n plan gereed gehad om weg te kom sodra dinge vir hom warm raak. Dis waarom hy met Ems hier in die omgewing van die helikopter kom wag het. Watter makliker manier om hier weg te kom is daar?

"So! Majoor wil hê die manne moet Eldorado verdedig. Net om vir Majoor die geleentheid te gee om alleen weg te kom? Die arme drommels bly sit soos rotte in 'n lokval. Gelukkig sal hulle dit later eers agterkom. Vat ons dan maar op, Majoor. Laat ons weg wees!"

Tom Ferreira besef dat hy geen gesag of beheer meer oor Joshua het nie. Wat ook al voorlê, hy gaan volkome in die hande van Joshua wees.

As militêre strateeg weet hy wanneer 'n situasie die kritieke stadium bereik het. En dit is wanneer die kuns van militaris wees sy eie kwaliteit openbaar. Hy beskou sake dus vir homself nog nie volkome verlore nie. Sy geoefende hande beweeg oor die kontroles asof gesinkroniseer. Die enjin se rewolusies neem toe. Dan begin die helikopter van die grond af oplig. Aanvanklik stadig, asof dit traag is om in beweging te kom.

Die opstyging van die Ormond-helikopter trek aandag. In die skerp beligting van Eldorado se werf is Tom Ferreira duidelik in die kajuit agter die kontroles sigbaar. Dit dring tot sy mense deur dat die majoor hulle in 'n kruisvuur ingestuur het om 'n wegkomkans te gebruik en hulle aan hulle lot oor te laat. Hý wat sy manne so goed gedissiplineer en met die klem op lojaliteit opgelei het om vir Ormond-sekuriteit en Eldorado te veg, het self vanaand die basiese beginsel van lojaliteit verwerp. Die soort lojaliteit wat hy vereis het, werk twee kante toe. As jy lojaliteit verlang, moet jy dit gee ook. Nou het hy in die eenvoudige toets daarvan gefaal. Dit laat hulle besef dat elkeen nou na homself moet omsien.

Buite die gebou met die ondergrondse laboratorium word

Tom se ontsnappingspoging ook waargeneem. Len swets, maar glimlag dan tevrede toe hy sien dat een van die polisiehelikopters ook gereed maak om op te styg. Die vlieënier gaan duidelik poog om die Ormond-helikopter te dwing om weer te land.

Toe konfronteer Len Tom se vennote met sy ontsnappingspoging en stel 'n ultimatum vir hulle vrywillige oorgawe.

Jay-Jay is kwalik meer bewus van wat hier by hom gebeur. Hy staar na die Ormond-helikopter wat laag oor Eldorado se werf swenk. Daar is 'n sinkende gevoel in hom, want hy kan nog twee mense saam met Tom in die helikopter se kajuit onderskei. En so seker as wat hy hier staan, weet hy dat dit Joshua en Ems is.

Ems sit stil en sprakeloos op haar plek in die helikopter. Sy dink nie meer aan 'n moontlike uitweg uit haar omstandighede nie. Sy weet nie meer wat om volgende te verwag nie. Sy weet net dat 'n geestelike moegheid as gevolg van die opgehoopte spanning besig is om in haar pos te vat. Tog het sy nog nie heeltemal die stadium bereik dat sy nie meer wil terugveg nie. Al wat sy kan doen, is om die beskikbare tyd te gebruik om te probeer ontspan sodat sy die krag en deursettingsvermoë sal hê wanneer die regte oomblik aanbreek. En dit glo sy, lê nie sommer net in die eersvolgende paar minute nie.

Ems is bewus daarvan dat die helikopter al hoe hoër styg en oor Eldorado se werf begin swenk om 'n bepaalde roete te vind. Sy kyk by die venster uit af na ondertoe. Eldorado lê nog in 'n helder ligglans onder hulle. Die helikopter is nog laag genoeg om die vinnig bewegende figure van die polisiemanne en die Ormond-wagte in konfrontasie met mekaar te onderskei. Haar aandag word getrek deur een van die polisiehelikopters wat ook opstyg en vinniger as hulle hoogte kry. Dan is daar skerp ligte op hulle en 'n radiobevel dat hulle weer moet land.

"Hulle gaan ons volg en ons dwing om te land," sê Tom Ferreira hardop.

"Na die duiwel met hulle!" kom dit van Joshua. "Jy moet hulle afskud. Jy kan. Jy het jare se ervaring."

"Dit gaan nie werk nie. Hulle kan op ons skiet. Ek sal moet land!"

"Nee! As jy land, sny ek jou keel af. Sorg dat ons hier wegkom."

Tom laat die helikopter weer oor die werf swenk. Hy het 'n probleem om die regte hoogte te kry. Ems kyk benoud uit na die werf in die helder beligting onder hulle. Sy sien twee Ormond-wagte wat saam agter 'n jeep skuil. Hulle kyk op na die helikopters toe. Dit lyk of daar 'n woordestryd tussen die twee ontstaan terwyl hulle omhoog beduie.

Dan sien Ems hoe eers die een en dan die ander sy geweer omhoog lig. Sy verbeel haar sy kan die skote hoor klap. Plotseling is daar verskeie plofgeluide teen die helikopter se romp. 'n Harde barsgeluid laat Ems se hele liggaam ruk van die skrik. 'n Groot gat het links van die majoor se kop verskyn. 'n Sterk wind maak 'n eienaardige huilgeluid deur die gat. Die volgende oomblik is Ems bewus daarvan dat die helikopter begin swenk en tol.

Dit is asof die majoor beheer verloor het. Sy hoor hom lelik vloek en iets sê wat klink soos val. Joshua begin nog erger vloek as hy. Dan eers besef Ems dat die helikopter besig is om met hulle neer te stort. Sy knyp haar oë styf toe en druk haar hande voor haar gesig. Sy vou haar liggaam dubbel en wag vir die slag. Dit voel vir haar soos 'n ewigheid voor daar 'n harde stamp is wat deur haar kop en nek ruk. Dan kantel die helikopter eenkant toe. Dit word stil. Eienaardig stil.

Onidentifiseerbare eggogeluide begin van ver af deur die stilte breek. Nes sy dit al tevore in 'n droom ervaar het, voel dit vir Ems of sy vanself opstyg en gewigloos begin sweef. En sy kan dit beheer deur haar arms en bene te beweeg.

Die toestand waarin Ems die sweefsensasie ervaar, is plotseling verby. Sy is weer helder bewus van alles wat om haar aangaan. Sy hyg na asem in die verstikkende rook van olie wat iewers brand. Sy stoot haarself half op haar arms orent uit die ongemaklike posisie waarin sy lê. Sy kan agterkom dat die helikopter half op sy neus en half op sy sy, asof teen 'n helling omgekantel, lê.

"Die ding brand!" hoor sy Tom Ferreira se stem. "Ons moet hier uit voor dit ontplof!"

Joshua swets aaneen.

Ems beur orent. Behalwe 'n paar gevoelige plekke aan haar lyf en 'n hoofpyn voel dit nie vir haar of sy ernstige beserings het nie. In die dowwe gloed van vuur en maanlig sien sy Joshua deur 'n gat in die helikopter se romp na buite kruip. Hy sleep die sak met heroïen agter hom aan. Sy draai haarself om en kruip agter Joshua aan. Tom kom met inspanning agter haar aan. Sy kreun- en steungeluide bevestig dat hy beseer is.

Toe Ems buitekant regop staan, sien sy dat die helikopter tussen bome en struike teen 'n skuinste lê en dat die brand reeds begin versprei het. Die helikopter kan nou enige oomblik ontplof. Tom se kop verskyn deur die gat in die romp. Sy besef hy het hulp nodig, anders gaan hy nie betyds uitkom nie. Sy soek na Joshua vir hulp, maar sy sien hom nêrens in die maanlignag en brandgloed om haar nie.

"Help my!" hoor sy Tom se geroep. "Ek dink ek het my regterbeen sleg gebreek."

Sy buk en kry hom aan sy skouers beet. Met moeite sleep sy hom weg na buite en 'n ent van die helikopter af. Dan gaan sit sy hygend en natgesweet eenkant op 'n rots na die brandende helikopter en staar. Die volgende oomblik ontplof die helikopter se brandstoftenk met 'n oorverdowende slag wat haar hele liggaam laat ruk. 'n Ent verder reageer die reeds onrustige wilde diere in hul hokke met wilde paniekgeluide.

Ems het kwalik van haar skok herstel toe sy vir Joshua asof van nêrens in die liggloed van die brandende helikopter sien verskyn. Hy beweeg vinnig tot by haar. "Kom!" sê hy en pluk haar aan die een arm orent. "Jy kom saam met my!"

Ems verset haar hewig. "Los my, jou pes!"

Joshua is haastig en ongeduldig. Hy laat val die sak met heroïen en klap Ems teen haar kop dat sy die slag daarvan in haar nek voel. "Moenie dat ek met jou sukkel nie, vroumens!"

"Jou lafaard!" gil sy en skop wild na hom. "Jy gaan nie agter my wegkruip nie!"

Waar Tom Ferreira op 'n veilige afstand van die brandende helikopter af lê, lig hy hom op sy elmboë en sien wat besig is om tussen Joshua en Ems te gebeur. Hy het reeds besef dat alles verlore is en dat daar nou geen wegkomkans meer is nie. Hy besef dat Joshua verby normale denke is en dat hy steeds 'n waansinnige poging wil aanwend om weg te kom; dat hy tot enigiets in staat is om in sy doel te slaag. Hy hou in elk geval nie van die wyse waarop Joshua die meisie hanteer nie.

"Moenie vir jou gek hou nie, Joshua!" skree hy. "Dis verby. Alles is verby. Laat haar los!"

"Vrek, Tom Ferreira! Vrek as jy wil! Vir my kry hulle nie!" skree Joshua terug en klap weer na Ems.

Op daardie oomblik verskyn 'n gejaagde Jay-Jay teen die skuinste bokant hulle. Hy het kortpad en onder die polisie uit gehardloop hierheen. Angstigheid en spanning bondel in hom saam oor Ems. Tot sy verligting sien hy dat Ems ontkom het, maar 'n redelose woede verdring dit toe hy haar worsteling met Joshua sien.

"Joshua!" sweepklap sy stem deur die geluide om hulle.

Joshua se kop ruk op toe hy die gebiedende stem hoor. Dan sien hy die skimagtige figuur van Jay-Jay waar hy teen die skuinste af gestruikel kom. Hy ruk vir Ems nou met albei hande voor hom in en slaan sy een arm om haar keel. "Bly waar jy is, of haar keel is af!" dreig hy met 'n doodsklank in sy stem.

Jay-Jay steek in sy spore vas. Hy ken Joshua teen die tyd goed genoeg om te weet wat om van hom te verwag. Hy dra altyd daardie mes van hom en skroom nie om dit te gebruik nie. Met Ems wil hy ook nie onnodige kanse waag nie.

Wat hy moet probeer doen, is om Joshua se aandag só in beslag te neem dat hy vir Ems sonder 'n skrapie sal laat gaan. Hy probeer 'n geykte waarskuwing.

"Jou kanse is nul, Joshua. Met haar gaan jy nie vinnig genoeg wegkom nie. Sonder haar ook nie. Die plek wemel van polisiemanne wat jou sal kry. Dis te sê as ek jou nie eerste kry nie."

Joshua lag agter uit sy keel, 'n aanstootlike lag. "Jy het nie die krag van 'n muis nie. Ons weet mos al jy kan niks teen my uitrig nie!"

"Waarom kruip jy dan soos 'n lafaard agter Ems weg? Dit wys net hoe swak jy eintlik is. Jy't niks meer vertroue in jou Ormond-opleiding nie."

"Ek kan jou nog vermorsel en opkerf!" dreig Joshua met 'n waarneembare irritasie met Jay-Jay se tarting.

"Bewys dit dan en pak vir my — sonder om agter Ems weg te kruip."

Jay-Jay se uitdaging laat hom die meisie van hom af wegslinger. "Jy vra daarvoor, Hanekom!" brul Joshua soos 'n dier wat net op verdelging ingestel is.

Uit ondervinding weet Jay-Jay dat Joshua Louw 'n gevaarlike teenstander is. Tog is daar emosies en 'n berekendheid in hom wat hom genoeg durf gee om nie vir Joshua te stuit nie. Daar is niks oor van daardie vroeëre vrees vir die man se intimidasie en genadelose martelmetodes nie. Wat hy voel, is woede, haat en 'n wil om vergelding te eis vir die hel wat hy moes deurmaak, en vir die moorde op Rudolf, Lydia en Jaco. In hom is daar self ook die roering van 'n ondier wat wil vernietig, ongeag van wat die resultaat daarvan is.

Hy struikel teen die laaste deel van die skuinste af totdat hy op dieselfde gelyk vlak as Joshua naby die brandende helikopter staan. Die vlamme begin al vervaag sodat hoofsaaklik net hul silhoeëtte teen die tanende gloed sigbaar is.

Dan, plotseling, is daar 'n duidelike bevel om te vries bokant hulle. Kort daarna breek 'n helder baan lig oor hulle. Van Len se manne het die toneel intussen bereik om te kom ondersoek instel, en die situasie dadelik opgesom.

Beide Joshua en Jay-Jay hoor die bevel, maar dit gaan by hulle verby. Nie een gee aan die bevel gehoor nie. Hulle konsentrasie is op mekaar ingestel. Jay-Jay vertrou nie vir Joshua nie, en Joshua is by rasionele denke verby. Niks kan die onafwendbare meer stuit nie. Hulle reageer nie eers toe een van Len se manne 'n waarskuwende skoot in die lug afvuur nie. Dit het inderdaad die teenoorgestelde uitwerking, want Joshua storm blitsig kop omlaag vorentoe.

Jay-Jay is gereed vir hom en systap die duikslag. Nogtans tref Joshua se skouer hom skrams bokant die heup. Dit ruk hom van balans af en slinger hom agteroor sodat hy met 'n hikgeluid die grond tref. Daar is onmiddellik 'n skeurende pyn deur sy bolyf wat hom bewus maak daarvan dat die ou beserings weer skade gekry het.

Jay-Jay het nie tyd om toe te laat dat die pyn sy wilskrag domineer nie. Joshua is soos 'n prop in water orent en storm al weer nader. Jay-Jay rol eenkant toe, maar Joshua tref hom met 'n geniepsige skop wat sy asem uit sy longe suig. Nog 'n skop tref hom, wat hom bedwelm. Nog een tref hom met 'n slag teen die kop. Hy probeer uit die pad beweeg, maar sy bewegings is traag. Hy voel hoe Joshua se voet met brute perskrag op die kant van sy gesig neerkom en dit met mening in die grond intrap.

Jay-Jay se wilskrag bly behoue en hy voel hoe daar nuwe krag na sy ledemate en liggaam terugkeer. Hy gryp Joshua se voet met albei hande vas. Met inspanning knak hy die voet met genoeg momentum dat hy duidelik iets daarin hoor kraak. Joshua kreun hardop.

Dan kom Jay-Jay orent en staan vir 'n oomblik eenkant toe om die duiseligheid van hom af te skud. Veel geleentheid daartoe het hy nie, want Joshua storm al weer. Dié keer tref Jay-Jay hom met 'n voltreffer onder die kortrib, wat hom dubbel laat vou.

Joshua se arms swaai vorentoe en vou om Jay-Jay. Die greep is so sterk dat Jay-Jay besef hoeveel krag daar in Joshua is. Net een vinnige rukbeweging en sy rug is af. Joshua is geoefen in dié soort metodes. As hy nie daarin kan slaag om Joshua van sy lyf af te hou nie, kan Joshua hom in 'n oogwenk dood maak sonder dat hy sy mes hoef te gebruik. Dis waarskynlik daarom dat Joshua nog nie sy mes hanteer het nie. Jay-Jay voel hoe die asem uit sy liggaam gepers word terwyl sy rug stadig agteroor gebuig word. Met 'n instinktiewe beweging verplaas hy sy voete. Dan lig hy sy regterbeen en tref Joshua, wat wydsbeen staan, met 'n voltreffer van die knie tussen die bene.

Joshua vloek. Sy greep verslap en hy vou dubbel. Jay-Jay maak van die geleentheid gebruik om in te klim en die een moordende hou na die ander in Joshua se gesig te plant. Met elke pynskok wat deur Jay-Jay se arm en lyf ruk, steier Joshua agtertoe totdat hy op die grond neerslaan.

Jay-Jay maak die fout om te dink dat Joshua se fut uit is, maar hy het die man se veg- en uithouvermoë onderskat. Joshua rol op sy maag om en die volgende oomblik pluk hy Jay-Jay se voete onder hom uit. Toe Jay-Jay neerslaan, is Joshua bo-op hom en lê hy sy vuiste in. Jay-Jay kry vanuit sy moeilike posisie ook 'n hou of twee in sonder dat dit veel skade aanrig.

Dan hoor hy Joshua hortend sê: "Nou vrek jy, Hanekom! Nes jou broer!"

Dit gebeur só vinnig dat Jay-Jay die beweging nie eers sien nie, maar die volgende oomblik het Joshua sy mes in sy regterhand. Jay-Jay weet dat Joshua blitsvinnig met daardie mes kan wees. Een vinnige haal oor sy keel en daar sal net 'n brandpyn wees, en 'n suiggeluid wanneer sy asem sy longe verlaat. Dan oombliklike dood. Hy gryp die mesarm met albei hande vas en probeer dit van hom af wegdwing. In die agtergrond hoor hy deurmekaar roepgeluide van mense wat saamdrom. Tussendeur hoor hy Ems se skril stem wat iets onverstaanbaar gil.

Jay-Jay se een hand glip los. Hy begin sy krag teen Joshua se mesarm verloor. Sy los hand tas om hom en hy voel hoe hy 'n groterige klip raak vat. Dan bring hy dit omhoog en slaan daarmee na die gesig voor hom. Dit was harder as wat selfs hy verwag het. Joshua val weg van hom af. Jay-Jay kruip tot by hom, die klip nog in sy hand. Daar is nou geen beheerstheid meer in hom nie. Net die wil om te oorleef, en 'n oorweldigende drang om moord te pleeg. Dan lig hy die klip omhoog om dit herhaaldelik op die gesig van die bedwelmde Joshua Louw te kan neerbring totdat daar geen lewe meer in hom oor is nie.

Net voor hy sy arm met mening kan afbring, is daar 'n geweldige ruk aan sy skouers en hy tuimel agteroor. Dis een van Len Rousseau se manne wat besluit het dat die geveg nou lank genoeg aangehou het. Jay-Jay lê vir 'n oomblik uitgeput op sy rug en laat toe dat die gevoelens wat daar in hom is, uit hom dreineer.

Die polisieman maak die fout om sy aandag net by Jay-Jay te bepaal. Die volgende oomblik kom Joshua egter weer orent. Sy meshand tref die polisieman agter die regterblad. Daar is 'n sidderende geluid soos 'n appel wat deurgesny word. Die polisieman stort met 'n gil vooroor. Dan storm Joshua op Jay-Jay af, wat onvoorbereid en as 'n maklike teiken voor hom lê. Dié keer sal dit vir hom maklik wees om te doen wat hy wil doen.

Daar is verskeie bevele om Joshua te probeer stuit, maar dit is asof dit nie tot hom deurdring nie. Dan, plotseling, is daar twee rewolwerskote van een van die polisiemanne wat besef dat dit al manier is om Joshua te stuit. Joshua stort bo-op Jay-Jay neer. Jay-Jay voel hoe die mes met 'n bekende brandpyn deur sy linkerarm sny. Hy is bewus daarvan dat Joshua hortend bokant hom asemhaal, maar bewegingloos bly lê. Dan stoot hy vir Joshua Louw van hom af, wat skielik met 'n roggelende geluid begin lag. Dis die lag van 'n waansinnige, wat in 'n laaste stikgeluid wegraak.

Jay-Jay sit nog na die stil liggaam en kyk toe daar skielik verskeie polisiemanne om hom is. Ems druk tussen hulle deur en kom kniel by hom om sy kop in haar arms toe te vou en dit teen haar deinende bors vas te druk. So sit hulle en kyk hoe die beseerde polisieman en Tom Ferreira weggehelp word en hoe die lewelose liggaam van Joshua Louw verwyder word.

Die oorname van Tom Ferreira se basis op Eldorado het besonder suksesvol afgeloop ten spyte van 'n aanvanklik hewige konfrontasie tussen die twee kante waartydens slegs twee aan elke kant lig gewond is.

Vir Len Rousseau van die Narkotikaburo en Jeff Warren van die DEA was dit 'n groot slag wat hulle geslaan het toe hulle verskeie topverteenwoordigers van buitelandse dwelmkartelle tegelykertyd kon aankeer.

Berigte oor die hele operasie maak wyd opslae en die nodige eer en erkenning word aan die twee organisasies vir hul vernuftige werk gegee.

Die internasionale dwelmnetwerk het 'n gevoelige knou gekry, maar die algemene euforie daaroor duur nie lank nie omdat almal besef dat 'n knou nog lank nie 'n totale uitwissing is van 'n uiters gesofistikeerde en diepgewortelde bedryf wat vinniger van terugslae herstel as enige ander bedryf nie.

Dan is daar ook nog die voorbereiding van die verhore en onderhandelings vir uitlewerings wat heelwat tyd in beslag sal neem voor die saak ten volle afgehandel sal wees.

Antoni Willers floreer op sy selfvoldane verslaggewing van al die feite en gebeure, omdat hy die eksklusiewe reg daarvan vir *Suiderland Nuus* bewerkstellig het. Dit plaas hom ook op topvlak in sy verhouding met meneer Wolhuter, sy nuusredakteur, wat Antoni as 'n tussentydse wapenstilstand beskou. Daar is selfs sprake van 'n nominasie vir 'n toekenning deur die persklub as verslaggewer van die jaar.

Met Ems en Jay-Jay gaan dit deesdae ook goed. Jay-Jay het sy selfrespek en agting in die regsgemeenskap begin terugwen. Deesdae is hy nugterder in denke en emosie oor die verlies van Lydia. Hy begin daarin slaag om dit te verwerk, al sal hy haar en dit wat hulle saam gehad het, nooit kan vergeet nie.

Ems is nog verpleegsuster in dieselfde hospitaal waar sy altyd gewerk het. Dis die beroep waarin sy gelukkig is en waarin sy heelwat toekomsplanne het. Wat die verhouding tussen hulle betref: hulle laat dit toe om stelselmatig te groei.

Hulle wil albei seker maak dat dit nie misluk omdat dit iets is wat uit buitengewone omstandighede en druk gebore is en dalk diepte kan verloor nie, hoewel liefde en passie tussen hulle nog steeds blom en daar geen onmiddellike bedreiging is nie. Daarom bly hulle realisties daaroor.

Die Belmont-stadion is vanaand vol koorsagtige opwinding.

Toeskouers probeer elke moontlike sit- en staanplek volpak. Nie net omdat hulle klub se span teen die sterk span van Kenia speel nie, maar veral omdat die gewilde Oscar Dlamini weer terug op sy plek in die span is na sy herstel.

Een van die hoogtepunte van die aand is Matthew Masemola se bekendstelling van doktor Darius Hanekom, die skenker van die Farmakor-borgskap van tweehonderd en vyftigduisend rand, waarmee die stadion opgeknap gaan word.

Na die bekendstelling en lofprysings word die beroering 'n juigkreet wat die stadion laat dreun toe Oscar sy span na die Keniane op die veld lei.